ave, palavra

joão guimarães rosa
ave, palavra

São Paulo
2022

Copyright dos Titulares dos Direitos Intelectuais de JOÃO
GUIMARÃES ROSA: "V Guimarães Rosa Produções Literárias";
"Quatro Meninas Produções Culturais Ltda." e "Nonada Cultural Ltda."
"Nota da primeira edição", "Advertência da segunda edição", de Paulo Rónai,
© by herdeiras de Paulo Rónai
6ª Edição, Editora Nova Fronteira, Rio de Janeiro 2009
1ª Edição, Global Editora, São Paulo 2022

Jefferson L. Alves – diretor editorial
Gustavo Henrique Tuna – gerente editorial
Flávio Samuel – gerente de produção
Vanessa Oliveira – coordenadora editorial
Aline Araújo, Adriana Bairrada e Tatiana Souza – revisão
Araquém Alcântara – foto de capa (Fazenda Sertãozinho, Botelhos, Minas Gerais, 2015)
Victor Burton – capa
Valmir S. Santos – diagramação
Tathiana A. Inocêncio – projeto gráfico

Agradecemos a Fernanda Maria Abreu Coutinho pela autorização de reprodução de seu texto "'Fita verde no cabelo': a perenidade do era uma vez", publicado originalmente na obra *Veredas de Rosa*, em Belo Horizonte, pela Pontifícia Universidade Católica de Minas Gerais (PUC Minas), no ano de 2000.

DADOS INTERNACIONAIS DE CATALOGAÇÃO NA PUBLICAÇÃO (CIP)
(CÂMARA BRASILEIRA DO LIVRO, SP, BRASIL)

Rosa, João Guimarães, 1908-1967
  Ave, palavra / João Guimarães Rosa. — 1. ed. — São Paulo, SP : Global Editora, 2022.

  ISBN 978-65-5612-188-8

  1. Literatura brasileira - Miscelânea I. Título.

21-86141   CDD-B869.8

Índices para catálogo sistemático:
1. Literatura brasileira : Miscelânea B869.8
Eliete Marques da Silva - Bibliotecária - CRB-8/9380

global
editora

Global Editora e Distribuidora Ltda.
Rua Pirapitingui, 111 — Liberdade
CEP 01508-020 — São Paulo — SP
Tel.: (11) 3277-7999
e-mail: global@globaleditora.com.br

g globaleditora.com.br   **🐦** @globaleditora
f /globaleditora   **📷** @globaleditora
▶ /globaleditora   **in** /globaleditora
💬 blog.grupoeditorialglobal.com.br

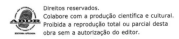

Direitos reservados.
Colabore com a produção científica e cultural.
Proibida a reprodução total ou parcial desta
obra sem a autorização do editor.

Nº de Catálogo: **4404**

Eugênio Silva/*O Cruzeiro*/EM/D.A Press

Nota da Editora

A Global Editora, coerente com seu compromisso de disponibilizar aos leitores o melhor da literatura em língua portuguesa, tem a satisfação de ter em seu catálogo o escritor João Guimarães Rosa. Sua obra literária segue impressionando o Brasil e o mundo graças ao especial dom do escritor de engendrar enredos que têm como cenário o Brasil profundo do sertão.

A segunda edição de *Ave, palavra,* publicada pela Livraria José Olympio Editora em 1978, foi o norte para o estabelecimento do texto da presente edição. Mantendo em tela a responsabilidade de conservar a inventividade da linguagem por Rosa concebida, foi realizado um trabalho minucioso, contudo pontual, no que tange à atualização da grafia das palavras conforme as reformas ortográficas da língua portuguesa de 1971 e de 1990.

Como é sabido, Rosa tinha um projeto linguístico próprio, o qual foi sendo lapidado durante os anos de escrita de seus livros. Sobre sua forma ousada de operar o idioma, o escritor mineiro chegou a confidenciar em entrevista a Günter Lorenz, em Gênova, em janeiro de 1965:

> Nunca me contento com alguma coisa. Como já lhe revelei, estou buscando o impossível, o infinito. E, além disso, quero escrever livros que depois de amanhã não deixem de ser legíveis. Por isso acrescentei à síntese existente a minha própria síntese, isto é, incluí em minha linguagem muitos outros elementos, para ter ainda mais possibilidade de expressão.

Diante dessa missão que o autor tomou para si ao longo de sua carreira literária e que o levou a ser considerado, por muitos, um dos mais importantes ficcionistas do século XX, nos apropriamos de outra missão na presente edição: a de honrar, zelar e manter a força viva que constitui a escrita rosiana.

Sumário

Nota da primeira edição — Paulo Rónai 13

Advertência da segunda edição — Paulo Rónai...................... 15

O mau humor de Wotan.. 17

Histórias de fadas... 27

Sanga Puytã 33

O grande samba disperso 41

Aquário (Berlim) 45

Evanira! 51

Uns inhos engenheiros.. 61

Às coisas de poesia 65

Os abismos e os astros 71

Zoo (*Whipsnade Park*, Londres)... 73

O homem de Santa Helena.. 77

De stella et adventu magorum... 79

O porco e seu espírito 83

Fita verde no cabelo (Nova velha estória) 87

Do diário em Paris.. 89

Novas coisas de poesia.. 95

Uns índios (sua fala)... 99

Zoo (Rio, Quinta da Boa Vista).. 103

Subles.. 107

Teatrinho.. 111

Cipango 115

Sempre coisas de poesia 119

A velha 123

Zoo (*Hagenbecks Tierpark*, Hamburgo — Stellingen)........... 127

Sem tangência... 133

Pé-duro, chapéu-de-couro 137

Em-cidade 157

Grande louvação pastoril.. 163

Quemadmodum 175

Aquário (Nápoles) 179

Ao Pantanal 185

Quando coisas de poesia 189

A caça à lua 193

Zoo (*Hagenbecks Tierpark*, Hamburgo — Stellingen).............. 199

O lago do Itamaraty.. 203

O burro e o boi no presépio 205

Reboldra 219

Zoo (*Jardin des Plantes*) 223

Além da amendoeira 229

A senhora dos segredos 233

Homem, intentada viagem 237

Ainda coisas da poesia 241

Fantasmas dos vivos.. 245

Nascimento 249

Cartas na mesa 253

Zoo (*Parc Zoologique du Bois de Vincennes*)...................... 257

Dois soldadinhos mineiros.. 261

Terrae vis 265

Circo do miudinho.. 269

Do diário em Paris — III.. 273

Minas Gerais... 279

JARDINS E RIACHINHOS

Jardim fechado... 287

O riachinho Sirimim 291

Recados do Sirimim 295

Mais meu Sirimim 301

As garças.. 305

"Fita verde no cabelo": a perenidade do era uma
vez — Fernanda Maria Abreu Coutinho 311

Cronologia 317

ave, palavra

Nota da primeira edição

Após *Estas estórias*, eis outra obra póstuma de João Guimarães Rosa.

O original, deixado por Guimarães Rosa sob o título *Ave, palavra* — título este escolhido por ele e destacado de uma relação ("Tabuleta") de treze outros[1] incluída no volume — reúne trinta e sete textos retrabalhados pelo autor e considerados definitivos.

Guimarães Rosa definiu o *Ave, palavra* como uma "miscelânea", querendo caracterizar com isto a despretensão com que apresentava estas notas de viagem, diários, poesias, contos, flagrantes, reportagens poéticas e meditações, tudo o que, aliado à variedade temática de alguns poemas dramáticos e textos filosóficos, constituíra sua colaboração de vinte anos, descontínua e esporádica, em jornais e revistas brasileiros, durante o período de 1947 a 1967.

Ao volume preparado pelo Autor, achamos devessem ser anexados ainda outros textos que Guimarães Rosa selecionara e começara a retrabalhar e refundir para *Ave, palavra*: nove deles também publicados[2] em periódicos e quatro inéditos.[3]

Na ordenação das peças — guardadas na pasta dos originais em ordem casual, na medida em que iam sendo datilografadas — procurou o organizador aplicar o critério que seria o usado por Guimarães Rosa na composição dos seus demais livros. Segundo a informação de D. Maria Augusta de Camargos Rocha — secretária e amiga do escritor, a cuja preciosa ajuda se devem os dados indispensáveis à organização do presente volume — ele alternaria temas e gêneros variados, textos mais curtos ou mais longos, poesia e prosa, narrativas e cenas dramáticas, procurando realizar assim um conjunto harmonioso para, fugindo ao monótono, manter alerta e prisioneiro o leitor.

---

[1] "Azulejos amarelos", "Conversas com tempo", "Sortidos e retalhos", "Reportagens", "Desconexões", "Via e viagens", "Contravazios", "Moxinifada", "Almanaque", "Poemas do esporádico", "Exercícios de saudade", "Meias-estórias", "Oficina aberta".

[2] "Histórias de fadas", "O porco e seu espírito", "Sem tangência", *"Quemadmodum"*, "Cartas na mesa", "Novas coisas de poesia", "Sempre coisas de poesia", "Zoo (*Hagenbecks Tierpark, Hamburgo — Stellingen*)" e "Zoo (*Parc Zoologique du Bois de Vincennes*)".

[3] "Do diário em Paris, II", "Grande louvação pastoril à linda Lygia Maria", "Quando coisas de poesia" e "Coisas de poesia".

O livro deveria terminar por uma explicação: "Porteira de fim de estrada", que não chegou a ser escrita.

Em adendo, cinco crônicas, das quais quatro já publicadas em jornais,[4] foram acrescentadas a este volume, embora não tivessem sido a ele destinadas pelo autor. Faziam parte, ou melhor, eram o *indez*, segundo expressão mesma de Guimarães Rosa, de um "livrinho" que se chamaria "Jardins e riachinhos".

O lugar e a data da publicação estão assinalados no fim de cada texto.

Algumas notas manuscritas do autor, que representam opções, estão reproduzidas em pé de página como "variantes".

Com esses esclarecimentos indispensáveis encaminhamos mais esta mensagem de Guimarães Rosa a seus fiéis leitores. Ave, palavra.

Rio de Janeiro, 27 de junho de 1970.

PAULO RÓNAI

---

[4] "Jardim fechado"; "O riachuelo Sirimim"; "Recados do Sirimim"; "Mais meu Sirimim" (inédito) e "As garças".

Advertência da segunda edição

Esta segunda edição permitiu-nos escoimar o texto de certo número de erros tipográficos que lamentavelmente se infiltraram na primeira. Aproveitou-se a oportunidade para o cotejo com uma segunda cópia, também revista pelo autor. Daí algumas variantes assinaladas ao pé da página. Por outro lado deu-se a certos escritos, de caráter nitidamente poético, disposição tipográfica exatamente igual à pretendida pelo autor.

Houve uma ou duas alterações na ordem das peças, sempre com intuito de maior fidelidade. Suprimiram-se, afinal, as datas das primeiras publicações no fim de cada texto, para retirar ao volume uma aparência excessivamente filológica e torná-lo semelhante às demais obras do autor.

Ainda que não seja esta a edição definitiva — falta, para tanto, o cotejo com outro original, por enquanto não localizável — decerto merece os qualificativos de "revista e melhorada", graças à preciosa colaboração de D. Maria Augusta de Camargos Rocha, a quem mais uma vez agradecemos.

Rio de Janeiro, 9 de setembro de 1976.

PAULO RÓNAI

O mau humor de Wotan

Hans-Helmut Heubel relia a Cabala ou a Bíblia e cria num destino plástico e minucioso, retocável pelo homem. Por saudade, com isso me ponho em remontar à causa ou série de causas que me trouxeram a conhecê-lo. E retorno a Márion.

Márion Madsen, gentil afino de origens — alemã, dinamarquesa e belga — foi rapidamente quase minha namorada, durante um dia, à beira do Alster, em 1938. Maduros os morangos, tendo flor os castanheiros, já se falava com ira na Inglaterra, por causa da Tchecoslováquia. Mas os jovens casais remavam seus barcos para debaixo dos salgueiros-chorões, paravam por lá escondido tempo, só saíam para se encostar no cais da Uhlenhorster-Faerhaus, onde garçons de blusa branca serviam-lhes sucos de maçãs e sorvetes, enquanto a orquestra, ao livre, solvia Wagner e Strauss. Mesmo assim, Márion, loura entre canário e giesta e mais num *tailleur* de azul só visto em asas de borboletas, hesitava em ceder primaverazmente às gratidões do amor.

— "Vou-me casar e ter filhos…" — prometia.

— Para obedecer ao *Fuehrer,* Márionchen?

Tão graciosa que fosse, os olhos pegavam seriedade gris demais. Levou minuto para responder, e dava:

— "O *Fuehrer* não encontra tempo para amar… O *Fuehrer* sagrou-se à política…"

Não se podia insistir. Márion furtava a mirada, e tornou a mencionar casamento. Casou-se, dali a mais de ano, quinze dias talvez antes do ataque à Polônia. Passou a ser *Frau* Heubel, mulher de Hans-Helmut. Do modo, por falho namoro e pela forte camaradagem seguinte, vim a conhecer um meu amigo, que a Europa me descobriu.

Conseguiram eles do *Finanzamt* algumas divisas, e foram para lua-de-mel em Bruxelas. Estavam em paz por lá, durante Mlawa, durante Kutno e a destruição de Varsóvia. E nisso houve qualquer lógica recerta, porquanto Hans-Helmut formara-se o menos belicoso dos homens, nada marcial, bem mesmo nem germânico, a não ser pelo estimar a ordem em trabalho contínuo, mais uma profundidade nebulosa no indagar a vida e o pausado método de existir.

Nos gostos, porém, tocavam-no subtilidades de latino: de preferência ao sólido, escolhia o leve e lépido, o bonito; aconselhava Márion a maquilar-se; e, sempre que vez, como tradição, baixava à Itália amada de Goethe, de Teutos e Cimbros, para comer melhor e tentar esportes de inverno, entre as mais formosas mulheres do mundo, em Cortina d'Ampezzo.

Ao voltarem a Hamburgo, a Polônia estava finda. Falava-se na paz, o povo sonhava paz, e Hitler, pairando em Berchtesgaden, intencionava sua paz forçosa.

Hans-Helmut apresentou-se, mas não o recrutaram: aguardasse convocação. Em feito, a sorte com ele trabalhava; e que a merecia, a mais de entreter a certeza íntima e preconcebido otimismo — meios que põem em favor da gente o exato destino correto.

Por todo o outono andávamos, e velhas eram nossas conversas. Meu amigo tinha sensato interesse por tudo o que do Brasil, e eu votava-o a um dia para cá migrar, dono de qualquer fábrica, de bebidas, por exemplo. Então ia-se a outra cerveja e entrando pelos grandes universais assuntos. Fora uma judia a derradeira amiguinha de Heubel, que, e pelo dito, não simpatizaria com o Partido. Mas Márion, romântica, tonta e femininamente prenhe de prudência, experimentava aos poucos trazê-lo à linha de *heil Hitler* mais enfático. Minha aliada era a mãe, *Frau* Madsen, que me fazia repetir, seguidos, cada discurso de Churchill. Lutava-se, em sinuoso, pelo direito de uma alma, nos amáveis serões em que brincavam-se adivinhações inocentes ou se jogava o *skat*.

Por contra, Hans-Helmut depressa converteu Márion à sua essencial filosofia. De maneira, ela menos se acabrunhou, quando o chamaram enfim à farda, em dezembro.

— "Nada lhe acontecerá…" — recitava, sacudindo a amarela cabecinha, sorrindo assim e parda-azulmente nos olhos. E foi despreocupado que Hans--Helmut partiu, envergava o *feldgrau,* plantado nas grandes botas de campanha; só com sombra de prévia saudade, decerto.

O inverno de 1939-1940 foi muito. Passeando em cima do Alster gelado, Márion contava-nos do marido. Não era a vida cômoda, no acampamento de Münster, onde metade da tropa adoecia de pneumonia ou gripe, enquanto o resto se adestrava sem cessa, suando a se arrastar na neve, horas, a 30° sob zero, naquela charneca de Lueneburg.

Mas Hans-Helmut se colocara, por poder de sua estrela: distribuído ao Estado-Maior da Divisão, dobrava funções de chofer e dactilógrafo. Escapara então ao rigor do *drill* prussiano, e ganhava número de probabilidades para sair vivo do comprido da guerra, chanças e estrapaças.

Isso, aliviava-nos, porquanto Heubel míope e de medíocre físico, com lentes grossas. No escritório, sim, agradava imaginá-lo, sua prezada silhueta mercantil-metafísica, acudindo à palavra "burguês", mais vivo sublimada, no que seu sentido tenha de menos obtuso.

Mas, passaram o frio, o inverno, pela Lombardsbruecke trens com soldados, os dias de Oslo, Narvik e Lillehammer. Vezes, mesmo Márion sabia de nada. Só que Hans-Helmut vivo, com saudade e saúde. Não esteve na Noruega. Esteve na França. Depois de *blitz* e armistício, dele tivemos carta.

Achava-se aboletado, cerca de Chantilly, em castelo, onde havia um parque ameno e infindáveis vinhos, adega soberana. Eram cartas vagarosas, graças, inclusive, a crescente amor pela França. Recomecei a aceitar sua tese: Hans-Helmut não dava, no coração, mínimo pouso à guerra, e pois o destino fora da guerra o suspendia.

Quem irá, porém, esmiuçar o grão primigerador, no âmago de montanha, ou o nó causal num recruzar-se de fios, dos milhões desses que fiam as Nornas?

Porque todo minuto poderia ser uma origem.

Por caso, talvez, aquele em que Márion conheceu Annelise. Difícil, mais, todavia entender: por que teve Márion de vir a conhecer Annelise? E entanto tudo se veja começado descuidada ou deixadamente, em Heubel mesmo — para aceitarmos sua crença pia.

Annelise, tão amena quanto Márion, era mulher do Capitão K., também hamburguês, também na França, em Chantilly. As duas se fizeram amigas; cartas vindo e indo, Hans-Helmut e o Capitão inteiraram-se amigos, talmente. Eram, bem, da mesma idade, as esposas tinham achado a fraternização, e mesmo não seria isso incomum, nos exércitos do II e 1/2 Reich. Mas, pois, decorreu que a 117ª Divisão retornou a Hamburgo, para casernar, enquanto nós, nós outros, chorávamos ainda a França, e a Luftwaffe quebrava o seu martelo na bigorna inglesa.

Hans-Helmut voltou corado, mais gordo. Sentava-lhe razoável o uniforme, realçando o ar de bonomia clara, que fazia a gente gostar mais dele. Trouxera, além dos presentes de Márion, um corte de pano para smoking e dúzia de garrafas do bom borgonha. Trazia também a França. Sim, requintara--se, em várias coisas.

— *"Les Français, vous savez... Tja, die Franzosen...* Sabem beber, inventaram essa arte... Um cálice, antes do jantar, *l'apéro, un verre...* O conhaque, à noite: *Encore une fine! Prosit, ma p'tite!"* — tocava copo com Márion. — *"Tu es pas mal... Je t'aime..."*

Contava que, em Paris, duas mulheres, sorte de elegantes, o tinham convidado, juntas, para hora íntima.

— *"Doch!...* Acendi um cigarro, *nongschalaantmantt...* E respondi: — *Oon leh vverrá... Oh, douce France!"*

Márion sorria, segura de sua estricta lealdade nórdica. Os dois se namoravam, quais e quando. Aí alguém perguntou: — *"E a guerra?"*

Heubel endireitou o busto, alisou devagar a túnica, sério desesperadamente.

— *"Gut...* nossa Divisão vinha na retaguarda... no caminho quase não houvera combates... *So war's..."*

De fim, pimpou na ponta do nariz um dedo, por engraçado trejeito remexendo os lábios.

— "Da guerra, vi apenas cavalos e cachorros mortos, felizmente..."

Nunca o notara mais honesto, desvincado. Resumindo em nada sua experiência guerreira, negava a realidade da guerra, fiel ao sentir certo e à disciplina do pensamento. Tornou ao copo, beijou a mão de Márion, e repetiu aquilo de corpos animais, num tom medido, do modo com que falam os lentos hanseatas.

— "Da guerra, mesmo, avistei só uns cavalos mortos, e cachorros, felizmente..."

Era um nenhum relato, dito de acurtar conversa. Contudo, tomara força e forma: solta, concisa, fácil para guardada; e ficara assim coisa: que nem uma moedinha de dez *pfennig*, um palito, um baraço. Nenhum de nós porém pensava nisso. Recordo, o borgonha cheirava a cravo, tinha gosto de avelãs, de saliva de mulher amada. E a rádio de Breslau enviava-nos cançãozinha:

> ... *"Ach Elslein, liebes Elselein,*
> *wie gern wär ich bei dir!"*

Hans-Helmut trabalhava com o pai, proprietário em Halstembeck de um viveiro de plantas, e, como interessava aos alemães o reflorestamento, não lhe foi de muito obter um *u.k.* — licença de desmobilização temporária. Passamos a nos encontrar com mais frequência. Amistosos, discutimos. Ele abria argumentação justa e desconsolada, lógica tranquila:

— "Sul-americano, você deseja a vitória dos países conservadores. Mas, nós, alemães, mesmo padecendo o Nazismo, como podemos querer a derrota? Que fazer?"

Eu buscava contra Hitler um *mane-téquel-fares,* a catástrofe final dos raivados devastadores. Mas, a seguir, calava-me, com o meu amigo a citar Goebbels, o sinistro e astuto, que induzia a Alemanha, de fora a fundo, com a mesma inteligência miasmática, solta, inumana, com que Logge, o deus do fogo, instigava os senhores do Walhalla, no prólogo dos Nibelungen.

Também findara o borgonha, bebia-se do mosela. Zuniam nas noites os aviões da RAF, entre sustos e estampidos. Desfolhavam-se as tílias da Glockengiesserwall, os olmos da rua Heimhuder. E vinha-se para fim do outono, com tristeza e o escuro, como se descendo por subterrâneo.

E ora porém, pois, conforme, os maiores dias vão assim no comum, sem avisações; a não ser quando tudo pode ser conferido, depois. Márion disse:

— "Jantamos amanhã com Annelise e o marido."

— "*Ach so,*" — entredisse Heubel — "vamos à casa do Capitão K., meu amigo."

Soube, mais, que com o casal K. morava o Dr. Schw., sogro, médico retirado, que gostava de cursar conferências sobre quaisquer temas. Daí, aí, gravei ainda que Márion e a capitãzinha continuavam a avistar-se, nessa pausa da guerra. E, outrotudo que a tanto se prendesse, foi falado longe dos meus ouvidos, ocupados, ali e aqui, a apanhar outras conversas.

— "Ah, se ao menos até o Natal acabasse esta guerra!" — clamava-se, longe das presenças da Gestapo. — "Ah" — rogava Márion — "esta guerra acabasse!"

Mas dizia e esplendia, ostensiva, preparando as roupinhas do bebê.

Notem: antes do Natal, a mão do *fatum* volveu a Heubel, num meio gesto: foi ele chamado de novo às filas, para o acampamento de Münster, onde veteranos infantes voltavam a aprender, de *a* a *z,* dia sobre dia, as partes de todo combater.

— "Nosso Hans-Helmut continua guiando automóveis e dactilografando?"

— "Oh, sim, sim, sim…" — Márion se bendizia, olhos de ver anjos no ar, o ventre manso e tanto se arredondando.

O mau humor de Wotan

Pelo inverno, fora o regelo e frimas, tudo era o ruim vento de leste e aquela rotina da guerra. Vi Márion menos vezes. Aconteceu, raro também, que Hans-Helmut viesse a Hamburgo, por breves licenças. Delas, uma para conhecer o filho — Détty, preclaro, ridor, tão gorduchinho — chegado, como via geral os meninos, guardando ainda o exser de algum país de ideidade.

Seguindo assim, seja, semanas, roncavam mais estragadores os bombardeios do ar. Na penumbra do grande hall da Hauptbahnhof, maior era a muda procissão dos soldados que dese-embarcavam. Inge, moça vizinha, encomendou ao namorado dúzia de prendas búlgaras. Olhávamos para os Balcãs. Mas, entre o jornal e o rádio, crescendo os dias, todos penávamos de pensar em abril, como se suas primeiras flores já vindo envenenadas.

Por azo, em noite menos fria, foi que me encontrei com Márion e a mãe, no teatro. Estava fina e radiante. — "Viajo amanhã. Vou vê-lo..." — pois. — "Vai despedir-se. A Divisão de Hans-Helmut move-se para outra parte..." — informou *Frau* Madsen, quase ao meu ouvido, tal a poupar o supérfluo sofrer arranhado pelas palavras.

Apressei num cartão duas linhas para meu amigo, e entrei a revocar assunto, dando ainda como firme infalível a suposta invulnerabilidade de Heubel. Depois, como a peça era viva e diferente do tempo, um pouco nos alegramos.

No outro intervalo não me admirei de ver, distante, Annelise. Estava com um senhor de idade, e expediu a Márion aceno e sorriso. — "É o pai?" — conferi. — "Sim, o Dr. Schw. Seco, *unsimpathisch*?" — concedeu Márion, para sua groselha. Nem isso, nem melhor — achei, com meu sanduíche de enguia defumada. Observando-o, que para nosso lado não olhava: externo, espesso, sem feitio nem aura.

Márion falava do marido, dela, do filho. *Frau* Madsen implorava-me, recados de Londres. Despedi-me e caminhei, aproveitando a lua. Na estação de Dammtor, um trem sem fim atravessava a noite, comboio militar, canhões e tropa, rodando para o Sul, vindo da Dinamarca.

Enquanto a aguardar o alarma aéreo, eu costumava ouvir as corujas — huhuhuuuu — um ululo; não instavam agouro, imitavam apenas o vento nos arames da rua. Com a neve e o luar, podiam-se distinguir, empoleiradas nas árvores. E, aurantemente, tristonhamente, tinha-se de pensar nas antigas baladas, em que sempre vem um cavaleiro, solitário através de florestas, ou um conde palatino ou margrave transpondo o Reno

João Guimarães Rosa

e tocando tom de luto na trompa de caça. Depois, adormeci, sonhando a dor das separações e os rouxinóis dos *lieder*. E as horas, abrolhosas, que a guerra diante de nós suspendia.

Porém, nos dias, que propor ou adivinhar, se Márion mesma não disse tudo? Tão ainda dissesse, onde ao menos ajudá-los? O destino flui, o homem flutua. Nem mais irrogável e pesado há, que uma sombra.

— "Sabe, foi bom… Passamos a noite numa casa de camponeses, tudo tão certo, tão pobre… Levei vinho, farnel, jantamos. De manhã, oh, decerto nem achei triste a nossa despedida. Choramos…"

— Para onde o mandaram, Marionzinha? Pode você confiar isso a um "estrangeiro inamistoso"?

— "Que sei, que sei? — esta guerra não acaba!"

— Ele voltará bravo e bom, Márion.

— "Mas, voltar, demora… Sinto que vou sofrer muitos dias, depois muitos dias, depois muitos dias… Sofrer no sangue, sofrer no sonho… Tenho de tremer de sofrimento…"

De remate, turvaram-se seus olhos.

— "Nisso, não quero pensar, não devia dizer a ninguém… Mas, você crê, de verdade, em sorte e estrela?"

— Hans-Helmut, Márion, acredita.

— "Ah, pergunto: você — acredita?"

— Por que não? A fé e as montanhas…

— "Nem sei se está sendo sincero. Mas disse: Hans-Helmut e…"

— Seu crer o salva Márion…

— "Meu amigo — sem querer, você aflige-me…"

— Mas, hem…

— "Eu não devia falar, pensar… Desta vez, ele partiu acabrunhado, profundo, sei que sem segurança. E sim… Temo que tenha *medo*…"

— Momentos de depressão contam pouco, ele permanece…

— "Não digo. Seu rosto era outro, você visse. Meu amigo, tem de ajudar-me, mandar-lhe cartas animadoras, muitas… Minha mãe e eu vamos rezar, de joelhos, noites inteiras, tudo vale! Não choro. Ah, marque o endereço: Feldpostnummer 16962 D, apenas."

Vale, você intrépida pequena Márion, em seu apartamento da Hahnemannstrasse e entre berço e retrato, vocês três. Ora estronda a guerra, para lá do Danúbio: bombas massacram Belgrado. "… *Prinz Eugen, der edle Ritter…*" — clangoram históricas fanfarras, alto-falando os sucessos especiais.

O mau humor de Wotan

Tratemos de Heráclito, de Sófocles — arre ondeia a suástica sobre Himeto, Olimpo e Parnasso — detém ninguém o correr dos carros couraçados.Vem os soldados cruzam-se com o regresso de andorinhas e cegonhas. Já se combatia em Creta. Mas, sob canhões e aviões, o incerto velho oceano, roxo mar dos deuses, talassava, talassava... E, do fundo de longes batalhas, tinia o telefone, trazendo-me voz aquecida:

— "Sou eu, Márion, recebi carta, leio! Você pensa... Teve também um cartão? Mas, diz quase nada! Fala numa cidade mediamente grande, pastores com a gugla, camponesas de largos aventais floridos... Dá o movimento do porto, as plantações de cucuruza... Sim, tenta dizer-nos que está na Romênia... Em Constanza, você acha? Ah, tudo continuará bem, *oh ja, ho ja*, Deus a o proteger... Deixe, não, de responder logo, obrigada. Precisamos de ajuda..."

Sim, todos nós. *Los! Vorwaerts!* Milhões, de vez, penetram no Leste — rasgam Rússia — máquinas de combate rolam através da estepe, como formigas selvagens. Porém diante, um duro defensor morria matando, ou se abriam só ruínas e o caos da destruição, como no segundo versículo: a terra mal criada — despejada e monstruosa — *tôhu-vabôhu*.

E correm conquistas, entrou outubro, multidões vão caindo. Márion, tenho novidade... De setembro, 18. Outro cartão, a lápis:

"...E o pior é ter de avançar, dias inteiros, pela planície que nunca termina. Meus olhos já estão cansados. Raramente enxergo um trigal, choupanas. Chove, e a lama é aferrada, árdua. O russo se retrai com tal rapidez, que nunca os vemos. Quando você estiver com Márion, diga-lhe que nela penso todo o tempo, e no menino..."

Longo o rumo dos horizontes, o barro negro da Ucraína, pássaros de bandos revoando o incêndio de searas, e um coração de amante a contrair-se, grande como a paisagem sármata e a desolação sagrada da ausência.

"Meu caro Hans-Helmut, — veio, faz três dias, teu cartão. Márion pediu-me, quer cada linha de ti..." Difícil é ter e inculcar uma confiança, quando em volta só se pensam imagens de temor e sofrimento... *Márion e eu esperamos conserves tua consciente crença. Márion..."*

— "Alô? Sim, é Márion... Pode vir ver-me? Minha mãe está no Harz, meu sogro em Halstembeck... Venha, é terrível..."

Decerto. Só um lance poderia recortar-se assim, e esperadas palavras expliquem tal palidez, os olhos aumentados.

— "Você veio. Obrigada..."

— Que é, Márion, carta?

— "As que o correio devolveu: o '*empfaenger unerreichbar*'…"

— 'Destinatário inalcançável'… Decerto não localizadas as unidades, no tumulto da ofensiva…"

— Não, a organização é implacável perfeita. Tenho só esperança: Hans--Helmut prisioneiro… Se não, se… Mas, então tudo está perdido?

— Mas, mal, Márion…

— "Estou comportada. Chorei, toda a manhã."

—Você não chorou bastante…

— "Não, é que agora tudo se quietou. Posso pousar no sofrimento. Ah: o ódio de Kriemhilde a Hagen… neste mundo de altos monstros!"

— Quem, bem, Márion?

— "Tem você lembrança de quando Hans-Helmut e eu estivemos com os K!? Deus devia antes ter-me partido três ossos!… Você sabe, o Dr. Schw., pai de Annelise? Veja um homem crasso, persuadido, sem grão de alma. Vivendo de cor os conceitos: glória, o que mal sei, mais-pátria e raça… os desses. Discursam, pisando na mão de uma criança…"

— E o outro, o capitão?

— "Perdoe-me, conto. Propriamente, tudo e nada. Descrevia aquele as tantas façanhas da Wehrmacht, na França, na Bélgica. Annelise e o pai escutavam, em momentos o Dr. Schw., às doutrinadas, com intercalações. Meu Hans-Helmut!… Tendo-me ao lado, se mostrava feliz, ingênuo. Ao café, o doutor quis, não menos, suas narrações de campanha. Ah, e não lhe fiz sinal, não lhe tapei a boca!…"

— Hans-Helmut?

— "Sorria, para mim, fumava seu charuto… *'Ora, eu, da guerra, só vi uns cachorros e cavalos, mortos, felizmente…'* — foi disse. Vendo você o rolado olhar do Dr. Schwartz; daí, cerrou-se em emburro e carranca. Seu desdém era rancor, demonstrativo. Turvou-se e gelou-se, lá, de nada a boa-vontade de Annelise. A seguir, quase, saímos…"

— E, desde…

— Dali a meia semana, Hans-Helmut reconvocado. Causal? Ao apresentar-se, avisaram-no: não continuava em Estado-Maior, sim na tropa. Teria urdido o quê, o capitão K.? Pois transferia-se Hans-Helmut à companhia sob comando dele, assim. Pensamos ainda isso a seu favor… Sabe como o capitão o viu? — "Aqui não haverá espécie de intimidade, tibieza, epicurismos!" — repelente, vexante.

— Sem treinamento, desjeitado para o exército, aguerridíssima! E no momento de ofensiva, à vanguarda... Por que você não tentou, Márion, não foi a Annelise?

— "Se fiz! Tive de com ela romper, quando também desprezou-me... Andamos depois a outros, nulos recursos. E era o que oprimia Hans-Helmut: não o medo, o risco, ânsia de livrar-se. Só horror enorme à maldade... Assim puderam matá-lo — primeiro, nele, alguma coisa... Mas, não! diga, diga, então..."

Ele, Márion. Não voltará; não o veremos. Veio a exata fórmula, papel tarjado. Hans-Helmut Heubel passou, durante um assalto, e deram-lhe ao corpo a cruz-de-ferro. Seus traços ficarão em chão, ali onde teve de caber no grande fenômeno, para lá do Dniéper, nas estepes de Nogai. Ninguém fale, porém, que ele mais não existe, nem que seja inútil hipótese sua concepção do destino e da vida. Ou que um dia não venham a ser *"bem-aventurados os mansos, porque eles herdarão a terra"*.

Histórias de fadas

Foi história que, em fins de outubro do ano passado, achava-se em Recife, a serviço de sua firma, o meu amigo Kai Jensen. E por Recife passou, então, em voo experimental para estabelecer a linha da América do Sul, o primeiro avião da S.A.S. O *purser* de bordo, dinamarquês, danês vivo, chamado Paul Ludvigsen, encontrou-se com Jensen, seu velho camarada lá da terra, e falaram, de negócios e da natureza, como costumam fazer os nórdicos. A natureza do Brasil, é certo. Colibris? Colibris. E Ludvigsen, depois de pedir a Jensen que lhe arranjasse alguns, para o jardim Zoológico de Copenhague, rumou até Buenos Aires, onde o avião se demorou dez dias. Enquanto isso, Jensen falava com um comerciante vendedor de criaturas silvestres e esse teriopola "hagen-beck" providenciou com pontualidade e eficácia. Telegrafou a seus agentes no interior. E beija-flores vieram. Quando a aeronave da S.A.S. retornou de Buenos Aires — era um DC-4, por nome *Passaten* (o que quer dizer "vento alísio") tendo pintado a cada lado da carlinga um escudo alado, com as três bandeiras — os colibris estavam e fulguravam, à espera de Ludvigsen.

Eram quinze, num só gaiolão misturados, como florida penca, do melhor sertão. Meu amigo Jensen só sabe informar que eram de qualidades diversas, alguns grandes, da variedade rabo-de-andorinha (*sic*), outros minúsculos, do tamanho de besouros, mais ou menos. — E as cores? — "Variavam, verde e azul predominando. Também, umas mais alegres... Mas, principalmente, cores de metal..." Sabia que não é fácil, eles têm de tudo: limão, romã, berinjela; bordô, absinto e groselha; malaquita, atacamita, azurita; e mais todo o colorido universo, em tal. Depois, mudam com a luz, bruxos pretos, uns sacis de peres-pertos, voltiginosos, elétricos, com valores instantâneos. Chegam de repente, não se sabe de onde se enflecham para uma flor, que corolas, e pulsam no ar, esfuziantes, que não há olhos que os firam. Riscam retas quebradas, bruscas, e são capazes mesmo de voar para trás. Na minha terra, vinham do mato, e eram realeza: mosca azul, arco-íris, papel de bombom, confete, bolha de sabão ao sol ou bola de Árvore-de-Natal. Mas só entravam pelas janelas, em casa, de manhã, uns pequeninos, verdes, que davam sorte. Em Itaguara, vi maiores, inclusive um flor-de-maracujá, roxo e verde, que se apagava em corrupio, num frufru imenso de ventilador. Mas os da Colômbia são tão sortidos, e tão diversos, tantos, que acho que ali os inventaram e terão por lá a fábrica deles.

Mas, como se luziam, eram quinze, de espécies variadas, brigavam muito, e dois morreram logo das brigas. Foi preciso apartá-los em três ou quatro gaiolas pequenas. E — antes que esquecido — comiam? Nada. Tomavam. Ou bebiam água com açúcar, posta em tubo de vidro com a extremidade inferior dobrada e recurva: uma proveta fina, em forma de J, presa à gradilha ou pendurada do teto da gaiola. Porque eles não pousam, para as refeições: ficam-se librando, às ruflazinhas, no ar, e agulhando no tubo, com seus biquinhos compridões. Pousam, isto sim, para repousar, em pequenos poleiros macios. São divinos.

Ora, mais, também fugiu um, mais ousado comodista ou localista, que preferiu, isto é, se recifez em Pernambuco. Os outros doze se portavam bem. Remataram-se preparos. Foram tiradas as necessárias bulas, documentos e licenças. Inclusive — não estamos com graças, a verdade é vera estranha — inclusive os atestados de saúde... Guindaram as gaiolas para o avião, entre o lugar do piloto e o do radiotelegrafista. Jensen despediu-se de Ludvigsen. E o tetramotor como de uso decolou, subiu, trafegou um instante no céu recifense, e foi-se entre as nuvens sobre o mar pendentes, que são polares campos ou montanhas brancas. Rumo Dacar-Lisboa-Paris-Copenhague-Estocolmo. Cheio, diga-se, de colibris.

Cruzando a máquina a parte gorda e equatorial deste planeta, nada houve de extraordinário. Mas, em Lisboa, já fazia frio. Com isso, deram de sofrer sério os meninos do sol, e começaram a cair dos poleiros. Felizmente, ali era pouso demorado, ponto de pernoite. Ludvigsen correu ao Chiado, a comprar uma chapa aquecedora elétrica. Levou para o seu quarto de hotel, instalou em cima dela as gaiolinhas. Não dormiu, passando em vigilância sua noite de Lisboa. Mas os doze guainumbis se reanimavam, refloriam: chuparam água com açúcar, brincaram de piorra no ar, e zuniram, cintilaram e fremiram, como jamais os viu melhor a Borborema. E de manhã lá se foram, quando o avião os levou.

De Lisboa, entretanto, telegrafou-se a *Herr Diréktor Áxel Revéntlow,* do de Copenhague zoo — instituição oficial, que, guerra abaixo, guerra acima, guardou ótima situação financeira, sem dívidas, tendo tido, no ano passado, mais de milhão de visitantes paga-entrada, isso em cidade de 750.000 habitantes; tanto ama aquela gente a natureza. Algo, porém, lhe faltava, e importantíssimo: os "diamantes do ar", *luftensdiamanter,* os nossos beija-flores.

Pior, ainda, saudade havia: já tinham tido deles, noutro tempo. O último exemplar morrera em 1945, de velhice, pois a experiência mostra que eles não vivem além de sete anos, pelo menos quando presos. Presos e bem tratados: apesar de os viveiros vazios, lá continuara funcionando sempre a criação de mosquitos, de uns mosquitinhos especialmente mirins e apetitosinhíssimos, que, com o néctar e o hidromel, compõem a dieta dos colibris príncipes. O Jardim Zoológico esperava-os, mais cedo ou mais tarde, com mesa posta e cama feita; Copenhague os esperava. Assim, natural temos que o diretor, homem feliz, homem ativo, de telegrama em punho, radiou qual sol de agosto sobre o Sund; correu para a rua, girou, beijaflorou, pelas redações, pelas estações de rádio, por casas de amigos. E um suave alarme correu, na terra de Hamlet, coisa pura. Os principais jornais se ativaram, o *Politiken* e o *Berlingske Tidende* abrindo, em suas principais páginas, colunas dedicadas aos doze brasileirinhos. E a Staatsradiofonien coriscou no ar, transmitindo a boa nova, o grande acontecimento, para a inteira Escandinávia.

Ora, enquanto isso, de lá do sul vinha vindo o avião colibrífero, do ponto em que deixado. Passam céus e passam nuvens, passa nuvens, passa nuvens, passa Espanha e Pirineus. Pra Paris! Mas, por aí, deu-se o drama. Com a altura fria, a chapa elétrica já não bastava. Os colibris tremeluziam, prontinhos para morrer.

Grande consternação entre os aeronautas. O piloto inclinou a cabeça; o sota-piloto arregalou lentos olhos azuis; o radioperador preparou os dedos para uma comunicação fúnebre; e Ludvigsen extraiu o lenço de bolso, prevendo-se apto a lágrimas. E eis que, nisso, todos quase a um tempo, teve-se a ideia salvadora. É que os aeroplanos desses são providos de fortíssima aparelhagem de super-aquecimento, usada no sobrevoo de glaciais lapônias, para além do Círculo Polar. A emergência autorizava o seu emprego. Sem discussão, num átimo, puseram-na a funcionar. Um calor foi nascendo, se encostando. Os colibris espiaram para trás, da beiradinha da morte. O calorão ficou de África; a cabine-de-comando sufocava os homens — coitados homens alvos, gente de bruma e demorados gelos —, que se molhavam e tiveram de ir tirando paletós e camisas. Mais foi nova primavera para os beija-flores, que retiniram de verdes, à glória do trópico. Afora um, que talvez estimasse mesmo falecer, com saudades de Pernambuco.

Suecos, noruegos e dânios não fossem sujeitos profundos, amigos de jogar só no certo, e contentar-se-iam com esse sacrifício. Mas, creia-se e veja-se, continuaram a tirar roupas, e a deliberar. O avião trazia tripulação dupla,

Histórias de fadas   29

com turno de revezamento, e eram assim não sei quantos, com navegadores e engenheiros de bordo; mas pelo menos uns dez. Dez moços, no momento em cuecas, fatigados de altitudes e motores, semi-assados, suados, e... voando para Paris. Pois bem, com tudo isso, deliberaram mais, e chegaram a unânime conclusão: suprimir a escala tão desejada, e atalhar caminho, guinando retamente para Copenhague, por amor de onze e meio beija-flores (pois o tristonho de que falamos continuava moribundo). Tratando-se de um voo de experiência, o piloto-chefe tinha autoridade para alterar a rota. A derradeira etapa ficava mais longa que a de Natal-Dacar. Mas, tudo pelos colibris!

E assim, sobre a tarde, baixaram em Copenhague, no aeródromo de Kastrupp, que uma multidão enchia. A radioemissora fizera instalar alto--falantes no aeroporto, e já consagrara aos hóspedes sul-americanos os quinze minutos diariamente dedicados às "atualidades". Soaram palmas, ao surgirem as gaiolas. Herr Direktor Reventlow adiantou-se. Viu o colibrizinho já morto, precipitou-se, pegou-o e o pôs no bolso, a ver se o calor do corpo ainda podia salvá-lo. Aí, então, proferiu suas palavras, agradecendo a Ludvigsen, a Jensen, à Companhia, ao Brasil, a Deus, aos próprios colibris, a dádiva feérica. Ludvigsen também falou. Discursos curtos, sem tenórios tons, nem fermatas, nem tremulantes vogais. A rádio é que bradava, repetidas vezes, ondas curtas e longas: *"Koebenhavn taler! Her kommer kolibrier fra Brasilien!"*

No dia seguinte, novos grandes artigos nos jornais, primeiras páginas, foto-grafias. Apesar do outono avançado, foi enorme a afluência ao Jardim Zoológico.

Ainda agora, em abril, tivemos notícias dos onze: o time está lá, vivos e sãos, almas alegres, nas estufas do zoo de Frederiksberg Bakke, que se gaba[1] de ser o único no mundo a possuir tais joias. E, com isto, se encerra a Saga dos Beija-flores. Porque agora o Direktor Reventlow escreve pedindo araras, tucanos e gaturamos.

★★★

Facto outro, contudo, e vero e enorme e bizarro, se tanto não de si mal encontrado, vo-lo relatarei.

O qual foi que, ao tempo em que ainda se pelejava a desconforme guerra, em que aprouve a Nosso Senhor que aos malignos poderes do Eixo

---

[1] O artigo foi escrito em 1947. (N. A.)

sobrepujássemos, expediu-se, na chancelaria do Itamaraty, a uma das nossas brasileiras embaixadas, o despacho telegráfico seguinte:

No dia 15 do corrente, a bordo do hidroavião JX494, procedente de Freetown, foi capturado um gâmbia vivo. Para conveniente ação junto à referida base, o doutor Fábio Carneiro de Mendonça pede avisar no War Department ao coronel Phellip Knef. Rogo providenciar. a) Exteriores.

Céus! — bradou-se. Céus e mares! Que rico tipo, esse mosquito, de Áfricas vindo, capturado ao fim do caminho, sem ter um prazo para zunir seu banzo...

Tarde chegava. Muito.

Da Guiné Alta, da Serra Leoa, negro voluntário, tarde chegava.

Mas, assim viera, obra de dez horas, obra de mil e muitas milhas, por cima longe do triste itinerário: lentas paragens de verde escorrer, calmarias da Costa, ou de azul a azul rotas, com o rolão e a espuma, cantantes à luz da estrela-d'alva, ou de sóis de fogo espinhoso ou de muito resplandecente e formosa lua, indo o negreiro a menear-se, negro, entre os gaivotões e os alcatrazes, enquanto os ares mudam muitas vezes, o vento a correr todos os rumos — um sul tão rijo, fresco nordeste forte, o noroeste galerno — todos gementes, como o gemer do madeirame, banda a banda, ou o gemidão carnoso de três toneladas de pessoas-de-escravos, morrendo no sal da brisa o profundo odor humano, até que arrebentem trovões, umas grandes trovoadas cegas, ou espirale uma tromba, ou caia a chuva, e a rota se arroste com vento travessão e temporal desfeito, ao largo do picar de bravas ondas, a nau a montar e baixar de grandes serras d'água, sob desarrazoados sopros e estrondosos mares, tão grossos empolados e cruzados...

Acontece, porém, que o gambiazinho tinha de ser unhado e trancafiado, pois trazia coisa mui diferente das boas mercadorias que de África já nos vieram — o dendê, o samba, o Santo, o caruru-rosela —; era a malária. Uma malária extensa, assim de epidemia, como pode atestar essa excelente repartição, que é o Serviço Nacional da dita. Porque aquele mosquitico congo também é mais "domiciliar" que os nossos mosquitos indígenas, e, da doença, quando alguém melhora, é para adoecer mais vezes. Já em 30, nos aviões postais, os gâmbias passaram o Atlântico, armados e organizados, pondo lança em América e invadindo o Nordeste, que ocuparam até 41. Para exterminá-los, foi renha e campanha. E esse dom Mosquitão, indesejado, de torna-viagem maus ventos o afriquem.

Histórias de fadas 31

Sanga Puytã

De Aquidauana, sul avante, senso inverso, entramos a rodar as etapas da Retirada da Laguna.

Esplanada. Macaubeiras. Até pretas, ou amarelas, tostadas pela geada, as bananeiras se retardam. Vai o verde veloz pelos cerrados, alto, baixo, sujo, limpo. Dá-se uma estrada arenosa, ver vermelha. No monótono, subimos as últimas horas da manhã e descambamos o meio-dia, ora mais que um *divortium umbrarum,* que mero divisor-de-sombras. O sol iça a paisagem, e os campos bailam, rugosos, na luz. Vamos na serra do Amambaí, vertente do poente. E, contra o planalto recurvo, o céu tombado, súbito estacamos.

Nioaque é aqui.

Dentro do céu, casas velhas, espaçadas, encerram um território remoto, entre rua, praça, campo ou clareira; mais árvores, e caía-lhe a palavra "horto", que o ar sugere, ou "largo", "estância", "paragem", "logradouro". Sem o repicado gloriolar matinal, sobem uns cantos de galos, se desenrolam, como penachos de sono. Diáfano dia montês, em que tudo se alisou de repente, mais mansa a transição entre verdura e brancura. Talvez a menos sul-grossense, das povoações de Mato Grosso, Nioaque se vê madura e estática, qual um burgo goiano. Há de limitar-se com qualquer país de névoa acima, da ordem também dos mais claros.

Envelhecem, neste redor, as ferrenhas furiadas — pilhagem, massacre, incêndios. A História se rarefaz. O que ficou plantado foi um marco votivo: entre mangueiras e palmeiras, cercaram um gramado retangular, em que pedras amarelas inscrevem um losango. O "jardim". Semelha singela bandeira nacional, horizontalmente estendida: a terra, como símbolo da bandeira. Toda Nioaque o prolonga. E, bem-aventurança afetuosa da cidade, levamos Camisão, Pisaflores, José Thomaz, o chefe tereno Francisco das Chagas, a negra Ana, preta de bondosa, e os doentes, fiados a Deus num espaço da mata — o mundo.

Dever seu, a seu modo, os lanceiros de Urbieta também pagavam multa mortal ao *hombre malo* de Assunção. Seus descendentes, os netos de suas mulheres, formam grande gente, presença e vizinhança. Já em Campo

Grande aportam risos do Paraguai em pares de olhos escuros, mal avistados, e no ritmo das polcas e guaranias. *"Paraguayita linda"*! — toa uma harpa, entre guitarras. Compra-se o *nhanduti* — fios de amido e amor, rijo aranhol constelado, espuma em estrias. As *fajas* coloridas prendem as armas, como enfeites. E espalham-se os *puytãs* — os ponchos de sarja escarlate — que transitam, contra horizontes e céus, como fúcsias enormes, amadurecendo um vaqueiro num cardeal, pingando de sangue o planalto, nas léguas instantâneas da paisagem, ou acendendo no verde do Pantanal tochas vagantes.

Distamos ainda, verdade, da zona de osmose, onde nos falará uma língua bizarra, com vogais tecladas; dos exércitos de ervateiros forasteiros, que povoam redutos de trabalho; das terras de tangência amorosa, em que os sangues diversos se influem; desse povo fronteiro, misto, que, cá e lá, valha chamarmos *brasilguaios*, num aceno de poesias.

Sempre a vista é a mesma: os estirões do caminho rubro, araxá pós araxá, léguas à régua, simples raspagem no terreno, que pouco ondula. Os coqueiros sobem de algum mar, os chapadões dão sono. Paramos, por causa de um tamanduá-bandeira, pardo, à borda da estrada, às 14h, 30. A pouco trecho, pulou uma veada, marrom, longa, fêmea de mateiro. De gente, raros; poucos trafegam nesta rodovia. Mal a espaços no ermo, um rancho de madeireiro, que o mato ameaça: de pau-a-pique as paredes, teto de uacuri; homens e mulheres que o dia santo reúne, à beira de foguinhos; exibem-se as redes de dormir; devem ser albergues de estoicos estas choupanas, ao gelo das madrugadas, na florada do frio. Macaúbas ciliciadas — folhagem em desleixo, rascunho de fronde — agarram seus cachos de cocos. Uma fumaça. Cerca de esteios cruzados, mandiocal, roça miúda. Outras cabanas que o capim coifa — sapé velho, prata; sapé novo, ouro. Um mastro, que tem de ser mais alto que as árvores, com a bandeira: *"Viva São João Batista!"* — Inevitável, o pau-a-pique, incapaz de chegar a reles taipa-de-sebe. — Por que não barreiam? — "Água por aqui, só a légua e meia…" Com a sobrelégua, o que há é uma paineira morta, em que três bandos de periquitos se dão encontro, remexendo suas sombras no capim de outra choça, mais primitiva que um tejupar. E o não feio rio Miranda, se unindo com o Santo Antônio: o pontal dos dois, redondo de copas, afina uma quilha, querendo insinuar-se debaixo da ponte. Depois, barrancos, pastos, gados. Aí-pererê forte: um gavião, que vai, que volta. Surgem casas, com soldados. Baixamos na Fazenda Jardim — a "estância do Jardim" — para jantar e pernoite, com a noite nos laranjais. Comissão de estradas de Rodagem nº 3 — *"Neste mundão, os hóspedes distraem a gente..."* — recebe-nos o Capitão Ivan Wolf.

Julho, 16, conforme nos diários dos viajantes. O frio à frente, reenfiamos a rota, depois de um desvio de sessenta e quatro quilômetros, para ir ver o "Buracão do Perdido". Consta que em Ponta Porã tem feito cinco sob zero, mas a massa-polar passou também por aqui. Muita flora, crestada, entrou em outono. O sol anda como uma aranha. No Patrimônio Boqueirão, vai haver festa. Na frente das casas, armaram "ramadas" cobertas ou alpendres à moda dos "cines" ou "corredores" paraguaios, para as danças. Nossas plagas, agora economicamente melhores, atraem os paraguaios, que trazem sua *cultura,* inteiriça.

Para a banda de lá, onde há escolas e colégios, passam os meninos brasileiros. O Paraguai, individualizado, talvez já pronto, é extravazante; o Brasil, absorvente, digeridor, vai assimilando todos os elementos, para se plasmar definitivamente. Às vezes, aqui ou ali, há refluxos. O Território, por exemplo, rebrasileirou, de repente, muita coisa. Onde antes só se bebia mate e se bailava ao som da polca e do santa-fé, passaram a tomar café e dançar samba. *"O Paraguai está recuando..."* — dizia alguém, jovialmente, como se comentasse uma partida de esporte. Mas tudo se passa num estilo harmonioso, convivente. Em Dourados, uma mulher mostra seu filho, menino teso como um guaicuru: — *"Paraguayo, no, Brasilerito!..."*

Nos acenam. Mas já estamos na mata virgem. — *"Tem muita onça, nesta serra de Maracaju..."* — informa um conserveiro. Paus de abraço, ou finos troncos ósseos, entre o verde de cima e o verde de baixo, da copagem coesa. Vai rendada a cumeeira, quase nuvens, e às vezes o bafo de sêmen nos engloba, com a sua úmida murmuração. Passamos e admiramos, perlongando-a. E, quando a mata cessa, destravada, tombamos num campo cheio de surpresa. As emas, muitas, arquitetônicas, incrivelmente aves, cinzentos dromedários encolhidos. Trotam elas, batendo cascos. Uma ergue élitros indébitos para o voo, outras agitam as caudas-cabeleiras azulantes. Rebanhos de emas, misturando-se com o gado nas pastagens, caravanas de emas, cada uma com sua ema-chefe, guarda-bando. Fogem, pelos campos altos, que adornam, esveltas, as palmeiras bocaiuvas. Por cima delas, passa um urubu-caçador, turco de tarbuche, deitado no vento sudoeste, nadador. E esta savana, que cortamos a modo diametral, parece um parque onde as emas, domésticas, se multiplicam. Dali se sai por uma avenida de taquaras, de arcos enfolhados. Cintila o rio Machorra, com sua

Sanga Puytã   35

mata em galeria. E — km 296 — quando a paz é mais própria, nos choframos com um posto-de-vigilância, brasileiro.

Um bambu seco, atravessado no mata-burro; quatro barracas, alinhadas; três soldados e um cabo, cavalarianos. Um deles se adianta. Da revolução, acha apenas que "é uma lástima"... No seu modo, com ar de cumpridor, soa sincero. A guerra civil, em casa alheia, sempre tem qualquer coisa de anacrônico; em nossa casa, de prematuro.

Aparece o primeiro cinamomo às portas de *Bela Vista*. Da brasileira, porque do outro lado do rio está a outra, a paraguaia, a *Bella Vista,* rebelde e de armas empunhadas, armas aliás bem sucintas: cerca de 300 homens, cujo maior material of-e-defensivo são algumas metralhadoras de mão, onomatopaicas *peripipis.* Vinte e mais léguas a leste, beiradeando a divisória, fica Pedro Juan Caballero, metade meridional de uma cidade — cuja outra meia é a nossa Ponta Porã —, e nódulo legalista. Lá, os soldados do Governo seriam por uns 200, mas dispondo de alguns morteiros de campanha, fogo de pobre. Guerra linear, sobre essa linha, marcada pelas patrulhas voltantes, prontas a se espingardearem à caçadora.

Estão contando que um moço militar, de Nhu Verá ou de Horqueta, começou a achar enfado na luta do Ipanê, e preferiu indulgir em peripécias próprias: desertou barulhentamente, chocou-se com as rondas, atravessou depois o território inimigo, sempre riscando de onça, requisitou comeres e bebederes, promoveu-se e condecorou-se a si próprio, e, chegando até a beirada do Brasil, cumprimentou e deu as costas, sem gosto para embrasileirar-se, e pois retornando à confusão. Trazia também um violão a tiracolo — acrescentam. E explicam que o violão, para o paraguaio, é arma de combate e ferramenta de lavoura. Se verdadeira, bela é a história, se imaginada, ainda mais.

E em Bela Vista só estão internados três ou quatro legalistas, que, por se afoitarem mais em terreno "blanco". Alguém discorda, reticente: — *"Paraguaio, amigo, é bicho letrado. Não tem nenhum paraguaio sonso, não…"*

Da Vila Militar, contemplamos as duas Belas Vistas — como livro pelo meio aberto — lisas, onduladas de-ligeiro. Oblíqua, corre para dentro do Paraguai uma crista azulada, no fundo.

Por aqui passou, no cavalo baio, José Francisco Lopes, o Guia, mineiro de Pium-i, de sertões exatos e da tenência e transatos, da lealdade e da força. Por ele conduzidos e nutridos do seu gado, vieram os homens da expedição, para vinda e volta — sob bandeiras, serra acima, boi berrante. Té hoje, aqui, manda a pecuária. — *"Em Bela Vista, tudo é gado..."* — um sulano instrui--nos. — *"O quilo é treis mil-réis do lado de cá, do lado de lá é dois..."* — já em solilóquio acrescenta.

A cidade se atravessa nos três minutos, com um olhar para a casa que foi do matador de gente Silvino Jacques, por causa de quem ainda há mulheres de luto, das duas bandas.

Na barranca do Passo da Alfândega acampa um destacamento: as barracas de lona verdiamarela; os cavalos por perto, comendo de bornais; um sargento e quinze praças — um grupo-de-combate, reforçado, do Regimento Antonio João. O Apa, cor de folha, mostra seus seixos rolados no fundo. Verdadeiro e formoso, como Taunay o tratou.

Duas ou três canoas se aprestam. Em tempo de paz, aqui funcionava uma balsa; mais abaixo, no Passo do Macaco, os caminhões cruzam sem dano, em quadra de vazante. Tem um cinturão grande, com o escudo estelar na fivela, o moço Martin Yara, nome mesmo para tanoeiro.

— *Vostê* é revolucionário?

Martin Yara se entesa e endeda o *V* da vitória, sério, como se pusesse alguma pajelança nessa arma simbólica, importada para nossos arsenais pastoris. De pé, à proa, firma a zinga e impele a canoa, que se esgueira, ele gondolente. Como paraguarani de bom tronco, despreza pavonadas de boca e garganta, deixando para mais horas a valentia.

Aos ouvidos desse povo, mesmo às boas frases respeitáveis suscitam-se desproporções. Por ver, uma professora ensinava o *"Independência ou Morte!"* com a necessária ênfase, quando um garoto arregalou sinceramente os olhos e pulou no banco, exclamando: — *"A la putcha, Señorita!"*

Mais sua mulherzinha, um joão-de-barro se avança, sobrevoa o rio. De Minas para aqui, crismaram-no de "massa-barro"; mas, vez na outra margem, ele se re-poetiza: *alonso, alonsito, alonso ponchito*; mais adentro, voltará a profissional: *el hornero.*

Passa a canoa, para meia dúzia de casas avistadas, e dois soldados sem armas, sentinelas amistosas. Esdrúxulo, um sobrado de meia-água. Aportamos. Os cinamomos estão iguais, mas são *mbocayás* as bocaiuvas.

Subimos vinte passos, e entra-se por larga rua relvada — *a Calle Mariscal Estigarribia.* Transitam vacas, com universal bondade, nos cangotes longas forquilhas. Uma, salina-cirigada, retrocede, por espanto. Crescem cores no céu. O mesmo berro das vacas. Um sino toca, no colégio dos padres norte-americanos. Tranquilidade, remansidão. Muitas casas estão fechadas — os legalistas donos longe, no Brasil pertinho. Um grupo de oficiais vem ao nosso encontro. Estamos ingressando no Paraguai pela porta-da-cozinha.

O capitão Eliseu Duarte Britos — *Jefe de la Plaza* — é moreno e encorpado, estampa autóctone, deve provir do sêmel de caciques.

O major Rufino Pampliega — Comandante Geral do Setor — claro, corpudo, mas velazquiano. Seus modos revelam um esgrimista; olhar e fronte os de estrategista. Casquete com o *V blanco,* blusa de couro, pistola à cinta, bombachas com frisos casa-de-abelha, botas de fole, e aprumo palaciego.

Fala da tropa — *simples organizaciones de montonera* — aguerridíssima.

O capitão Duarte Britos termina, socialíssimo: *"Nos imporemos pelas armas."*

Enquanto a noite subiu, com estrelas subitâneas. Temos de voltar à Bela Vista nossa. Trevas, na rua. Um lampião foca círculo diurno, em que sorriem várias jovens, abraçadas, nenhuma sem encantos. Acorrem os homens atraídos. Oficiais, soldados, paisanos. Um sobraça o *mbaracá,* de seis cordas. Ladeiam-no dois outros, com cavaquinhos. Surge, do escuro, uma cadeira, para o solista apoiar o pé. Alguém segura a luzinha de querosene. O violão se desfere, e uma polca irrompe alegre, laçadora. Clamam-se aplausos, bilíngues, trilíngues. E uma moça alva feliz, Chiquita ou Amparo, canta a canção do coração louco — *"Corazó taroba"*...

No outro dia, toda a viagem, essa música pousará como um pássaro roxo em nosso ombro; nela persiste o marulho composto do Apa, saltado à primeira hora, e o trinar da *calândria* amorosa, que desordena perspectivas na manhã. Ponta Porã, até lá, delongam-se os campos; rei deles, o barba-de--bode, curvado como se ventos o acamassem, cada tufo um porco-espinho. O percurso é agreste, uniforme. Os bichos restarão dentro dos matos. Apenas, a complexa máquina cochilante de uma carreta, com os bois bojadores, o carreteiro a cavalo, sustendo a picana. Na Colônia Penzo, um destacamento afugenta os quatreiros, deixando que os desbravadores labutem em paz, por um favor da guerra. Sobe-se, com a mata repentina, uma vertente serrana. As nuvens gostam de pousar no canto sueste do céu, os gaviões preferem as árvores secas. De novo, o descampado. Arvoretas inéditas querem agrupar-se em bosques: é a erva-mate, que começa. Tocamos a "linha seca" da fronteira. A estrada coleia por entre os postes de demarcação, que intervisíveis vão mundo adiante, plantados em montículos. De repente, os cavaleiros. Dois.

38 *João Guimarães Rosa*

Depois, três. Muitos.Vêm mudos, sopesando as hastas, com lenços vermelhos. São lanceiros colorados, cavalaria legalista; patrulha, ou flanqueadores de uma coluna maior, que se movimenta para oeste. Alto de Maracaju. Na mesa de uma planada, vestida de frio novo, Ponta Porã, a bonita.

A cidade. As cidades — dimidianas, germinadas, beira-fronteira —: ora deserta cerrada a *Pedro Juan Caballero*, num relento de eremitério e guerra. Vacas e cavalos pastam o capim da Avenida Internacional, o *boulevard* limitante. Ponta Porã freme, de expectação, mais vida, solidária assistência.

Só partíamos, mas um menino engraxate sorrindo-nos cantava, de inesquecer-se:

Allá en la orilla del rio
una doncella
bordando pañuelo de oro
para la Reina
para la Reina…

Deixava-se o Paraguai — país tão simpático, que até parece uma pessoa.

Volvendo norte, passa por nosso derradeiro olhar a cidadezinha ainda de Sanga Puytã, à borda de um campo com cupins e queimadas, arranchada entre árvores que o vento desfolha. Diz-se que sua área é menos que a do cemitério. Apenas a gente pensa que a viagem foi toda para recolher esse nome encarnado molhado, coisa de nem vista flor.

Sanga Puytã

O grande samba disperso

JOÃO POLICARPO *fala, longos ais. Se
canta: mau pranto. Perfunctório. Agar-
rado de angústias. Cuida de: mentiras,
saudades, traição, lembrança.*

— A SITUAÇÃO PAROU, MEU CORAÇÃO SE AFUNDOU. Ora, a vida. Entestei com
grande espanto, artifícios de ilusão. Não desminto desta fé — o que em mim
era verdade. Amar, mais, era proibido. Maria das Mercês… Mas ela era mulher,
mulher, simpatia mal mostrada. Ela estava junto a mim, não em minha compa-
nhia; em suas faces era de noite, em seus olhos era de dia… Promessa feita —
amor desfeito. Se abraçou com minhas pernas ao pé-da-cruz. Só as lagriminhas,
quase — dessas águas crocodilas. Só a que seu tanto não sofreu, é que ama com
falsidades. O que foi, já manhã clara. De um juramento que dei: que o meu
perdão eu não dava. Maria's Mercês da maldade. Não perdi nenhum valor,
amor sofrido dobrado. Cumpro minha obrigação de dor, meu senhor. Estou
alegre de trono, só choro estas poucas lágrimas. Amanhã vou esquecer, depois
então vou saber: saudade é chateação, pensamento com cansaço. Saí de lá com
o coração muito bandido. Saí, senhor. Ninguém dê notícias minhas. Eu não
posso chegar à razão, de umas tantas criaturas Maria passou pela tarde. Só — o
que sei — é cidade e amor; para que fazer caso? Urubu que praguejou, há-de a
ver que não me mate. Desculpe franquezas minhas, mas eu estou na liberdade.
Guardei paixão? Agora eu estou em outrora, veja, vou compor aquela tristeza. O
tremido do meu ser, que é o viver desnorteado. Agora, se vou lá ver. Sozinho é
que sei sofrer. Mas, antes, penar constante, que se usar o mal-comprado. Crescer,
mercês de saudade. Aqui estou João Policarpo, um servo do senhor, meu senhor.
O senhor quem será, sua graça?

— AMOREARTE DE ALMEIDA *(doutor, não-compositor)*. — Vejo as muralhas
da cidade. Reflito-as: vastas, várias, as ondas indivíduas, miríades demais. Tenho
nos meus ouvidos este sinapismo de sons. O povo popular, a rua estrábica, a
pânica floresta, um frondoso gemer, um tudo chão, denso como um bambual,

as enfeitiçagens, a preparação do prazer, o paraforamento; luzes, numa remotidão de estrelas; e sempre a noite, antiquíssima — nigrícia. Desesperem-se-me os fatos. O círculo do amor, tão repetido: esta é a água de fontes amargas. O silêncio é moralmente incompleto. Enquanto o tempo não parar de cair, não teremos equilíbrio. Vou ao vento, para meu assento. Vou? Eu ouço. Ou não ou? Mas sou teu irmão. Muito prazer.

POLICARPO (*sério*). — Agradecido.

JOÃO DO COLÉGIO (*vem, recitando sozinho*). — Desde que choveu, minha Mãe, doeu muito esta cidade...

AMOREARTE. — E você quem é, trôpego efebo?

DO COLÉGIO. — Sou só o irmão da Mercês, ela me mandou com um recado. Saber se já pode voltar...

POLICARPO. — Nunca nunca!

AMOREARTE. — Num canunca está você — canunca infausto.

POLICARPO. — Sou homem. Sei o que não quero...

AMOREARTE. — Sabe-se a quantas? Sabe quem você-mesmo é, você se entende, o que quer? Você quererá é: medula, banzo, descordo para desenfastiar, zabumba, gemidão de urso, palavras de doce escárnio, horas de inteira terra; meia-noite sem relógio, dispersão de outras mágoas, ver a vida em grandes grãos, morder o dia, encher a noite; ser o alegre alguém, nas operações de mudar de amor, fauno feito; chorar barrigudamente, um grito próprio para a alma ouvir, entremeio aos romances; dar suas proclamações de dor, de dor de amor de mentira; chorar, de qualquer maneira: eis o problema; tal bruaá... Você diz: o triste de mim... Você, navegador de limo e lodo, por derrota repetida. Você se esbalhou e esbandalhou-se, nos quantos caminhos da cidade, então seu espírito parou as máquinas. Você é um corpo de ressonância. Você está é sufocado de amor, cuja uma paixão ingovernada. Ou você beija, ou mata.

POLICARPO. — Eu penso que...

AMOREARTE. — Cale-se. O pensamento é um fútil pássaro. Toda razão é medíocre. Viver é respirar; pensar já é morrer. Só Deus é dono de todas as simultaneidades. Só há um diálogo verdadeiro: o do silêncio e da voz. Se quer dizer alguma coisa, diga, por exemplo:... Em minha alma se abriu, esta hora, um golfo de Guiné...

POLICARPO. — Mas, a ingratidão...

AMOREARTE. — Isto é o contramotivo. O mugido do vento é um mugido de cobra. Coragem, mais!

O Morenão (*não entra, cantando*). — Se eu fiz chorar, foi legal...

Amorearte. — E você, quem é, vil hermeneuta? Que é isso?

O Morenão. — O breque. Sou um que foi o homem da Maria das Mercês. Sou mais não. Tudo se acabou tanto, que nem houve. Só foi um engano.

Amorearte (*a Policarpo*). — Está vendo? Perceba-se, Policarpo!

Policarpo. — Seja o que for, meu senhor. Ela...

Amorearte. — Sempre tem *ela*. Bela, flor para impurezas, a rara natureza — para você. Mais rara que ela, só a malva amarela, eu sei, eu sei... Seus beiços bugres... Pavã, pavoa. Você queria era ser pedrinha no sapato dela. Mas você gosta dela?

Policarpo. — Não amuo de outra tristeza...

Joaquim Imaculado (*passa, cantando*). — Mas, afinal, que tenho eu, com peru que outrem comeu?...

Amorearte. — E quem é você, tão recém-chegado? Você vem lá: vejo a tristeza... Agacha-te, escriba!

Joaquim Imaculado. — Serviços, meu senhor. Sou um que ia ser, daqui a muitos anos, o homem da Maria das Mercês. Vou ser mais não. Ia ser só um engano.

Amorearte (*a Policarpo*). — Está vendo? Concerte-se, Policarpo!

Policarpo. — O bom, para mim, se acabou. Tudo é passado... Me indiguina.

Amorearte. — Mulheres passadas é que movem amores. Tira o sentido disso, Policarpo. Refresca teu coração. Sofre, sofre, depressa, que é para as alegrias novas poderem vir...

Maria das Mercês (*chega, chorosa e esplendente*). — Triste foi aquele dia, de saudades replantado... Não fui eu que estive em teus braços? No mundo quem te viu, ainda não existiu o outro homem... Sinto no peito, por fora, é o suor? E por dentro, meu amor? De te perder devagar, não sou de me conformar. Debaixo dessa promessa, ai, ai, ai, sem um tiquinho de gratidão, sem uma compreensão, sinto esta separação, que ela só me perambula... Eu quero querer tudo com você, um carinho, um amor, e você está só é aprendendo a amar... Meu amor de enlouquecer, esperar é esta minha agonia... Terá sido um amor que eu perdi?

Policarpo. — Ingrata! Perdemos...

Amorearte. — Alto lá! Basta. Um momento. Seja não, não, sim, sim; mas, vejam bem, se perderam, mesmo. Amor perdido é amor que não foi achado: não-amor. Não o amor-mor, o mor amor. Mas falso amor, algum engano. O falso-amor é um biombo, o mor-amor é um ribombo. Então, se não é, resolvam: e… pirai-vos! — oh grandes entes imorais… Perdido por um, perdido por mil… — como dizem as cachoeiras…

POLICARPO. — Ela…

MERCÊS. — Ele…

AMOREARTE. — Um momento! Com a natureza humana decaída, eu me entendo. Vocês dois estão quais quiabos no oásis. Se querem dizer alguma coisa, digam, por exemplo: … Laço foi o que me trouxe. Minha carne viu por meus olhos. Mundo isolado de mim. Bom-grado vou. Amanhã e estrelas. Sinto-me. Quando sinto, minto? Meu teu meu-amor…

MERCÊS. — … ai, ai, ai.

POLICARPO. — … ê ê ê, ô ô ô.

AMOREARTE. — Unissoou. Amor renhido, amor crescido. Cousa grande! Vocês dois são o que-não-sei: o tudo, a… persistência da lua, apesar das cidades. Umbigo — centro, centro, centro. Umbigo — medida ideal. Havei forte amor! O amor não precisa de memória, não arredonda, não floreia: faz forte estilo. *E fim.*

Aquário
(Berlim)

VERTICAL, RESVÉS, A ÁGUA SE ENJAULA.

Vítreo, aquoso, cristalino, cada compartimento abre olho: azul de filmagem ou verde-fluoresceína: os das luzes em anúncio e das pequenas ondas findantes.

★★★

Do calmo caos, como de cluso fundo-do-mar, entes nos espreitam, compactos, opacos, refratados. Insolúveis, grávidos, todos exuberam. Eles se conformam diante da gente?

★★★

Os peixes à baila, bocejam e se abanam, sem direito à imobilidade.

★★★

Há os brasileiros, rebatizados com trens de nomes:
O *bagre-blindado-azul* vai ocultar sob pedras seus chamejos furta-cores.
O *bagre-couraçado-leopardo*, arisco, dá um adeus, de lado.
O *bagre-anão*, do Guaporé, defende-se: faz-se de chumbo e cai a prumo ao fundo.
A *salmocarpa-de-manchas-estreladas*, toda hidrófana exceto o estômago, foge com flufluxos frêmitos e carreirinhas treme-rabo.

★★★

...de sangue de peixe com sangue na guelra.

★★★

Podia ser um caranguejo ou um coração.

★★★

São peixes até debaixo d'água...

★★★

Já na espuma há tentativa de conchas. Mas o caracol contínuo se refaz é com carbonato de cálcio.

★★★

Tartaruga — seu esforçado adejo.

★★★

Os caranguejos atenazam-se.
O caranguejo: seu corpo mascarado.
Em casa de caranguejo, pele fina é maldição.

★★★

A carpa, gaga.
O bagre tem sempre as barbas de molho.

★★★

O polvo se embrenha em seu despenteado: desmedusa-se.

★★★

Namoro de tartarugas: é um golpear de cabeças. Morde uma a outra e empuxa-a, puxa-a, arrasta-a, dá com a amada por tudo quanto é canto. Todas a frio se inflamam, acabam, formando uma porção de pares — amor de carga, caixas, caixotes, barricas — arquimontando-se.

★★★

O marisco em ostracismo.

★★★

Em, alguma treva — como os mariscos no rochedo — almas estarão secretando seus possíveis futuros corpos?

★★★

Tântalo é o peixe: que não pode cuspir nem ter a boca seca.
Para eles a água é gasosa, fluido vital, terra-firme.

★★★

O caranguejo a encalacrar-se, tão intelectualmente construído.
O caranguejo carrascasco: comexe-se nele uma ideia, curva, doida e não cega.

★★★

Outros brasileiros:
Acaráuaçu, apaiari, amazônico, faz careta, a florfeerir: verde-folha-de-café, manchado de vermelho, riscado de preto, com pavonino espelho na cauda.
O *bagre-do-arnês-estriado,* do Brasil Central, é o que mais se embebe: todavia vem do fundo, onde há rocalha e sargaços em infusão.
A *saumocarpa beckfordiana,* marajoara, se enfronha, sóbria de barbatanas, hábil traçadora de retas.
Abre largas velas o *acará-bandeira,* bicudo papilião e pomposo, tricintado de preto, suave deslizador; os olhos têm setores vermelho, amarelo e azul, de incompleto disco-de-Newton.
Acaraí — o peixinho que nada com melhor sintaxe.

★★★

O peixe sem rastro: isto é, a água sem nenhuma memória.

★★★

Até que enfim, uma gentil elegante: a truta.

Aquário (Berlim)

Agora, bocarrante, a carpa, simplíssimos bigodes, globosos olhões rasos de água.

★★★

(Trichego, cavalinho-do-mar.) O excessivo jaez dos hipocampos.

★★★

Eu e o peixe no aquário temos nenhuma naturalidade.

★★★

A tartaruga, toda cautela e convexidade.

★★★

Não é só o sal que diferencia rio e mar: mas o irremediável.

★★★

Em poço, debaixo de grandes algas, o polvo, tintureiro atro, enchendo-se e esvaziando-se. O polvo sob o mata-borrão.

★★★

A tartaruguinha, desconchavada, não quer saber de nada.
Ainda há outra tartaruga — inventando a hélice.
O mais engraçado é que a tartaruga tenha aprendido a nadar.

★★★

A água, que não teme os abismos: a grande incólume.

★★★

Ei-lo passa e repassa, absoluto em deserto segredo, essencialmente absorto. Só parece que ri e grita, suspenso, obrigatório cada movimento, incessante brusco mudando daqui para ali a inércia, em pedacinhos de velocidade.

Aquelas arquejantes bocas, como se pedissem um recomeçar.

★★★

A enguia em goma-arábica.
A lampreia embuda — lambe mesmo a pedra.

A *perca-furta-cor-de-riscas-e-com-manchas-cor-de-vinho*, de Honduras, cava buraco na areia e põe dentro os filhotes, cobrindo-os com o corpo.

★★★

Esses nomes quelônios; Seychelles, Galápagos — de onde, então por isso, vêm as tartarugas gigantes.

★★★

A *perca-multicor-sarapintada-de-ocelos*, brasileirinha, toma conta dos filhos e leva-os a passear.

★★★

O polvo aos pulos: negregado, o oitopatas, seus olhinhos imensamente defensivos, sua barriga muito movente: polvo da cabeça aos pés.

★★★

À tona, em rosário ou colar, a ciriringa, espumosura de opulência de opala de saliva.
A água, falsamente acomodatícia.

Aquário (Berlim)   49

Evanira!

Cap. I — *Dois seres, trazidos todo o modo a um bosque, descobrem que, imemorialmente, se amam. Mas o irromper do amor coincide com a necessária separação. Sozinho o Narrador, sua alegria é mesmo assim imensa: vê-se transmudado; a esperança se convida com o sentido senso da eternidade* (O Narrador tenta, em repetidos ímpetos, narrar o inarrável).

E o ar. Eu estava ainda só, tudo estava só, ai-de-quem, ali, naquele incongruir, na interseção de estradas, multiversante eu — soez, Joãpáulino, tediota — nos brejos do Styx. Apenas o que se imiscui em infusos antros e inigmais idades. (*Mas, eu, vinham-me.*). Minha vida: margens. (*Deus não estuda história. Deus expede seus anjos por todas as partes.*) Vínhamos, nós dois, sem saber que vivíamos, vínhamos — do jamais para os sempre.

ENTREM-SE PORTAS

ABSOLUTAS.

— Às asas! Às asas! — sussurra-se, no tumulto cessante. Éramos o dia era lindo, fazia muita manhã — inadvertida cascata — e a súbita flor sete-pétalas: ALEGRIA. (Suas joias lágrimas, tempo nenhum, uma ordem rejuvenescida, o tranquilo uso do amor.) Destino? —

...PILOTADO NESSE RIO

POR ANJOS E LEIS E ALEGRIAS

(Soubesse-o? *Ou* eu *não* cantasse:)
> *Lá do céu caiu um cravo*
> *cai uma rosa também:*
> *quem não ama e tem saudades*
> *está à espera de alguém, como*

Evanira! 51

o não nascido quer o ar, ainda não respirado. Como a pedra, de asas inutilmente ansiosa. Como os cães elevam os ouvidos. Como o temer, sozinho, ver. Como o não saber.

Abro a paisagem.

ENTRA AGOSTO EM REPOUSO, MESMO OS VENTOS. Em nosso jardim há florestas e pausas. Só pulava o sabiá: só solilóquios. Às antes árvores, as plantas a abrolhar, OS MOVIMENTOS DA ALEGRIA EM HASTES, os comedidos pássaros. QUANDO TUDO ERA FALANTE...

> *(O tema do anjo:*
> *... o Anjo (chegou e falou) nem fechou as*
> *asas. Olhei: o Anjo não punha os pés no chão.*
> *Um anjo vem sempre é do fundo da cena.)*

À Amada: (— *"Para que encurtar conversa?"*). Foi um minuto: os relógios todos do mundo trabalhavam. Vejo-te, meu íntimo é solúvel em ti. ANDAM ALVURAS. (*Ah, ela era bela, e minhalma se lembrou de Deus.*) AMO-TE (— *"Meu amor..."*) DE REPENTE, E ME SEPARO DE UM MILHÃO DE COISAS. Uno-me. Eu, enfim, era eu, indispersado. A AMADA. O mundo o mundo o mundo.

O MAR, QUE SOB OS VENTOS, VAGA A VAGA,

VEM DE THULE, DE YS, DO BOJADOR...

Anjo novo. Nós —

E UM SOM CHEIO DE AVENCAS PENDURADAS,

restituindo-me: *menino.*

NA CASA DO AMOR TUDO ERA FRAQUEZA.

Minha mãe brincando com bonecas me teve.

Olhos de me marejar.

SÓ A FIXAÇÃO DE REPENTINA MÚSICA.

Anjo novo.

(NÃO SÓ OUVIR E VER, SENÃO AUDIR E CONTEMPLAR.

Te!)

E, pois, librando-se arcangelicamente, a *alma almíssima,* quando

A ÁGUA

DE MIL CÔNCAVOS, MIL SEIOS,

TE ENVOLVE,

FELIZ, E CONTUDO TODA PENETRANTE

— *não mais ausente.*

Todavia:

... e a vida são sempre outros rumos / que não os nossos. E o último abraço. (*Um anjo só sente o amor como as árvores o orvalho?*) O guarda, anticarcereiro, e sua invista — ficta — espada, não flamante. Vais-te. *Todavia.* TENHO SEDE, TENHO FOME: ISTO É, TENHO O MEU SER. *Todavida.* Tudo tive, tenho! Ao milagre. O dom. O píncaro nevado: o — para sempre — CINTILANTE: o cimo. Eis-me amor. Há tanto, há quando? anos? — DOZE mil, milhões, imensidões e mais... (*E és:* Vega — soberba estrela azul, A ALVÍSSIMA)... FIOS MANSOS DE MAR... (De outra substância, outra alma e carne, de que nenhuma.) *Anjo novo.* Amor é ALGO, MAIS-PERSPICAZ-QUE-O-MUNDO-E-INTEIRO — súbito decorridamente — *através* de quem nós:

o sempre: o CIMO!

... *"no meio do caminho"* desta *vida.*

CAP. II — *Sobrada solidão do Narrador, sua alegria, aos poucos, substituindo-se, em sutil, pela saudade. Ele volta ao lugar em que aquele amor marcara de revelar-se. A saudade consome sua esperança, e invade por inteiro o Narrador* — que experimenta, inutilmente, discuti-la.

..., SILÊNCIO À TARDE. SÓ

o que só e

antes; ANTIGO

Teus olhos, as mãos

e *inimitáveis céus,* de amando em quando, no meu *nem* lembrar. No meu quartel espaçoso. (*Às vezes, a saudade dá labaredas.*) A FONTE SE EMITE. A que não-és-mais, onde? meu amor. A FONTE HUMÍLIMA, O PURO TEMPO, AH-ÂNSIA, FORÇADO SONHO, FADA SEM PAÍS. S a u d a d e. Ai-de-me! quem poderia restituir-me o que, DEPOIS nunca houve, só ausente, nem há-de, PELAS RIBEIRAS DO RIO, no nevoeiro do agora?

AONDE as testes árvores, re-arrumadas em o não sempre, EVA NASCENTE, PRIMEVA. Recorro — *em rudes portas.* (HOUVE UM AZUL UMA TARDE, EMBORA, uma e longa manhã; e fogem esquilos. AZUL QUE HABITOU MEUS OLHOS, angelia, eva, *"that joy, once lost, is pain"*, o roissinol de Bernardim.) Aí, eu, trás os montes indo, não achei horizonte mais. E AINDA AMOR, SOZINHO AMOR. Esperança insistente. *E a saudade, a fogo lento.* Ela:

A saudade é um sonho insone.

A saudade é o coração dando sombra.

Saudade — ninho de ausências.

Saudade — um fogo enorme, num monte de gelo.

Saudade — cofrezinho sem chave.

Por que, se nem sou, e o tempo me leva também? *A saudade, cor de rato ou elefante...* (Saudade salafrária, SUA-DADE, ausenciamento...) Um pedaço de caminho, TÃO PARADO, nas falsas paradas do tempo. O não-vazio — que me sojiga o coração? (Ela, *com seus mil morcegos*; azuis? Sei:)

ESTOU TRISTE, QUANDO EM VÃO,

QUANDO ÀS VEZES ME INCOMPLETO.

...de amando em quando.

E — a saudade — entrequanto:

FONTE FECHADA

CAMPO INFRENE

AVE DO OCEANO

(— *Vem, amada, vem!*)

anjos como medusas

a mais lírica entidade

A EM MIM

(— *Amor...*)

(ou ATRAVESSO-A, como a um não-mar, a um não-lugar — EU, SAARONAUTA...)

HISTÓRIA DE LONGOS VENTOS

RETALHOS DE ANTIGO LUAR...

— *Não, não!*

... não-te, nem teu não, nem teu rosto! Nem mais o que houve, preso ausente, nem mesmo o que não haverá... *sim, saudade.*

> CAP. III — *A saudade esvai-se, e o Narrador teme que, sem ela, a vida o induza, retrocedido, a charcos e cavernas, onde a alegria-verdade daquele Amor para sempre se perca: no mundo das larvas.*

DESENTENDER-SE O MAR? Só, e agora mais só — no abismo-eu, que é o chão dos sonhos. NINGUÉM TEM CONSTÂNCIA NA SAUDADE? (O amor moroso. A impermanência. A subvivência. A insubstância.) Chamei, mas só tua sombra foi chamada, quando

NÃO-MEMÓRIA

NÃO-LEMBRANÇA:

Branca, sal de estátua,

nem eras

A AUSÊNCIA DOS PÁSSAROS QUE ANTES VISITAVAM NOSSAS MASMORRAS EMPARECIDAS DE SILÊNCIO.

A saudade — lenta e prata

IMENSAMENTE SE AFASTA

sobre sim de nada e azul...

(De seu não dizer

as lâminas sucessivas:

e uma tristeza de volta

nos esforços de ida.)

SAUDADE da saudade, / a que se apaga / no oco de um calabouço. Morre-se, de não se lembrar. Retrazido / como se o céu não fosse curvo. O nada é muito vivente: os animais, que somos. (*O medo de esquecer — é o chamado do possível ainda? O instinto da saudade — é o que revolve em mim não sei que indigitadas profundezas?*) *E se eu nem estou onde-não-estás?* E

ACASO O VENTO, A NEVE SOSSEGADA

em queda; a

Casa do obstáculo:

(E não poder não ver

O QUERIDO E O PERDIDO

MAIS O QUE É UM SEGREDO

por não ser um sorriso...)

— O NADA. Liso, calmo, quieto, fresco, frio, morto, imperturbado — é o NADA.

— *Minha mãe! Minha mãe! minha*

saudade...

Evanira! 55

CAP. IV — *O Narrador vai morrer. Mas a saudade retorna, e luta — defendendo-o do medo e contra a sorte.* (Ele sente que a saudade está sempre a seu lado, ainda que muda.)

EU ESTAVA ALI, CHEIO DE MENTE,
NAS MARGENS DO MEU MAR DE MORTE,
morada de ninguém; *apenas minha?*
em meio de muito pranto.
Sei: AGUDOS OS OSSOS DA ALMA
E TODA BELEZA É DISTANTE.
SÓ O TÚMULO OBEDECE.
Todo ídolo é tentativa de deter o tempo.

(Nem o ar é meu, nem

  O QUE É MEU. E O RELATO
   QUE É MEU, DO CHÃO
    DO MAR.)

....

Eu morro de terrível autenticidade!

....

Não! que
eu ainda não sou! QUE
EU AINDA NÃO SOU s a u d a d e...

....

Senhora, sinto-vos: *o*
choque angélico.
Saudade — as modulações do escuro;
    AS
   FALENAS DE ALÉM-FOGO, E
   UMA NUDEZ DE ESPADA:
A ARDENTE NEUTRALIDADE DE UM ANJO.

CAP. V — *O Narrador sabe-se transformado novamente e que passou por uma espécie de morte, propiciatória e necessária.* (Descobre que, já antes de encontrar a Amada, tinham saudade, sem o saber — e que a própria, e ignota, fora que os trouxera ao lugar consagrado.)

João Guimarães Rosa

Sim — nostalgir-me, voltar para o coração. Sob refúgio. A SAUDADE PLORANTE, SUBTRAINDO SEGREDOS. Um anjo pode forçar demais as pessoas à transparência. *Lembro-me de minha sombra.* PREDESTINO!

Sábias lágrimas.

DEVO ADQUIRIR MAIS SILÊNCIO,

MAIS ESPERA,

MAIS BRANCURA.

— *Amor: também sabias?* Trazia-nos. É preciso uma força de montanha de onda, para se fazer, ao alto (OH, EFÊMERA?) um cachozinho de espumas. (*Não a familiaridade com os fantasmas!*) Mas, ao jardim e bosque,

A ETERNA AVENTURA

Profundamente anímica;

motivo circular

SONHO FORÇADO

— *Anjo novo!* —

trazia-nos.

CAP. VI — *O Narrador se reconhece em novas alturas de amor e adivinha o trabalho da saudade. A Amada e ele voltam a encontrar-se.*

Entra agosto em repouso, mesmo os ventos. — Meu amor, nunca não--estávamos... *Alegria!* SOFRO AS ASAS. *Coisas longas nos chamam*

como o mar chama os regatos

desde a fonte.

SAUDADE: A DONA DE PONTES,

CIDADES E PAISAGENS.

(O anjo vem para dizer,

não para discutir ao argumentar;

nunca para pedir.)

— *Meu amor!* OS VERDES...

CAP. VII — *Narrador e Amada imploram que a saudade nunca os abandone, livrando-os dos gelos que entorporam, da opacidade que retarda, do sangue que corrompe e das trevas que separam.* (Não há fim.)

Evanira!

(*Entra agosto em repouso, mesmo os ventos*
que outrora, assaz, em brandos refalsados,
ousavam-se.

Eleleus!

O UIVO ESPLIM / O
CÃO-LAMENTO
NUNCA ENFIM —

Euói!

e o ar
Seus moVIVEntos — a saudade
CESSAÇÃO: É A CESSAÇÃO
de um ritmo   *Proteu:*
ainda imperfeito. O fim   *suas focas.*
mesmo da mais mansa brisa,
dos movimentos da alegria em hastes…)

— A SAUDADE é necessária. A SAUDADE, o delicado sofrimento. A
angústia / que varre / das folhas secas / a árvore. A SAUDADE que sorrir?
A SAUDADE que avança. SAUDADE — é quando os semicegos tentam fazer-se
olhos? É quando começamos a desconfiar do tempo? A

DANÇA LUCIFORME

DEUSA.

Saudade
    antimundana
    análise de pureza
    o infinir
    a substancíssima
    campo de força-maior
    Esperança insistente
    MUNDO-NOVO
    GRANJA da margem
    a longa LAJE, proa.
A PRANCHA sobre as baías
    do mar
    grande e pequena FÉERIE
    no meio do caminho
    GRUPIARA.

— Não a inane rastreadora, pobrezinha, cainte, mas
a que nenhum momento quer perdido,
A QUE, PARA OS CELEIROS

RESPIGA

(*Sim, há outras espécies de saudade.*)

A meiga plataforma
em negro nada e espaço.
A que mistura os dias e os
renova.
A:

FONTE QUE DÁ ÁGUA A DORMIR
E OCULTA SEU RUMOR
Angústia e pupila. A
longa consciência e
nova tentativa.
(*Quem sabe suas verdadeiras paisagens?*)
SANTA SAUDADE...
Anjo novo!
— Que ela não nos abandone... DESDE QUE É EM ALGUMA OUTRA
PARTE QUE VIVEMOS, E AQUI É SÓ UMA NOSSA EXPERIÊNCIA DE SONHO... Nós,
tempícolas... SEJAMOS O SILÊNCIO

COMPOSTO À MÃO DE SEGREDOS.
Brincar de sempre.

— É preciso ter saudade de ti, *mesmo perto de ti.* PARA MAIS PERTO!
— Só a saudade é *sempre* necessária.
— É preciso recriá-la sempre, tê-la conosco (*e às árvores deste jardim,
primevo, o único*)...
— É preciso cumprir e ser, em seus domínios; recompor sua coisa de
sonho, ACHAR-LHE AS PORTAS.
— A ESTREITA PORTA.
— *Meu amor, cheio de estrelas.* Além! Além!

... PENSAMENTO DE AMOR,
DE AMADA;
AMÉM

Evanira!   59

Uns inhos engenheiros

Onde eu estava ali era um quieto. O ameno âmbito, lugar entre-as-guerras e invasto territorinho, fundo de chácara. Várias árvores. A manhã se-a-si bela: alvoradas aves. O ar andava, terso, fresco. O céu — uma blusa. Uma árvore disse quantas flores, outra respondeu dois pássaros. Esses, limpos. Tão lindos, meigos, quê? Sozinhos adeuses. E eram o amor em sua forma aérea. Juntos voaram, às alamedas frutíferas, voam com uniões e discrepâncias. Indo que mais iam, voltavam. O mundo é todo encantado. Instante estive lá, por um evo, atento apenas ao auspício.

Perto, pelo pomar, tem-se o plenário deles, que pilucam as frutas: *gaturamossabiassanhaços.* De seus pios e cantos respinga um pouco até aqui. Vez ou vez, qual que qual, vem um, pessoativo, se avizinha. Aonde já se despojaram as laranjeiras, do redondo de laranjas só resta uma que outra, se sim podre ou muruchuca, para se picorar. Mas há uma figueira, parrada, a grande opípara. Os figos atraem. O sabiá pulador. O sabiazinho imperturbado. Sabiá dos pés de chumbo. Os sanhaços lampejam um entrepossível azul, sacam-se oblíquos do espaço, sempre novos, sempre laivos. O gaturamo é o antes, é seu reflexo sem espelhos, minúscula imensidão, é: minuciosamente indescritível. O sabiá, só. Ou algum guaxe, brusco, que de mais fora se trouxe. Diz-se tlique — e dá-se um se dissipar de voos. Tão enfins, punhado. E mesmo os que vêm a outro esmo, que não o de frugivorar. O tico-tico, no saltitanteio, a safar-se de surpresa em surpresa, tico-te-tico no levitar preciso. Ou uma garricha, a corruir, a chilra silvestriz das hortas, de traseirinho arrebitado, que se espevita sobre a cerca, e camba — apontada, iminentíssima. De âmago: as rolas. No entre mil, porém, este par valeria diferente, vê-se de outra espécie — de rara oscilabilidade e silfidez. Quê? Qual? Sei, num certo sonho, um deles já acudiu por *"o apavoradinho"*, ave Maria! e há quem lhes dê o apodo de *Mariquinha Tece-Seda.* São os que sim sós. Podem se imiscuir com o silêncio. O ao alto. A alma arbórea. A graça sem pausas. Amavio. São mais que existe o sol, mais a mim, de outrures. Aqui entramos dentro da amizade.

Pois, plumas.

Estes têm linguagem entre si, sua aviação singulariza-se. Segue-se-lhes no meneio um intentar, e gerir, o muito modo, a atenção concêntrica — e um jeito proposituído, negocioso, de como demoram o lugar e rabiscam os momentos, mas virando sempre a um ponto, escaninho, no engalhe da árvore, sob sombra. Súbitos, sus, aos lanços, como que operam e traçam. Terão seus porfins: o porfim. Nidificam! Aqui, no avisado, preferiram, para sua ninhança, no desfrequentado. A manhã se trança de perfumes e o orvalho é um pintalgamento lúcido. O ramo a enfolhar não se conclui, nem tem a quem acariciar. O tempo não voa. Todo galhozinho é uma ponte. Ao que eles dois se aplicam, em suave açodo. Tudo é sério demais, como num brinquedo. Sem suor, às ruflas, mourejam, cumprem rotina obstinaz. Um passarinho, que faz seu ninho, tem mãos a medir?

Ambos e a alvo ao em ar, afã, e o leviano com que pousam, a amimar o chão — o chãozinho. Como corrivoam, às múltiplas mímicas cabecinhas, a acatitar-se, asas de vestir, revestir. Têm o ninho em início. Aonde vão, acham ainda o orvalho. Arre que catam a palha mínima, fio, cerda ou cílio, xepam. O mundo é cheio do que se precisa, em migalhificências: felpas, filamentos, flóculos. À vez de esmiuçar-se, nada seja nhufa ou nica: por uma ninharia, os pássaros passam, em desazo. Nem nem comem? O tempo parco, o mundo movediço e mágico. Seu dever é ver, extrair, extricar, içar, levar a lar. Sim, aqui os dois, nidulantes, não cessam, os filhos da delicadeza. Outros só estão a picoritar na figueira, meliantes, conforme ferem os figos, de vizbico. Conquanto, do ao-fundo, os mais outros, segundo as matérias: o incoativo, o repetitivo, o pio puro; tié, tietê, teiteí. O pomar é uma pequena área florestária. Bem-te--vi — monotonia aguda — seu grito de artifício. O sabiá reza: — *Senhora…* *Senhora…* — a penas um rebate de saudade. Sempre mais longe, mais fundo, mais grave. Aonde os anjos, que ainda à terra vêm, agora. Vigem disfarçados?

O ninho — que erguem — é néxil, pléxil, difícil. Já de segredo o começaram: com um bicadinho de barro, a lama mais doce, a mais terna. De barro, dos lados, à vária vez, ajuntam outros arrebiques. À muita fábrica, que se forma de ticos, estilhas, gravetos, em curtas proporções; e argueiros, crinas, cabelos, fibrilas de musgos, e hábeis ciscos, discernidas lãs, painas — por estofo. Com o travar, urdir, feltrar, enlaçar, entear, empastar, de sua simples saliva canora, e unir, com argúcia e gume, com — um atilho de amor, suas todas artes. Após, ao fim, na afofagem, forrá-lo com a própria única e algodoída penugem — do peito, a que é mais quente do coração. O ninho — que querem — é entre asas e altura. Como o pássaro voa trans abismos. A mais, num esperanceio: o grácil, o sutil, o pênsil.

Se pois, que, na estreitez do que armam, vê-se, o trabalho se parte. Ele provê os materiais; ela afadigada avia-os, a construtora dita, aos capítulos. Ele traz, ela faz; ela o manda. Ele, cabecinha principal? A irrequietá-la, certo já não avoaça, assíduo. Às vezes, porém, para, num fino de ramo se suspende, volatim prebixim — com lequebros e cochilos eventuais: belpraz-se. A mirá-la de reolho, com um trejeitar, ou repausado — tiroliro — biquiabertinho. Ela o insta, o afervoriza, increpa-o. Aí ele vivo se eclipsa. E volta à lida, subsequente ativo, ágil djim, finge-se deparador, vira, vira, bicoca e corre de lado: — *Aqui... aqui... aqui...* Só que o a seguir-se é que de novo se esquece, empinado se ergue, preparadinho para cantar; que todo tentar de melodia já é um ensaio do indefinido. O que sai é um tritil, pipilo pífio: um piapo — e a alegria a mais, que ele assim se adjudica.

Ela é intrínseca. Ela é muito amanhã, seu em breve ser, mãe até na raiz das penas. Toda mãe se desorbita. O que urge, urge-a, cativa de fadária servidão — um dom. O que teme é ovo anteposto. E ainda não está pronto o ninho, amorável. Donde o diligir, de afinco, de rápido coração, no mais dar. Sumiu-se a gentil trapeirinha em gandaia. Re-pousa-e-voa, sofridulante, o físico aflito, vã, vã. Já ali a erguitar um til de capim, que é um quindim, que é um avo. Recuida-o agora, em enlevo de cobiça, com sem biquinho tecelão. E engendra. Com pouco, estará na poesia: um pós um — o-o-o — no fofo côncavo, para o choco — com o carinho de um colecionador; prolonga um problema.

Está perfeito o nidifício, no feliz findar. Os dois vão avir-se. Ele se sobe a andares altos, plenivoa, desce em festa. Ela se faz a femeazinha, instantânea tanagrinha. São casal. Sem tris, se achegam. Simetrizam. Os outros, os trêfegos aos figos, se avistam acolá, na figogueio, de figuifo. Sem reticenciar, entoa ele então um tema, em sua flauta silbisbil. Deram-lhe outro canto? Sai do mais límpido laringe, eóa siringe, e é um alarir, um eloquir, um ironir, um alegrir-se — um cachinar com toda a razão.

Se sim, quando. Se às vezes, simplesmente. Onde um lugar — os quietos curtos horizontes, o tempo um augúrio ininterrupto — que merece demorada. A inteira alma. As várias árvores. O céu — ficção concreta. Um par de pequeninos, edificantes. O tremer de galho que um mínimo corpo deixa. E o nomezinho de Deus, no bico dos pássaros.

Uns inhos engenheiros   63

Às coisas de poesia

De Soares Guiamar — *despercebido, impresso, inédito, fora-de-
-moda* — *que queria livro, o* "Anagramas", *e disse palpites:* Ser
poeta é já estar em experimentada sorte de velhice. Toda poesia
é também uma espécie de pedido de perdão.

Ou... Ou

A moça atrás da vidraça
espia o moço passar.
O moço nem viu a moça,
ele é de outro lugar.
O que a moça quer ouvir
o moço sabe contar:
ah, se ele a visse agora,
bem que havia de parar.

Atrás da vidraça, a moça
deixa o peito suspirar.
O moço passou depressa,
ou a vida vai devagar?

Pescaria

A Mário Matos

O peixe no anzol
é kierkegaardiano.
(O pescador não sabe,
só está ufano.)

O caniço é a tese,
a linha é pesquisa:
o pescador pesca
em mangas de camisa.

O rio passa,
por isso é impassível:
o que a água faz
é querer seu nível.

O pescador ao sol,
o peixe no rio:
dos dois, ele só
guarda o sangue frio.

O caniço, então,
se sente infeliz:
é o traço de união
entre dois imbecis...

Teorema

Malmequer falhado,
cão madrugador,
pôde simples fado:
tem amado.

Malmequer maior,
deus decapitado;
se cumprido for,
viverá de amor.

Malmequer e bem,
com porquê e a quem:
severo exercício,
amar é transgredir-se.

Parlenda

Papagaio foi à caça
voltou para Portugal
ausência de verdes matas
extinta raça real.

Deu voz de um príncipe louro
viagem por bem e mal.

Deixou-me suas palavras
apenas, no vegetal
caladas; ouro e segredo
um castelo e um coqueiral.

Mas a vida que me herdaram
viver, é bem desigual
— velas no mar, um degredo
e a saudade: azuis e sal.

Que eu sofra noites florestas
e minha culpa, por al.

Alongo-me

O rio nasce
toda a vida.
Dá-se
ao mar a alma vivida.
A água amadurecida,
a face
ida.
O rio sempre renasce
A morte é vida.

Às coisas de poesia   67

O aloprado

O aloprado
sai devagar
entra no mundo
fundo do mar.

Olha por tantas janelas
só em espelho está a olhar.
Mais vê, aí, seu coração:
que o mar é lágrimas e luar.

E desde então
e desde amar
pode ir mais fundo;
nunca, voltar.

Os três burricos

Por estradas de montanha
vou: os três burricos que sou.
Será que alguém me acompanha?

Também não sei se é uma ida
ao inverso: se regresso.
Muito é o nada nesta vida.

E, dos três, que eram eu mesmo
ora pois, morreram dois;
fiquei só, andando a esmo.

Mortos, mas, vindo comigo
a pesar. E carregar
a ambos é o meu castigo?

Pois a estrada por onde eu ia
findou. Agora, onde estou?
Já cheguei, e não sabia?

Três vezes terei chegado
eu — o só, que não morreu
e um morto eu de cada lado.

Sendo bem isso, ou então
será: morto o que vivo está.
E os vivos, que longe vão?

Motivo

O menino foi andando
entrou num elevador
a casa virou montanha
o luar partiu-a em três
o menino saiu de selvas
montado no gurupés
adormeceu sobre neve
despertou noutro cantar
mas deu-se que envelhecera
bem antes de despertar
então ele veio andando
só podia regressar
ao porquê, ao onde, ao quando
— a causa, tempo e lugar.

Às coisas de poesia   69

Adamubies?

Corpo triste
alva memória
tenho fadiga
não tenho história.

Triste sono:
sonhar quero.
Pelo que espero
tudo abandono.

Corpo triste, triste sono,
faz frio à beira da cova.
Onde espero a lua nova
como um cão espera o dono.

Os abismos e os astros

*A harmonia oculta vale mais que a
harmonia visível.*

HERÁCLITO

NO ITAMARATY, EM DEPENDÊNCIA DO SERVIÇO DE INFORMAÇÕES, opera autô-
noma e praticamente sem cessar o *telex,* espécie de bem-mandada máquina,
que tiquetaqueia recebendo notícias diretas radiotelegráficas. Naquela tarde
de 22 de novembro de 1963, passando por ali meu amigo o Ministro Portella,
perguntou-lhe um subalterno de olhos espantados: que queria dizer *"shot"*
em inglês? A tremenda coisa, no instante, anunciava-se já completa, ainda
quente, frases e palavras golpeadas na longa tira de papel que ia adiante
desenrolando-se. *"Presidente Kennedy..."* Susto e consternação confundiam
depressa a cidade, os países, todo-o-mundo lívido. Antes que tudo, o assombro.
Era uma das vezes em que, enorme, o que devia não ser possível sucede,
o desproporcionado. Lembro-me que me volveram à mente outras sortes
e mortes.

E — por que então — a de Gandhi. Tende-se a supor que esses seres
extraordinários, em fino evoluídos, almas altas, estariam além do alcanço
de grosseiros desfechos. Quando, ao que parece, são, virtualmente, os
que de preferência os chamam; talvez por fato de polarização, o positivo
provocando sempre o negativo. De exformes zonas inferiores, onde se
atrasa o Mal, medonhantes braços estariam armando a atingir o luminoso.
Apenas os detêm permanentes defesas de ordem sutil; mas que, se só
um momento cessam de prevalecer, permitem o inominável. Para nós a
Providência é incompreendida computadora.

Podem-se prever suas voltas? Os adivinhos, metapsíquicos, astrólogos, por
vezes tem-se de aceitar que algum viso de verdade resida em seus dons e arte.

Digredindo, recordarei Demétrio de Toledo, Cônsul-Geral e horos-
copista amador, que ainda me foi dado conhecer. Publicava ele num jornal

do Rio, em 1937 ou 1936, seus vaticínios siderais, com avance de mais de semana, e foi assim que, para determinado dia, profetizou "a morte de um ditador". Interessou-me afirmação tão estricta e a ponto; se bem que a ela quase ninguém dando atenção. Chegou a data e Hitler, Mussolini, quejandos, continuaram viventes... mas, nos Estados Unidos, tombou, a tiros, Huey Long, denominado "o ditador da Louisiana"!

No caso de Kennedy, sabe-se que uma vidente norte-americana predisse-lhe a funesta ameaça e fez por impedir sua viagem ao Texas. Mas, também, leram o jornal *Última Hora* de 21 de novembro, véspera do magnicídio? Lá saiu, na "reportagem Horoscópica" do Prof Prahdi, como presciência ou "agenda" para o dia seguinte:

> No MUNDO. *De Gaulle nas manchetes. Fracassado golpe de Estado na América Central. Graves dificuldades para Kennedy. Ameaça de atentado contra Fidel Castro.*

Não creio que honestamente se possa deixar de achá-la notável, coincidência que seja ou "aproximação" de acerto.

Motivos muitos fazem incicatrizável o assunto do assassinato de John Fitzgerald Kennedy. Suspeitas e incertezas levam a novas propalas, investigações, inquéritos. Publicam-se livros, como esse de William Manchester, obra-prima de moderna insensibilidade e mesquinhez, se não de malina coscuvilhice. Com razão, a gente reluta em atribuir apenas às oscilações da Nêmesis — potência-princípio que atua no Universo restabelecendo o equilíbrio da condição humana, mediante aplicação automática da lei-das-compensações, e uma das mais sérias fórmulas achadas pelo pensamento religioso grego — o fim trágico do jovem, afortunado, grande e triunfador Presidente.

Mas fato admirável tem sido esquecido, e é o que nos faz perguntar se, das fundas camadas da mente, Kennedy não haveria captado, de certo modo, aviso de sua situação gravíssima. Foi que, baleado e morto, trazia ele no bolso o discurso que ia dizer, aquele dia mesmo, naquela cidade de Dallas. E que termina com a monitória e dramática afirmação do Salmo:

> *Se o Senhor não guarda a cidadela, em vão vigia a sentinela.*

Zoo
(*Whipsnade Park,* Londres)

UM LEÃO RUGE A PLENOS TROVÕES.

★★★

O lince zarolho.

★★★

O elefante desceu, entre as pontas das presas, desenrodilhada e sobrolhosa, a tromba: que é a testa que vem ao chão.

★★★

O porco-espinho: espalitou-se!

★★★

E o coelhinho em pé, perplexo. Isto é, sentado. O coelho, sempre aprendiz de não-aventura e susto.

★★★

As focas beijam-se inundadamente.

★★★

No *paddock* das girafas:
A girafa — sem intervenção na paisagem: ímpar, ali no meio, feito uma gravata.

Girafa — a indecapitável a olho nu.
A girafa de Pisa.

***

O leão, espalhafatal.
As panteras: contristes, contramalhadas, contrafeietas.
O belo-horrir dos tigres rugindo.

***

Um coelho pulou no ar — como a gente espirra.
E os olhinhos do esquilo pulam também.

***

A zebra se coça contra uma árvore, tão de leve, que nem uma listra
se apaga.
Os antílopes escondem desprezo desvoltando o rosto.

***

Elefante: há pouco, a ponta da tromba era um polegar; agora virou
dedo mindinho.
O elefante caminha sobre dúzias de ovos?
E l e f a n t á s t i c o !

***

A serpente é solipsista, escorreita perfeita, no sem murmúrio movi-
mento, desendireitada, pronta: como a linha enfiada na agulha.

***

Na *rookery*:
A águia — desembainhada.

O urubu: urubudista.

As corujas de cabeças redondas: cor de piano, cor de jornal.

★★★

A coruja — confusa e convexa — belisco que se interroga: cujo, o bico, central.

★★★

A espinha da raposa é uma espécie de serpente.

★★★

Coruja

O conciso embuço,
o inuso, o uso
mais ominal.
Hílare cassandra
sapiencial.

★★★

O macaco é um meninão — com algum senão.

Um orangotango de rugas na testa; que, sem desrespeito, tem vezes lembra Schopenhauer.

O orangotango, capaz facundo de mutismo. Para dar risada, põe as mãos na cabeça. Ele é mais triste que um homem.

Monos me cocem, se os entendo.

★★★

Os cangurus — nesse escada-a-baixo.

★★★

Todo cavalo, de perfil, é egípcio. (Aquela cara que se projeta.)

Zoo (Whipsnade Park, *Londres*)

★★★

A massa principal: elefante.

Um volume fechado: rinoceronte.

O amorfo arremedado: hipopótamo.

★★★

O ganso é uma tendência: seu andar endomingado, pé-não-ante-pé, bi-oblíquo, quase de chapéu — reto avante a esmo.

★★★

A doninha flui — ela é só sua sombra.

A cavalez da zebra: arriscada, indigitada, impressa, polpuda; equinecessária.

★★★

Os pinguins de costas — sua *ku-klux-klan*.

★★★

A leoa antolha-se-nos: único verbo possível (quando ela se faz estrábica, com o ultrabocejo armado).

★★★

A pantera negra; e as estrelas?

★★★

Seu leque gagueja: o pavão arremia, às vezes, como gato no amor.

O homem de Santa Helena

NÃO NAPOLEÃO, MAS UM SENHOR, claro e bem vestido, com quem conversei, uma tarde, entre 1934 e 1935, no Itamaraty, no Serviço de Passaportes.

Lembro-me apagadamente das feições, os olhos; deslembro o nome, de que não tomei nota. Ele se portava muito despreconcebidamente.

Era brasileiro, paulista, conforme a caderneta verde, que trazia para ser posta em ordem. E morava em Santa Helena.

— Cidade no interior de São Paulo?

— Não. Santa Helena, a ilha…

— !…A de Bonaparte?!

— *Yes*, sim.

Selos e carimbos o comprovavam. Mas perdi um momento me acostumando ao fato de haver alguém, assim ao meu alcance, morador em Santa Helena. E, por pim e pam, um brasileiro.

Mas mesmo, mesmo brasileiro, com a nossa fala desembrulhada, nosso meio-tempo cordial, nosso jeito raso, sem contragarra estranha.

Aceitou meu pasmo e disse-me a história de como tinha ido parar na longínqua grimpa terráquea — metade emergente de uma cratera, roída de vento e vaga, poleiro de basalto para pouso dos albatrozes — sozinha no íntimo do Atlântico solitário. Enfim, também, quem descobriu primeiro, há muito tempo, aquela paragem, foi um brasileiro antecipado, um d' *"os fortes Portugueses, que navegam"*…

Contou-me: havia alguns anos, passara por São Paulo um americano, astrônomo e geólogo, que precisou de alguém que o acompanhasse em suas excursões; com ele se empregara, e percorreram boa parte do Brasil, levando cálculos, telescópio portátil, amostras de rochas, instrumentos. Depois de meses, o americano convidou-o a darem uma chegada até à África.

— Eu era solteiro, com saúde…

Começaram por Santa Helena. Mas, logo lá, o paulista namorou uma moça, santa-helenesa, descendida de ingleses. Casaram-se.

(O americano prosseguira só, para a Costa do Marfim ou Costa do Ouro.)

— Tive licença de ficar morando… Destino…

Meu auge, porém, foi ele jurar que era o único forasteiro então habitante da ilha. E com frêmito cívico ouvi que estava rico, isto é, que fundara para si uma fortuna muito acima da média, entre os insulares. Era um exemplo simples — explicou, textual:

— Nós, aqui, somos moles, engordamos os estrangeiros. Lá na Ilha, eu é que era o estrangeiro...

Segundo acrescentou, o comércio santa-helenino se fazia sob praxe de monopólios: um negociante dono exclusivo de vender objetos de vestuário, outro com privilégio para os gêneros e bebidas, e assim vindo o resto. Pois o nosso patrício pronto se arranjara com uma das concessões mais vantajosas, e não tomou tempo para amealhar suas cifras esterlinas. Era o Brasil, éramos todos nós, ganhando. Pequeno e gostoso imperialismo!

Mas, construtivo. Porque também já aconteceu, no outro século, que uma horda brasileira de cupins brancos, viajando vingativamente num navio negreiro, desembarcou e enxameou lá, devorando a biblioteca pública e a maior parte do madeiramento das casas e edifícios da capital, de modo que quase toda Jamestown teve de ser recomeçada — a pau-teque e cipreste, essências que a térmita respeita...

Em seguida, o herói, que agora voltara a São Paulo e ao Rio, a passeio e saudade, comunicou-me que também entrara numa empresa, exportadora de lagostas.

— O que tem mais, na Ilha, são os faisões e as lagostas, que dão o mantimento dos pobres...

Os faisões, virados selvagens, eram praga. E as lagostas, grandiosíssimas, pululavam no mar de ao redor. Ainda mal, para pena dele e minha, que elas seriam quase todas mandadas para a Argentina, e nenhuma para o Brasil, que não era mercado compensador. E a empresa andava adaptando embarcações especiais, com grandes tanques de água salgada, para levarem vivos até Buenos Aires os reais crustáceos. Precisavam de ser barcos a vela, porque as lagostas não suportariam cruzeiro rápido...

Coisas mais me disse, pois conversamos bastante, e eu achei que devia repartir com o público minha informação. Tirado de alguma dúvida, ele concordou em dar entrevista. Estava hospedado num hotel do Largo de São Francisco, ou adjacências. Assim, mal se despediu, telefonei para a redação de um jornal, e resumi o caso, encarecendo que o procurassem. Agradeceram-me, muito. Por dias, esperei ler a reportagem. Como, porém, nada saísse, perdi o meu porfio — isto é, nunca mais nada se soube a respeito do brasileiro de Santa Helena.

De stella et adventu magorum

No presépio onde tudo se perfazia estático — simultâneo repetir-se de matérias belas, retidas em arte de pequena eternidade — os Três Reis introduziam o tempo. O mais parava ali, desde a véspera da Noite, sob o fino brilho suspenso das bolas de cores e ao vivo cheiro de ananás, musgo, cera nobre e serragens: o Menino na manjedoura, José e a Virgem, o burrinho e o boi, os pastores com seus surrões, dentro da gruta; e avessa gente e objetos, confusas faunas, floras, provendo a muitíssima paisagem, geografia miudamente construída, que deslumbrava, à alma, os olhos do menino míope.

Em coisa alguma podia tocar-se, que Vovó Chiquinha, de coração exato e austera, e Chiquitinha, mamãe, proibiam. Eles, porém, regulavam-se à parte, com a duração de personagens: o idoso e em barbas Melchior, Gaspar menos avelhado e ruivo, Baltasar o preto — diversos mesmo naquele extraordinário orbe, com túnicas e turbantes e sobraçando as dádivas — um atrás do outro. Dia em dia, deviam avançar um tanto, em sua estrada, branca na montanha. Cada um de nós, pequenos, queria o direito de pegar neles e mudá-los dos quotidianos centímetros; a tarefa tinha de ser repartida. Então, à uma, preferíamos todos o Negro, ou o ancião Brechó, ou el-rei Galgalaad; preferíamos era a briga. Mas Vovó Chiquinha ralhava que não nós, por nossas mãos, os mexíamos, senão a luz da estrela, o cometa ignoto ou milagroso meteoro, rastro sideral dos movimentos de Deus. E Chiquitinha, para restituir-nos à paz dos homens concordiosos, mostrava a fita com a frase em douradas letras — *Gloria in excelsis...* — clara de campainhas no latim assurdado e umbroso.

No prazo de seu dia, à Lapinha iam chegar, o que nos alvoroçava, como todas as chegadas — escalas para o último enfim, a que se aspira. Mas, de repente, muito antes, apareciam e eram outros, com acompanhamento de vozes em falsete:

Boa noite, oh de casa,
a quem nesta casa mora...

A Folia de Reis — bando exótico de homens, que sempre se apresentavam engraçadamente sérios e excessivamente magros, tinham o imprevisto decoro dos pedintes das estradas, a impressiva hombridade esmoler. Alguns traziam instrumentos: rabecas, sanfonas, caixa-de-bater, violas. Entravam, mantinham-se de pé, em roda, unidos, mais altos, não atentavam para as pessoas, mas apenas à sua função, de venerar em festa o Menino-Deus. Pareciam-me todos cegos. Será, só eles veriam ainda a Estrela? Porém, no centro, para nossa raptada admiração, dançavam os dois Máscaras, vestidos de alegria e pompa, ao enquanto das vozes dos companheiros vindos só para cantar:

> *Eis chegados a esta casa*
> *os Três Reis do Oriente...*

De onde — oásis de Arábia, Pérsia de Zaratustra, Caldeia astrológica — da parte do Oriente ficava sua pátria incerta, além Jordão, descambado o morro do Bento Velho, por cujo caminho, banda de cá, costumavam descer os viajantes do Araçá e da Lagoa, e, sobre, na vista-alegre a gente se divertia com inteiros arco-íris, no espaço das chuvas, seduzidamente, conforme vinham, balançando-se em seus camelos, para adorar o Rei dos Judeus, fantasiados assim, e Herodes a Belém os enviava: o *Guarda-Mor* e o *Bastião*.

Dois, só? Respondiam: que por estilos de virtude, porque, os Magos, mesmo, não remedavam de ser. E por que os chamavam, com respeito embora, de "os palhaços"? Bastião, o acólito, de feriada roupa vermelha, gorro, espelho na testa, e que bazofiava, curvando-se para os lados, fazendo sempre símias e facécias, representasse de sandeu. Mas o "mascarado velho", o Guarda-Mor, esse trajava de truz, seu capacete na cabeça era de papelão preto, imponente, e sérios o enorme nariz e o bigode de pelos de cauda de boi. Dele, a gente, a gente teria até medo. Pulavam, batendo no chão os bastões enfeitados de fitas e com rodelas de lata, de grave chocalhar. Um dos outros homens alteava o pau com a bandeira, estampa em pano. Entoavam: ... *"A lapinha era pequena, não cabiam todos três... Cada um por sua vez, adoraram todos três..."* Prestigiava-se ao irreal o presépio, à grossa e humana homenagem, velas acesas; a dança e música e canto rezando mesmo por nós, forçoso demais, em fé acima da nossa vontade; pasmavam-nos.

Depois, recebiam uma espórtula, fino recantando agradeciam: *"Deus lhe pague a bela esmola..."* — e saíam, saudando sem prosa, só o sagrado visitavam. Mas a gente queria acompanhá-los era para poder ver o que se contava tanto — que, onde não lhes dessem entrada, então, de fora, bradavam cantoria torta, a de amaldiçoar: *"Esta casa fede a breu..."* — e, que dentro dela morava incréu, a zangação continuava. Em vão, porém, esperava-se turra de violências. Avisados por um anjo, voltavam por outro caminho, seguiam se alontanando.

Se às vezes chegavam outras, folias de maiores distâncias, sucedia-se o em tudo por tudo. Só que, os homens, mais desconhecidos, sempre, diferentes mesmo dos iguais. Nem paravam — no vindo, ido e referido. Duas folias se encontrassem, deviam disputar o uso desafio: a vencedora, de mais arte em luzimento, ganhando em paz, da outra, a sacola com o dinheiro. Os estúrdios, que agora no sertão navegavam! A gente repetia de os esquecer.

Celebrava-se o dia 6, Vovó Chiquinha desmanchava o presépio, estiava o tempo em veranico entes do São Sebastião frechado. Por quanto, tornavam a falar nos foliões, deles não sendo boas, nem de casta lembrança, as notícias aportadas. Sabia-se que, por adiante, facilitavam aos poucos de receber no grupo aparasitados e vadios, pegavam desrumo, o Canto sacro dava mais praça a poracé e lundu, perdiam o conselho. Já mal podiam trocar as fardas, vez em quando, desfeitos do suor e das poeiras e chuvaradas. Passavam fome, quando não entravam em panta-gruomérico comer, dormiam irrepousadamente, bebiam do tonel das danadas; pintavam o caneco. Nem honravam mais as praxes de preceito. Uma folia topava outra, e, sem nem um mal-entendimento, em vez de avença desapoderavam-se logo, à acossa, enfrentemente: batiam à força aberta, a bastão, a pau de bandeira, a cacete, espatifavam-se nas cabeças os tampos de rabecas e violas.

Só que não podiam tão cedo parar, no ímpeto de zelo, e iam, iam, à conta inteira, de lugar em lugar, fazenda em fazenda, ultrapassavam seu prazo de cessação, a Epifania, queriam os tantos quantos são nos presépios e os meninos-de-jesus do mundo. Mas, era como se, ao passo com que se distanciavam do Natal, no tempo, fossem perdendo sua mágica realidade e a eficácia devota, o furor de fervor não dava para tanta lonjura, e de tão esticado se estragava. Assim naufragavam por aí, espandongados, adoentados, exaustos, caindo abaixo de sono, em pé mesmo se dormiam. Derrotados, recuavam então, retornando, debandando — se coitados, se danados — não raro sob ameaça e apupos, num remate da santa desordem, na matéria merencória.

A gente se entristecia, de saber, receávamos não voltassem, mais nunca, não houvesse a valente Festa de Reis, beleza de piedade, com o *Bastião* truão e o *Guarda-Mor* destronado.

— "Mas, sim, eles voltam. Para o ano, se Deus quiser, todos voltam. Sempre, mesmo. Hão de recomeçar…" Os meninos se sorriam. — "… Eles são homens de boa-vontade…" — repetia Chiquitinha.

De stella et adventu magorum 81

O porco e seu espírito

"Sem-vergonha… *Mato!*" — rugia o Migudonho, em ira com mais de três letras, devida a alambiques. Ele acordava cedo mais não entendia de orvalho; soprava para ajudar o vento; nem se entendia bem com a realidade pensante. E a invectiva ia ao Teixeirete — vizinho seu na limitada superfície terrestre — enquanto vinha a ameaça a um capado de ceva, que gordo abusava a matéria e negava-se a qualquer graça. Teixeirete aconselhara vender-se vivo o bicho? Visse, para aprender! Matava. Hoje. O dia lá era de se fazer Roma.

— *"Sujo Se ingerir, atiro…"* — e dava passo de recuo. Agora, ao contrário: ao vizinho, o desafiar; e o insulto ao porco, não menos roncante, total devorador, desenxurdando-se, a eliminar de si horrível fluido quase visível. Migudonho sobraçava tocha de palha para o chamusco, após sangração, a ponta de faca. — *"Monstro!"* — o que timbrava elogio; engordá-lo fora proeza. Teixeirete achava não valer aquilo o milho e a pena? — *"Saf…"* — aos gritos do apunhalado, que parecia ainda comer para lá da morte. Migudonho — o ato invadia-lhe o íntimo: suã, fressuras, focinheira, pernil, lombo. — *"Quero ninguém!"* Mas, não o Teixeirete: vinha era a filha dele, aparar o sangue, trazia já farinha e sal e temperos, na cuia. Xepeiros! Também em casa dele, Migudonho, não se comia morcela, chouriço-de-sangue, não somavam. Outros sobejos o Teixeirete não ia aproveitar, nem o que urubu há de ter! Do Migudonho — para o Migudonho. Porco morto de bom.

Crestava-o, raspando-o a sabugo. A machado, rachava-o. Despojara-o da barrigada. Cortava pedaço — xingando a mulher: que o picasse e fritasse! Ele respingava pressa. Tomava trago. Destrinchava. Aquela carne rosada, mesmo crua, abria gostoso exalar, dava alma. — *"Cachorro!"* Teixeirete se oferecera de levar a manta de toicinho à venda? Queria era se chegar, para manjar do alheio, de bambocheio. Tomava mais gole. Mastigava, boca de não caber, entendia era o porco, suas todas febras. — *"Cambada…"* — os que olhavam, de longe, não deixando paz a um no seu. Retalhava. Não arrotava. Grunhia à mulher: para cozinhar mais, assar do lombinho, naco, frigir com fubá um pezunho. Teixeirete que espiasse de lá, chuchando e aguando, orelhas para baixo. Migudonho era um Hércules. Arrotava. Para ele, o triunfal trabalho se acabasse jamais.

Ais. A barriga beliscou-o. O danado do porco — sua noção. A cobra de uma cólica. Suinão do cerdo. Vingança? Vê se porco sabe o que porca não sabe... — *"Doi, dor!"* — ele cuinchava, cuinhava. Queria comer, desatou a gemer. Ah, o tratante do Teixeirete: só eram só seus maus olhos... Migudonho cochinava. Já suava. Ele estava em consequência de flecha.

Fazendo o que, dentro do chiqueiro, atolado? Beber não adiantava. Migudonho, mover e puxar vômitos, pneumático opado o ventre, gases, feito se com o porco íntegro conteúdo. O borboroto, sem debelo. O porco fazia-se o sujeito, não o objeto da atual representação. A hora virou momento. Arre, ai, era um inocente pagando.

Acudiam-lhe, nesse entrecontratempo. Até o Teixeirete, aos saltos-furtados, o diabo dono de todas as folgas? — *"Canastrão!"* Teixeirete, não! Pregavam-lhe uma descompostura.

Mas Migudonho não era mais só Migudonho. Doíam, ele e o porco, tão unidos, inseparáveis, intratáveis. Não lhes valessem losna, repurga, emplastro quente no fígado. De melhorar nem de traspassar-se, a sedeca, aquela espatifação. Gemia, insultava-se por sílabas. Estava como noz na tenaz. Já pequenino atrás de sua opinião, manso como marido de madrasta.

Teixeirete, a filharada, a mulher, solertes samaritanos, em ágil, vizinha, alta caridade. Porca, gorda vida. Migudonho, com na barriga o outro, lobisomem, na cama chafurdado. — *"Satanasado!"*

Teixeirete, bel-prazeroso, livre de qualquer maçada. — *"Coisa de extravagâncias..."* — disse. Abancou-se. À cidade iria, por remédio, e levar o toucinho. — *"Ora, tão certo..."* — falava. Nada lhe oferecessem, do porco, comida nenhuma, os cheiros inteiros, as linguiças aprontadas! O canalha.

Melhor, sim, dessem-lhe. Para ele botassem prato cheio, de comer e repetir, o trestanto, dar ao dente... Ia ver, depois de atochado! Pegava também a indigestão. Saber o que é que o porco do Migudonho pode...

Ria o Migudonho, apalpando-se a eólia pança, com cuidado. Mais quitutes dessem ao Teixeirete, já, reenchessem-lhe o prato. Homem de bons engolimentos. — *"Com torresmos..."* Teixeirete — nhaco-te, nhaco-te, m'nhão... — não se recusava. E não adoecia e rebentava, o desgraçado?!

"Arre, ai..." — a dor tornava. Esfaqueava-o o morto porco, com a faca mais navalha. Comido, não destruído, o porco interno sapecava-o. Deu tonítruo arroto. Pediu o vaso. Do porco não se desembaraçava. Volvo? — e podia morrer daquilo. Queria elixir paregórico, injeção, algum récipe de

farmácia. Pois, que fosse, logo, o Teixeirete. Que era que ainda esperava? Deixasse de comer o dos outros, glutoar e refocilar-se. — *"Descarado!..."*

Ver o Teixeirete saindo, no bom cavalo, emprestado. Tomava também dinheiro! Sorrindo, lépido, sem poeira nem pena — um desgraçado! Migudonho virava-se para o canto, não merecia tanta infelicidade. — *"Porqueira..."* — somente disse. Foi seu exato desabafo.

Fita verde no cabelo
(Nova velha estória)

HAVIA UMA ALDEIA EM ALGUM LUGAR, nem maior nem menor, com velhos e velhas que velhavam, homens e mulheres que esperavam, e meninos e meninas que nasciam e cresciam. Todos com juízo, suficientemente, menos uma meninazinha, a que por enquanto. Aquela, um dia, saiu de lá, com uma fita verde inventada no cabelo.

Sua mãe mandara-a, com um cesto e um pote, à avó, que a amava, a uma outra e quase igualzinha aldeia. Fita-Verde partiu, sobre logo, ela a linda, tudo era uma vez. O pote continha um doce em calda, e o cesto estava vazio, que para buscar framboesas.

Daí, que, indo, no atravessar o bosque, viu só os lenhadores, que por lá lenhavam; mas o lobo nenhum, desconhecido nem peludo. Pois os lenhadores tinham exterminado o lobo. Então, ela, mesma, era quem se dizia: — *"Vou à vovó, com cesto e pote, e a fita verde no cabelo, o tanto que a mamãe me mandou."* A aldeia e a casa esperando-a acolá, depois daquele moinho, que a gente pensa que vê, e das horas, que a gente não vê que não são.

E ela mesma resolveu escolher tomar este caminho de cá, louco e longo, e não o outro, encurtoso. Saiu, atrás de suas asas ligeiras, sua sombra também vindo-lhe correndo, em pós. Divertia-se com ver as avelãs do chão não voarem, com inalcançar essas borboletas nunca em buquê nem em botão, e com ignorar se cada uma em seu lugar as plebeíinhas flores, princesinhas e incomuns, quando a gente tanto por elas passa. Vinha sobejadamente.

Demorou, para dar com a avó em casa, que assim lhe respondeu, quando ela, toque, toque, bateu:

— *"Quem é?"*

— *"Sou eu…"* — e Fita-Verde descansou a voz. — *"Sou sua linda netinha, com cesto e pote, com a fita verde no cabelo, que a mamãe me mandou."*

Vai, a avó, difícil disse: — *"Puxa o ferrolho de pau da porta, entra e abre. Deus te abençoe."*

Fita-Verde assim fez, e entrou e olhou.

A avó estava na cama, rebuçada e só. Devia, para falar agagado e fraco e rouco, assim, de ter apanhado um ruim defluxo. Dizendo: — *"Depõe o pote e o cesto na arca, e vem para perto de mim, enquanto é tempo."*

Mas agora Fita-Verde se espantava, além de entristecer-se de ver que perdera em caminho sua grande fita verde no cabelo atada; e estava suada, com enorme fome de almoço. Ela perguntou:

— *"Vovozinha, que braços tão magros, os seus, e que mãos tão trementes!"*

— *"É porque não vou poder nunca mais te abraçar, minha neta..."* — a avó murmurou.

— *"Vovozinha, mas que lábios, ai, tão arroxeados!"*

— *"É porque não vou nunca mais poder te beijar, minha neta..."* — a avó suspirou.

— *"Vovozinha, e que olhos tão fundos e parados, nesse rosto encovado, pálido?"*

— *"É porque já não te estou vendo, nunca mais, minha netinha..."* — a avó ainda gemeu.

Fita-Verde mais se assustou, como se fosse ter juízo pela primeira vez. Gritou: — *"Vovozinha, eu tenho medo do Lobo!"*

Mas a avó não estava mais lá, sendo que demasiado ausente, a não ser pelo frio, triste e tão repentino corpo.

Do diário em Paris

TODO O MUNDO SE EVADE. LUCY PARTIU DE AVIÃO PARA O BRASIL, levando na lapela um *cyclamen des bois*. Michel Tapié disse-me há dias que ia a Tréport, assistir às tempestades, que vão ser extraordinárias, pois desde não sei que anos o equinócio não coincidia com a lua nova. E, perto de Wepler, encontro-me com o velho Flairbaud, um volume de crítica sob o braço. Perguntei aonde se andava.

— Aos probos e esponjosos domínios da cerveja...

★★★

Em compensação, hoje às 8 e 45, na Gare de l'Est, onde fui esperar amigos vindos no Expresso-do-Oriente, vi chegar uma mulher, bonita como ninguém nunca viu. Roubei do ruivo perfume de seus cabelos, e passaram por mim, por relâmpago, eis olhos, de um grande verde instantâneo, como quando se sonha caindo no vácuo nenhum. Saía de um *lied* de Schubert, isto é, na via 25, descia de um trem incomparavelmente chegado de: Bucareste — Belgrado — Budapeste — Varsóvia — Praga —Viena — Estrasburgo — Francforte — Spira, segundo se podia estudar na tabuleta do carro.

★★★

S.D. explica-me suas cores, as que devem esperar na paleta: preto (*noir d'ivoire*), branco (*blanc d'argent*), vermelho de Veneza ou ocre rubro; ocre--amarelo ou amarelo-de-cádmio, médio. Para a paisagem as mesmas, mais: azul de cobalto e terra de Siena.

Novas, sim, são as que a moda acende e que se impõem nos figurinos: azul-vitral, azul-andorinha, verde-cacto, azul *François Ier., rouge vin d'Arbois, gris nuage, violet Monsignor, miel blond.*

Para o escritor, também, de primeiro podia haver disso, nos pincéis: preto como o azeviche ou a noite ou fuligem, branco como o alabastro ou a neve, vermelho como o fogo, rubis, amarelo açafrão, azul-céu. Hoje, porém, é azul ou verde ou vermelho, só, sem mais. Ou então a menção deve gastar-se, uma única vez, clarão de lâmpada a magnésio.

> *Maria, vestida de maio:*
> *zulmarim e branca-flor…*

★★★

Eu estou só. O gato está só. As árvores estão sós. Mas não o só da solidão: o só da solistência.

★★★

— No metrô, em vermelho, este anúncio, que é Paris e é um poema:
> *le*
> *rouge baiser*
> *permet*
> *le baiser…*

★★★

Que nunca sejam triviais para mim os castanheiros.

★★★

Apresentaram-me a uma moça grega, que veio a Paris estudar cinema. Moça, digo, pela idade aparente. Porque é casada. Senhora Kórax, ou Hiérax, ou Skolópax; só sei que um nome de ave. Porém seu prenome é Ieoana. De começo, brincou de não dizê-lo:

— … Ainda se fosse Fríni, ou Khlói, autênticos nomes helênicos…

— Cloé… Frineia… Beijocleia…

— Que diz? É em sua língua? É belo. Soa-me ainda mais grego…

★★★

30-IX. — Rio-me, com o Ferdinand, *barman* e um dos irmãos co-proprietários do "Le Montaigne". Está sempre de smoking e é em excesso sensato, um tanto tímido. Joga aos dados conosco, e perde, todas as vezes. Inocentemente, ele nos chama, a nós brasileiros e aos sul-americanos em geral, de: *"les Sud-Argentins"*...

★★★

Redigir honesto um diário seria como deixar de chupar no quente cigarro, a fim de poder recolher-lhe inteira a cinza.

★★★

O diário tem dois títulos: às vezes é "Nautikon", às vezes "Sozinho a bordo". Sozinho de verdade, não. Apenas, cada um de nós traz sua parte chão e uma parte oceano?

★★★

2-X — As sete sereias do longe: si-mesmo, o céu, a felicidade, a aventura, o longo atalho chamado poesia, a esperança vendada e a saudade sem objeto.

★★★

Mas a vida, salvo seja, surpreende-nos. Ieoana, a amiga grega, de quem há dias não sei, tem a ideia de chamar-me. Cilada: mal dou minha voz, ela se põe de lá a falar, coisas impalpáveis, em seu fino idioma. Desentendo; espero. E ela parola, parla, lala, gregueja, greciza, verso ou prosa, sem pausa. De repente, pós um dual e um aoristo, desliga. E, quando chamo, minha vez, não atende seu telefone.

★★★

A glória, o peso e o opróbrio de uma feijoada.

★★★

Miligrama — palavra fria.

★★★

Almoço com Ieoana, no "La Rotonde", onde há comida basca e orquestra magiar. O vinho é um Sancerre *fruité* — saibo de pêssego e cheiro branco de rosas. A *garçonnette* é uma "stéphanoise", porque nasceu em St. Etienne. Rabisco "Nautikon" na toalha da mesa, e pergunto a Ieoana se aquela palavra existe.

— Náftikon? É a marinha.

— Sou eu mesmo.

— Um enigma?

— O "Náutikon" resolve tudo...

— O que tudo resolve é o teatro. Amo o teatro. É um antigo amor que é o de todos os gregos que eu conheço. Não é o teatro uma verdadeira teofania?

★★★

O que é da lua são os gobelins, as borboletas bruxas, os rostos depois do amor, a tua pele...

★★★

Amar é a gente querer se abraçar com um pássaro que voa.

★★★

Ieoana recita-me estrofes em grego moderno — *demótike* — língua que bem se aproxima do ronrom de um gato; daí, rir, chamarem-lhe também *romaico*. Perguntei o que aquilo. Anacreonte?

— Nem não. São de amigo meu, cipriota, alfaiate em Istambul. Gosta de Anacreonte?

— Ele está sempre a chamar a amada, ou o escravo, querendo vinho...

— Ele, Anacreonte, mesmo, é quem nos serve o vinho. Se Você fosse Anacreonte, pediria que eu caminhasse descalça sobre pétalas de rosas, e depois me beijaria os pés...

— E se...

— Não, não; desculpe. Falo de versos, Você é Anacreonte?

★★★

— *Paris m'absorbe et m'affole...* — dizia-me Ieoana. — Sou muito grega...

—Toda grega, puro tipo.

—Verdade. Em minha aldeia os turcos não pisaram.

— Que sua aldeia?

— Nenhuma. Disse apenas um velho provérbio. Sou de Esparta. Meu marido é de Atenas.

— Pior seria o contrário. Ele é ciumento?

— Nunca foi. Nós gregos não somos ciumentos. Não podemos, porque o nosso orgulho não permite. Somos alegremente orgulhosos.

★★★

Ki an einai ná pethánome iá tin Helladha
Thía einai he daphni miá phorá kanis pethêni.

★★★

Dois homens numa canoa,
um à popa, o outro à proa,
não sou pessoa nenhuma

Faço parte da paisagem?

Se tantas vezes me viste,
saberás se hoje estou triste,
se vou ou volto de viagem?

★★★

— De um modo — Ieoana suspira — estou esperdiçando Paris.

— Blasfêmia?

— Não. Mas é que fiz voto de ser Penélope...

★★★

Amanhã vou à Itália, amanhã vou à Itália, amanhã vou à Itália!...

Do diário em Paris

Amiga e amigo. Ieoana me diz que, se gostasse de mim um pouco mais, ou um pouco menos, me amaldiçoaria.

★★★

Poema de circunstância

Je m'en vais de Hellas
mon bonheur aussi.

Nous nous en allons d'emblée
nous quittons l'Olympe aux nuages
de marécage et d'étain.
Mon bonheur, eh bien
on s'en va d'ici.

Dans mon sang une poussière de pièrres
dans mon coeur une griffe de lierre
des baisers bleus dans mon verre:
ah, parmi ces durs rêves
j'aimerais aimer.

Les cyprès sans ombres
les cyprès s'imposent
les lauriers moroses
les lauriers s'en vont.
Plus loin encore que moi
mon bonheur, eh bien.

★★★

Ieoana: — Ah, mon ami, vous êtes platonicien!

★★★

Sim, é na Pont Neuf que o Sena é mais belo. Mas onde gosto mais dele é na Pont-au-Change.

Novas coisas de poesia

Perguntam-me por mais versos de Soares Guiamar. Não são possíveis. Ele agora para longe, certo à beira do Riachinho Sirimim, lugar de se querer bem. Tenho, porém, outro poeta de bolso: MEURISS ARAGÃO. Jovem, sem jeito, em sua primeira fase, provavelmente extinta. Vejam, se serve.

Mulher
Mar
Morte

Devoro-me de a mais a
imagem indesmanchável
desfazendo-me — eis e
voos entes e sei — vagas
em mim despedaçadamente
vasto a
som sal soledade
aos
céu e céu
olhos leste-oeste olhos
onde entre onde
me movo
morro-me e
me arranco de ti
a ti: a
amarga.

Saudade, sempre

Sem mim
me agarro a um tanto de mim
não aqui
já existente
sobre tudo e abismo.
Horas são outrora
além-de. O
muito em mim me faz:
som de solidão.

Saudade, sempre
(*Versão aflita*)

Alma é dor escondida.
O coração existe
animal a um canto
— o triste.
Posso pecar contra ti
ingenuamente:
há fogo, o fundo
o instante; não,
o esquecimento
é voluntária covardia.

A ausente perfeita

Mal refletida em multidão de espelhos,
traída pela carne de meus olhos,
pressentida
uma ou outra vez, quando
consigo gastar um quanto da minha
pesada consolação transitória —
poderás ser:
a ave
a água
a alma?

A espantada estória

O relógio o
crustáceo
de dentro de polo-norte
e escudos de vidro
em dar remedido
desfechos indivisos
cirúrgicas mandíbulas
desoras antenas;
ele entranha e em torno e erra
o milagre monótono

intacto em colmeias;
nem e sempre outro adeus
me não-usa, gasta o
fim não fim:
repete antecipadamente
meu único momento?

... nele
eternizo
agonizo
metalicamente
maquinalmente
sobressaltada
mente
ciente.

Uns índios (sua fala)

Refiro-me, em Mato Grosso, aos Terenos, povo meridional dos Aruaques. Logo desde Campo Grande eles aparecem. Porém, se mal não me informo, suas principais reservas ou aglomerações situam-se em Bananal, em Miranda, em Lalima e em Ipegue, e perto de Nioaque. Urbanizados, vestidos como nós, calçando meias e sapatos, saem de uma tribo secularmente ganha para o civil. Na Guerra do Paraguai, aliás, serviram, se afirmaram; deles e de seu comandante, Chico das Chagas, conta *A Retirada da Laguna*.

Conversei primeiro com dois, moços e binominados: um se chamava U-la-lá, e também Pedrinho; o outro era Hó-ye-nó, isto é, Cecílio. Conversa pouca.

A surpresa que me deram foi ao escutá-los coloquiar entre si, em seu rápido, ríspido idioma. Uma língua não propriamente gutural, não guarani, não nasal, não cantada; mas firme, contida, oclusiva e sem molezas — língua para gente enérgica e terra fria. Entrava-me e saía-me pelos ouvidos aquela individida extensão de som, fio crespo, em articulação soprada; e espantava-me sua gama de fricativas palatais e velares, e as vogais surdas. Respeitei-a, pronto respeitei seus falantes, como se representassem alguma cultura velhíssima.

Deram-me o sentido de um punhado de palavras, que perguntei. Soltas, essas abriam sua escandida silabação, que antes desaparecia, no natural da entrefala. Eis, pois:

frio — kás-sa-tí
onça — sí-i-ní
peixe — khró-é[1]
rio — khú-uê-ó
Deus — íkhái-van'n-u-kê
cobra — kóe-ch'oé
passarinho — hê-o-pen'n-o (*h* aspirado).

---

[1] O *kh* = *ch* alemão, ou *khi* grego.

A notação, árdua, resultou arbitrária. Só para uma ideia. E, óbvio, as palavras trazidas assim são remortas, sem velocidade, sem queimo. Mas, ainda quando, fere seu forte arrevesso.

Depois, no arraial do Limão-Verde, 18 km de Aquidauana, pé da serra de Amambai, visitei-os: um arranchamento de "dissidentes" — 60 famílias, 300 e tantas almas índias, sob o cacicado do *naa-ti* Tani, ou Daniel, capitão.

O lugar, o Limão-Verde, era mágico e a-parte, quase de mentira, com excessivo espesso e esmalte na verdura, como a do Oxfordshire em julho; capim intacto e montanhas mangueiras, e o poente de Itália, aberto, infim, pura cor.

Quase conosco, adiante, chegava também uma terena, a cavalo. Com sapatos anabela e com seu indiozinho ao colo. Quisemos conversar, mas ela nem deixou. Convenceu o cavalo a volver garupa, dando-nos as costas, e assim giraram, e desgiraram, quanto foi preciso.

Mas, ao avistar-nos, o capitão Daniel rompeu de lá, com todos os seus súbditos. E ele era positivo um chefe, por cara e coroa. Sua personalidade bradava baixinho. Em qualquer parte, sem impo, só de chegar, seria respeitado. O descalabro, a indigência, o aciganamento sonso de seu pessoal, não lhe tolhiam o ar espaçoso, de patriarca e pompa. Ele representava; e, com ritual vazio e simples palavras, deu-nos, num momento, o esquema de uma grande hospitalidade.

Enquanto podia, entretive-me também com um grupo: Re-pi-pí ("o cipó"), I-li-hú, Mó-o-tchó, Pi-têu, E-me-a-ka-uê e Bertulino Divino Quaauagas. Eu fazia perguntas a um — como é isso, em língua terena? como é aquilo? — e ele se esforçava em ensinar-me; mas os outros o caçoavam: — Na-kó-i-kó? Na-kó-i-kó? (— "Como é que vamos? Como é que vamos?" — *K'mok'wam'mo?* — quer dizer: — Como que Você se sai desta?...)

Apenas tive tempo de ir anotando meu pequeno vocabulário, por lembrança. Mais tarde, de volta a Aquidauana, relendo-o, dei conta de uma coisa, que era uma descoberta. As cores. Eram:

vermelho — a-ra-ra-i'ti
verde — ho-no-no-i'ti
amarelo — he-ya-i'ti
branco — ho-po-i'ti
preto — ha-ha-i'ti

Sim, sim, claro: o elemento *i'ti* devia significar "cor" — um substantivo que se sufixara; daí, *a-ra-ra-i'ti* seria "cor de arara"; e por diante. Então gastei horas, na cidade, querendo averiguar. Valia. Toda língua são rastros de velho mistério. Fui buscando os terenos moradores em Aquidauana: uma cozinheira, um vagabundo, um pedreiro, outra cozinheira — que me sussurraram longas coisas, em sua fala abafada, de tanto finco. Mas *i'ti* não era aquilo.

Isto é, era não era. *I'ti* queria dizer apenas "sangue". Ainda mais vero e belo. Porque, logo fui imaginando, *vermelho* seria "sangue de arara"; *verde*, "sangue de folha", por exemplo; *azul*, "sangue do céu"; *amarelo*, "sangue do sol"; etc. Daí, meu afã de poder saber exato o sentido de *hó-no-nó, hó-pô, h-há* e *hê-yá*.

Porém não achei. Nenhum — diziam-me — significava mais coisa nenhuma, fugida pelos fundos da lógica. Zero nada, zero. E eu não podia deixar lá minha cabeça, sozinha especulando. *Na-kó i-kó?* Uma tristeza.

Zoo
(Rio, Quinta da Boa Vista)

Avista-se o grito das araras.

★★★

Zangosa, arrepiada, a arara é tarde de-manhã — vermelho sobre ouro-
-sobre-azul — velhice colorida: duros o bis-bico e o caráter de uma arara.

★★★

Canta um sabiá sem açúcar.

★★★

Será o tamanduá-bandeira a verdadeira mula-sem-cabeça?

★★★

Prova-se que a ideia da galinha nasceu muito antes do primeiro ovo.

★★★

A cigarra cheia de ci.

★★★

O que como espelho reluziu foi a nuca, sol'oleosa, de uma ariranha,
dado o bufo rápido — suflo e espirro — a bafo, com que toda bem escorrida,
ela aponta à tona. São duas, em sua piscina: a outra, com fome, só zangadíssima,
já escorrega, de brinquedo, e geme curto, chorejo pueril, antes de pular
também na água, depondo-se.

Zoo (Rio, Quinta da Boa Vista)

Nadando lado a lado, arrulham, esticadas, vezes cambalhotam. Três braçadas, depois as mãozinhas para trás e a cauda — leme pronto próprio — rabo de remo. Sobe cada uma de fora a cabeça, sopra e reafunda, basculando. As duas passam e repassam, como sombras.

Saem enfim a seco, esfregam-se na areia as costas, e se acariciam, tacto a tacto, como se indireta, involuntariamente. Suas patinhas, breves, quase não atuam, os movimentos são de cobra, só insinuação. Amiúde bebem, fazem bulha. Ficam de pé — rasga-se seu *ah! - ah! - ahrr!* Carnívoras sempre em quaresma: atiram-se aos peixes, devoram levemente.

★★★

O coati saiu-se aos pulinhos: deu seu cheiro.

★★★

O urubu é que faz castelos no ar.

★★★

Onça — tanta coisa dura, entre boca e olhos.

★★★

A cobra movimenta-se: destra, sinistra, destra, sinistra…
A jiboia, macia, métrica, meandrosa.
A sucuri — sobre tronco morto ou grosso galho baixo de árvore — tenta emagrecer, não cabendo em sua impura grossura

★★★

Ilha dos Macacos: estes, não-simples — como não houve ainda outro jeito nem remédio. Incessam de bulir, pinguelear, rufionar, madraçar, imitaricar, catar-se e coçar-se. Também fazem quironomia e pantomímica, figurarias — monomanias, macaquimanhas. Um macaco pênsil! Volantins, aos doces assovios, inventam o esporte arbóreo. Macaquinho em mão-e-pé, ou mediante cauda. Simão, o epicurista, macaquicão velho, chefe, afivelada a cara preta: sentado largo, fumante sem cachimbo, repreende seus curumins — espinafráveis simíolos. Por que é que um pirralho de macaco é muito mais pirralho que macaco?

Simão II, ruivo, ajunta bugigangas, quinquilha pedrinhas, ira-se com o que consegue descobrir. Seria exímio palitador de dentes. É o cafuné um ato culinário?

Não sonham — os macacos mais singulares. Há um instinto de tristeza? A careta do macaco é feita por obrigação.

★★★

A girafa: — *Ei-la e não ei-la!*
Elefante: ele sabe onde tem o nariz.

★★★

Emboladinho o *gaturamo* — feito gema e escura — ameixa-recheada. O *trinca-ferro*, mentiroso. Não se solta, a cabecinha sangrenta do *galo-da-campina*. Em luto, estribilhiz de truz, a *graúna*, corvozinho catita. *Araponga* encolhida triste — enferrujada. *Sanhaços* — todos, os mais belos! — sem nuvens. A *jacutinga*, flente piadora, imperturba a pasmaceira.

O passarinho na gaiola pensa que uma árvore e o céu o prendem.

★★★

O QUE SE PASSOU NO CERCADO GRANDE: Juntos, o gamo e a ema rimam. Ovinos pastam, os carneiros valentins. Impõe-se oficialmente aberto o pavão — cauda erguida verde. O jaburu anda, meticuloso passo angular, desmeias pernas tão suas. Os carneiros são da Barbaria! A ema persegue os carneiros — a ema que come cobra. Pulam da grama os gamos deitados, branquipretos, rabicurtos: feito passarinhos. O jaburu, bico fendidamente, também corrivoa, com algo de bruxo e de aranha. Só o pavão, melindroso humilde, fica: coifado com seu buquezinho de violetas.

Zoo (Rio, Quinta da Boa Vista) 105

Subles

FOI QUE, UMA NOITE, SOZINHO EM CASA E AVANÇANDO as horas, tomado de sono, deu-me entretanto de telefonar a um ou outro conhecido, ainda que sem assunto e contra meu costume.

Como em duas, três tentativas, a linha estivesse sempre ocupada, comecei, nem sei, a discar a esmo, do modo por que a mão da gente num vazio desses se distrai, tamborilando dedos, por exemplo, ou rabiscando letras e garatujas. Suponho ter formado, de curto, um número impossível e imprevisto, principiado por 7, 9 ou 8. E somenos cochilava, se por metade não dormia.

Despertou-me um apelo[1] brusco:

— Quer falar com Subles?

Que sim, respondi, com presteza que ainda hoje não me explico. Verdade que eu conhecia o Subles, um único Subles, sujeito de raras palavras e riso nenhum ao guichê, funcionário bancário. Aquela hora, se bem o disse, eu não esquivaria interlocutor, aceitava qualquer conversa. Também o torpor que me nublava tirou-me de estranhar o acaso. Guardei o fone ao ouvido.

Sobre pausa normal — convém minuciar — soaram, fim de fio, confusas campainhas, e percebi vozes, como as que no comum se entremetem para as ligações interurbanas. Por uma vez admiti que a chamada partira do próprio Subles, surpreendendo-me por coincidência enquanto eu usava o aparelho; e quis imaginar de que lugar, e que motivo ou erro o trazia a mim. Em tão contadas ocasiões o vira e por último fazia tanto tempo, que nem poderia em rigor evocar-lhe a fala e as feições.

Momento e outro, alteou-se, não entendido, o retalho de colóquio das telefonistas; depois borbulhou no receptor apenas um gorgolejo morto, como o de dentro de um búzio. Demoravam, quase entrei em dúvida. Só silêncio. Enfim, porém, acertaram conexão linha adiante, onde regia voz oficial — crassa, espessa:

— Aão?

— Alô, alô... — me apressei.

---

[1] Variante: *brusco apelo.*

Do outro extremo, insistiu, autônomo, o interrogador:

— Quer falar com Subles?

Concordei, sem fazer espantos, posto sabendo que telefonava de moto alheio. Digo que por então eu me lestara, livre da sonolência. Subles — sua memória — vinha palpando. O contínuo quotidiar é que relega as impressões, desmembra-as. Portanto, eu o tinha na lembrança, um pouco mais do que antes achava: a cabeça grande, grisalha, um desmedir-se de orelhas, as mãos, que muito se viam, hábeis no manipular recibos e maços de dinheiro, e o vezo grave, polido, de cumprimentar perguntando-nos: se toda a família passava bem?...

O fone captava simples estalidos, em meio de sussurros, voo menos que o de morcegos, outramente seguidos de rumores de arrasto, como se mudassem um cenário. Tinia com intervalos, mais remoto, o toque de campainhas. E bem o diálogo de telefonistas reescutava-se indistinto, ora uma frase se acentuando, em idioma extraordinariamente estrangeiro. Dei que, pelo melhor, arrumavam uma ligação mais que longínqua. Então, onde estaria Subles? Telefonar-me, ele a mim, dividia-se em ridículo e absurdo. De agora creio que me vi na maior suspensão. Continuei esperando.

Tornaram a chamar, e um ruído regular se estabeleceu, transferindo-nos de circuito. Mas a voz que saltou se distendia de ninguém, falseando timbre, tanto podia ser de homem ou mulher, de um velho, de uma menina.

— Que quer? Que quer? — pareceu-me perguntavam.

— Subles?! — exigi.

— Pode esperar Subles.

Por primeiro suspeitei estar sendo usado num gracejo. Mas a mesma dicção incarnal se seguia acolá, peremptória, por certo reclamando urgência. Teriam posto Subles numa prisão, num manicômio? Dava-me pena imaginar: ele trajado de preto, estragado, distante de todo o mundo. Devia ter naquele instante uma inadiável comunicação a fazer-me, talvez um pedido. Impacientei-me, bradei no bocal: — Alô! Alô!...

— Pode esperar Subles...

Pelo modo, através de engrenagem, trocavam de sistema, aprofundando-me para outro âmbito: pensei na possibilidade de uma rede clandestina. Tudo é tão clandestino, tanta coisa é possível, que a vida é o não-resumo de um milagre. Subles me chamava, de algum ponto perdido naquela trama.

108   *João Guimarães Rosa*

— Alô?

Seria ele? Não o conhecia mais que acauteladamente. Nunca me ocorrera dar-lhe uma palavra desnecessária. Nunca o olhara de verdade.

Já aqui eu estava demasiadamente acordado, atento, lúcido. Ápices de vozes se erguiam, trazidas e levadas, feixe de murmúrios. A espaços, uma entressistia mais forte, renovava o nome de Subles. E alguém chorava, seguro estou, a um canto: emitia insuportável soluço, manso, em decrescendo; podia ser também um mecanismo.

Precisei de fechar os olhos e haver apenas o telefone; perto mesmo de mim, eu temia de repente qualquer coisa. Para acalmar-me, seria bem-vinda a própria fala inumana, já sabida, de séculos há pouco.

E, Subles, eu carecia de ouvi-lo. Compreendi que lhe queria bem, que seria meu amigo. Seus olhos podiam oferecer um raro entendimento profundo, principalmente só seu. Subia-me, de muito, uma tensa calma, algo para além do medo, inconcebível serenidade. Tentei entendê-la, substância evasiva, notar seu espaço de sonho. Foi porém imensamente breve, sem definição.

— Subles… — pedi, talvez só com arrancado pensamento.

— Sabemos. Subles.

— Sim!

— Subles ainda não chegou.

— Aguardo?

— Subles chegará dentro em pouco…

Não sei dizer se círculos de silêncio lançavam-me em seu centro, ou se um mar de música corroía em mim o que não fosse apenas alma — isto é, o intimamente estranho.[2] Esperei Subles, cujo recado urgia decifrar, de quem eu tinha de ouvir uma revelação. Se não, se não a recebesse, talvez o simples sentido da vida ficaria para mim para sempre incompreendido. Um fio devia unir-nos, e não funcionara. Ou sim? Mas aquela ausência humana tendia a desordenar-se, minha lembrança não a deteve. Sucedeu outra vez a voz, tênue, silabuciada, movitiva:

— Subles acaba de chegar.

— Subles! Pode falar?

— *Falar?!* Mas ele já chegou!

---

[2]   Variante: *intimamente alheio.*

Era outra coisa que uma voz, só, sem respondibilidade, infixa. A orla do fone comprimia-me as cartilagens, impunha-se sobre meu sangue — máquina, em tumulto. Senti que meus cabelos eternamente subiam, num arrepio.

— Alô! Alô! Subles?! — supliquei.

— Como poder ele falar, se já chegou?! Como quer que ele fale?! Não mais.

— Subles… — gemi.

— *Ele já chegou.*

Tremi de morte, glacial, eu suava. Sem senso, surdo, meu corpo se contraía, e pulsou, num repugno à vertigem, como um cavalo espavorido se rebela refugando. Que me importava o bancário Subles?

Larguei o fone — eu me devolvia a mim, ao quotidiano, ao normal, que nem uma pedra a um poço: descendo, caindo, voltando. Durante um tempo, o telefone não tocava outra vez, não chamou.

Teatrinho

TEMOS DE COMEÇAR PELA BIBLIOGRAFIA: *Journal* (1943-1945), de Julien Green; e *A Volta do Gato Preto,* de Érico Veríssimo.

É que os dois contam, cruzadamente, uma passagem, um caso que se deu, a 4 de agosto de 1944, no Mills College, Oakland, Califórnia, Estados Unidos. Emparelhá-los seria já de si curioso, texto e texto. Mas o próprio caso, em si, paga; veja-se que vale a pena.

Veríssimo é imparcial, jovial, sem rugosidades, entre distâncias. Aliteradamente, é um riacho: lúcido, lépido, límpido. E bom contrarregra. Tenham como traz os personagens. Diz:

De Julien Green: "… é um homem de estatura meã, construção sólida, tez dum moreno claro, cabelos e olhos escuros e um nariz gaulês, longo e fino. É retraído e tímido, dessa timidez que à primeira vista pode parecer empáfia. Só depois duma apresentação formal, durante a qual ele tirou da cabeça o panamá creme, é que passou a me cumprimentar, mas sempre cerimoniosamente."

E de Carrera-Andrade: "Alto, corpulento, monumental, com seu bigode aparado, seus olhos de índio… Temos feito longos passeios pelo parque, a conversar sobre homens e livros, viagens e ideias. Ao cabo de dois dias começamos a divergir em quase todos os assuntos que atacamos."

Mas, do que Veríssimo desdobra, entende-se também um Carrera- -Andrade rei no intolerar, exorbitante:

"… Um dia, ao cabo de uma dissertação que lhe fiz relativamente à minha atitude diante do mundo, concluiu:

"— Mas você não é um escritor latino.

"— Por quê?

"— É um homem frio, metódico, insensível.

"— Insensível? Frio? Essa é boa…

"— Eu o tenho observado todos estes dias, tenho acompanhado as suas reações às coisas que lhe dizem, às pessoas que o cercam."

Veríssimo sorri e desvê de mais explicar-se.

Teatrinho 111

Mas Carrera-Andrade — que usa palmadas na coxa e outros jactos de impaciência — declara amor ao "povo", tem pendores para isso. Sua má-vontade para com os norte-americanos se acende sempre. Assim:

"— Que se pode dizer dum país onde nem criados existem!

"— Mas, meu caro poeta — observo —, você não me disse que era socialista?

"— Pues si, amigo… Pero eso es diferente. Siempre habrá señores y esclavos."

Dando a um o dado ao outro, compara-se agora. Green, no 3-V-43 de seu diário:

"Há os que deixam de repente de crer em Deus. Quanto a mim, noto que deixo, pouco a pouco, de crer na humanidade. Por muito tempo, ela se me impôs, com seus discursos, suas leis, seus livros, mas começo a vê-la sob o verdadeiro aspecto, que é triste, porque é uma velha louca, cujas crises de ferocidade alternam com sorrisos."

Carrera-Andrade faz belos versos, será "um dos mais interessantes poetas modernos da América espanhola". A pessoa de um homem é uma catarata de surpresas.

E Green, que convive com a Bíblia e compulsa o dicionário hebraico, ignora a existência de Carrera-Andrade, mas sabe que o Demônio existe. Green é um místico irresoluto. Passeia por si mesmo, como em claustro circular, plataforma para o invisível. Glosa a danação e a graça, o problema do mal, o destino, o pecado, o jogo entre Deus e o homem.

Mas, volta a falar Veríssimo, e a cena principia:

"… Acha Carrera-Andrade que Julien Green habita numa torre de marfim, alheio aos conflitos e inquietações sociais do momento.

"— E se promovêssemos um encontro…, por exemplo, um almoço com Green, para submetê-lo a uma sabatina? — pergunta-me ele."

Arma-se o almoço. Julien Green vem sentar-se à mesa dos sul-americanos, sem suspeitar da cilada que lhe puseram. Veríssimo vai contando:

"… Finalmente Carrera-Andrade aproveita uma deixa e entra no assunto:

"— Mr. Green, não encontramos nos seus romances nenhuma inquietação relativa aos fenômenos sociais do nosso tempo. Não há neles nem mesmo menção desses problemas…

"Green fita no interlocutor seus olhos sombrios. O poeta continua:

"— Talvez tenha sido para evitar essa dificuldade que o senhor situou a ação de *Adrienne Mesurat* antes das duas Guerras...

"Todos nós esperamos a resposta com interesse. Uma expressão quase de agonia passa pela fisionomia de Julien Green. Ele olha para os lados, como a pedir socorro. Finalmente tartamudeia:

"— Problemas sociais? Como poderei escrever a respeito deles... se não os conheço? Só posso escrever sobre minha experiência humana... Essas questões sociais estão fora da minha experiência... Não é que eu não me interesse... Acontece que me sinto verdadeiramente perdido neste mundo.

"Carrera vai insistir. Isso me parece crueldade, crueldade de toureiro que, depois de farpear um touro, de vê-lo sangrando, exausto, quer ainda ir até o golpe final de espada."

(Veríssimo é amigo de Thornton Wilder; leu o de Michael Gould, sabe que as paixões vivem de equívocos; opina:)

"Penso que um escritor da importância de Green merece não apenas admiração, mas também respeito. É, sem a menor dúvida, um romancista sério. Não falará a nossa língua, o que não quer absolutamente dizer que seja mudo. Não pertence ao nosso mundo, o que não quer dizer que deva ser votado ao inferno. Por outro lado parece-me que seus livros serão lembrados muitos anos depois que a obra de alguns dos escritores modernos de propaganda tenha sido completamente esquecida.

"Carrera-Andrade continua a atirar suas farpas. Acho melhor desviar a conversa do assunto. Vê-se claramente que Julien Green está infeliz."

Mas — atenção — agora, à versão de Green no *Journal*:

"Ontem, na Casa Pan-americana, almocei em companhia de vários sul-americanos, um dos quais muito inteligente e os outros menos. Veríssimo, homem de grande modéstia apesar de seu sucesso, falou-me de meus livros. Ele é moço, com uma fisionomia agradável. À minha direita, uma espécie de bebê de bigodes pergunta-me, com voz em que já vibra a cólera, por que não escrevo romances 'sociológicos'. Esse senhor sustenta, com efeito, que os romances devem servir para alguma coisa, que não são mais admissíveis as obras de arte que não sirvam para nada, e que seria 'um real perigo haver escritores demais como Julien Green'. Digo-lhe então que esse perigo não é real, não é grande, e os outros todos começam a rir."

E, pois, públicos aplausos: Não se diga que nosso patrício não se saiu excelentemente.

Cipango

No trem da noroeste, passada Araçatuba, a presença deles começou a aumentar. Era uma silenciosa invasão. Principalmente nos carros de segunda, abundavam seus tipos, indescoráveis amarelos, cabelos ouriçados, caras zigomáticas, virgulados olhos obvexos. Muitos, em geral as mulheres, se sentavam no chão, cruzando as pernas, aos cantos ou pelo corredor, gente que não se acostumava ainda a permanecer em cadeira ou banco. Vinham para Mato Grosso, ou voltavam. Ah, os japões! Parece que se agrupam segundo a procedência: em Araçatuba, são quase todos de Kiu-Shiu, de Kagoshima; de Okinawa, aqui em Campo Grande.

Atraía-nos, de simpatia, visitá-los. Não longe da cidade, por um fundo de vale, seus *karichi* — terrenos arrendados — se sucediam.

O preto que nos servia de guia até aos Hachimitsu propalava:

— Eles guardam numas barricas a comida dos porcos de ceva. É uma mistura de tudo que a gente não sabe, prasapa de boa, cheiro ardido... Porco, fica cada monarca desta altura! Quase do tamanho de burro. E comem deitados...

Mas, chegando lá, não fomos amolar os porcos. Fomos ver as mocinhas, quatro ou cinco, que, numa mesa ao ar livre, a um lado da casa, moíam na máquina arroz cozido, uma massa nevada para fazer bolos. Um de nós se dispôs a fotografá-las, e elas, entre si risonhas, consentiram. Só que apareceu um senhor, *seô* Hachimitsu que as repreendeu, entremeando a zanga com vênias polidas em nossa intenção. As musmés fugiram para dentro. Ir embora achamos também de tom. Mas, bem nem dadas as costas, e o velho Hachimitsu *san* vinha chamar-nos, deferentemente. E, sim por mágica, já reapareciam as jovenzinhas niseis, transfloridas: o pai tinha apenas mandado que mudassem de roupas e se enfeitassem, a fim de sair em digno o retrato.

Queria que entrássemos, mas agradecemos, pois lá se achavam trabalhando sisudamente outros japoneses, acabando de construir a casa, no sistema de mutirão.

Mas, antes de partir, espiei pela janela. O que me prendeu os olhos, foi, emoldurado, um desenho de espada — uma dessas velhas espadas japônicas, de ancha lâmina, que um ditado deles diz ser a "alma do samurai" — entre negros ideogramas, tão traçados a pincel. Atrevi-me a perguntar o escrito. E Hachimitsu, curvando-se para o quadro, verteu:

— "O homem que morre pela pátria, vive dez milhões de anos!"

De lá andamos para uma chácara, a "çák'kara", onde já os espessos grupos de bambus revelavam um intento de afeiçoar o arredor. O mais, era o canavial, labirinto verde. Porém, ao nos aproximarmos da residência, assaltou-nos um cheiro orgânico, ranço inusitado, colorido de componentes. Cheiro de humana fartura.

E eis, ante nós, o chefe da casa, Takeshi Kumoitsuru — rugoso de cara, estanhada, flexo no certo número de mesuras. Cabeça rapada, com topete: cismo-o um sacerdote do xintô ou budista, amigo da raposa branca. Seu sorriso não dissimula um fundo de aspecto apreensivo. Nossas roupas cáqui de excursionistas devem-lhe parecer militares. E ele é esguioso, pescoceia; não gostará que venhamos tirá-lo de qualquer minuto de trabalho seu. Com o *ko-tchú* — largo cutelo curto — cortava cana para a vaca. E até a vaca vermelha, rosneadora, detida num cercado de bambus, vigiando sua envasada manjedoura, se animalava estranha, diversa, grossa demais, uma búfala.

— Planta só cana?

— Tudo puranta, esse bom... Tudo puranta, esse bom... Passarinho come...

— Muito lucro?

— Camíjia comporou, dinhêrio num tem... Camíjia comporou, dinhêrio num tem...

Nem há de estar pobre assim, comerá ao dia seus três arrozes. Temia uma extorsão? Súbito voltou-se em direção à casa, e chamou, com frase comprida, que correu, zarizarizã, como uma palavra só. Surgiram mulher e filha, moça de sorriso fixo, vindo saudar-nos, com aquele xemexe de plenas curvaturas, as mãos nos joelhos.

— Entará, senhô, entará... Casa japonês munto suja... — e a mulher ria, um riso desproporcionado.

Entramos para um variado cômodo, que meio a meio seria cozinha e salão. Tudo ali dentro era inesperado e simples, mas de um simples diferente do nosso, desenrolado de velha sabedoria de olhos. As arcas, os armários, as mesas, as esteiras de palha, os utensílios. A mulher empilhava doces alourados, que fabricava para vender. Deles nos ofereceu, dentro de seus risos.

O homem piscava atento apenas a todo pio ou esvoaço, lá fora, os pássaros seus adversários. Mas repetia:

— Tudo paranta, esse bom… Tudo paranta, esse bom…

Pendente, viu-se uma pele seca de cobra. E o homem figurava mesmo um buda-bonzo, ou xamã monge, ou dês-cá o que seja. Contam que, entre eles, sapos e cobras se dizem de boa sorte. Era?

— Eu-pequeno môrde côbura Araçatuba mureu…

Apontou, na parede, o retrato — de um menino japonesinho, o filho, o que a cobra matara — seja a tradução. Ele, a mulher e a filha rapariga calavam-se para o quadro. Sorriam, os três, sorriam-nos, com vinco e afinco. Mas eram também atos tão disciplinadamente de luto, *utsu-utsu*, que, sem mais, nos fomos.

Num raso pedaço de terreno, verde-verde de todo plantado, luminoso de canaizinhos de irrigação, víamos três pessoas, uma família. Paravam numa paisagem em seda. Até no caminhar dos sulcos d'água no entremeio das miúdas culturas, na separação das poucas árvores mantidas, puderam os Sakamota impor a este chão um torcido toque de arte nipônica — com sua assimetria intencional, recesso de calados espaços inventados e riscos que imóveis guardam qualquer coisa do relâmpago. Mesmo arranjaram um grande arbusto branco, que todo flores. Ao fundo, tlatlavam os quero-queros, sobe-desce-sobe, gritantes. Ou os uns gaviões.

Lá, acolá, de cócoras, o homem trabalha. É moço, bem-parecido; calça curta, sem camisa, chapéu amplo, de palha. Capina em volta das alfaces, isto é, usa seus dedos, para depilar a terra, como se a espiolhasse. Atento, intenso, leva uns segundos: e avança com a mão, pinça um capinzinho, o extrai. Repensa e laboreja, tal um artista de remate, desenhista, bordador. Para mudar de lugar, nem perde tempo em desacocorar-se: só se apruma um meio tanto, e se desloca, andando para trás, para um lado. Pés descalços, pés preênseis, que se seguram no úmido chão. Não nos ouve, não nos vê, nanjo.

A mulher, nada feia, está à beira do rego, com o menino. Lavam e luzem os pimentões, que levarão amanhã à feira, lustram os nabos e abóboras, um por um, esfregando-os com escovas.

Ela se chama — Fumiko, Mitiko, Yukiko, Kimiko, Kazúmi, Natsuko ou Hatsuko? — e com belos dentes. Como foi que se casou com Setsuo Sakamota? Namoraram?

— Não, namoro não. Ele quis eu, falou com p'pai. Deu "garantia"…

— Garantia em dinheiro? Pagou?

— Pâgou, pâgou. Japonês usa...

— E gosta dele?

— Bom. Munto târâbârâdor. Trâbâra todo dia. Trâbâra noite...

— Mas, e o amor?

— Amor, sim, munto. Primeiro casa, depois amor vem. Amor, devagarazinho, todo dia amor mais um pouco... Bom...

Simples, bom, viemos, ricos regressamos. Tanto que: — *Banzai, banzai, Nippon!*

Sempre coisas de poesia

Sá Araújo Ségrim — *poeta comprido* — *é outro dos anagramáticos, de que hoje disponho. Se bem talvez um tanto discípulo de* Soares Guiamar, *sob leves aspectos, sofre só e sozinho verseja. Sei que pensa em breve publicar livro: o "Segredeiro", e do supracitado é, às vezes, o que prefiro. Será que conosco concordam?*

Distância

Um cavaleiro e um cachorro
viajam para a paisagem.
Conseguiram que esse morro
não lhes barrasse a passagem.
Conseguiram um riacho
com seus goles, com sua margem.
Conseguiram boa sede.
Constataram:
cai a tarde.

Sobre a tarde, cai a noite,
sobre a noite a madrugada.
Imagino o cavaleiro
esta orvalhada e estrelada.
O pensar do cavaleiro
talvez o amar, ou nem nada.
Imagino o cachorrinho
imaginário na estrada.
Caía a tarde.

Para a tarde o cavaleiro
ia, conforme avistado.
Após, também o cachorro.

Todos — iam, de bom grado,
à tarde do cavaleiro
do cachorro, do outro lado
— que na tarde se perderam,
no morro, no ar, no contado.
Caiu a tarde.

Recapítulo

Neste dia
quieto e repartido em tédio e falta de coragem,
não mereci a música que sofro na memória,
não me doeram a fuga, o espesso, o pesado,[1] o opaco;
não respondi.
Apenas fui feliz?

Contratema

A lua luz em veludo
    barba longa
    respingada de violetas.

Perdidos todos os verdes
    — cor que dorme —
    desconforme
    se escoa o mundo no abandono.

Eis que belos animais,
    quente resplandor nos olhos,
    quente a vida com maldade,
    vêm das sombras.

Assim o sol
    seu rio alto,
    novos ouros, novas horas,
    revolve agudas lembranças.

---

[1]   Variante: *torto, tardo.*

Fria, a noite fecha as asas
    — mundo erguido, céu profundo —
    sol a sol
    ou sono a sono?

Rota

Antes que me vissem triste
ou que outras voltas me dessem
entendi contrário rumo
desci esta rua até o fim
concedi-me aos prólogos:

a nuvem válida
a estátua de alma
a véspera de véspera
o cenho da calma
o fogo, imágico
o doer intacto
a santa no armário
o cume calabouço
a lembrança do peixe
o celeumatário
o outro anão
a mulher de pés no chão
as senhas vagas
o homem enrodilhado
a ânfora e a âncora
o jacto de madrugada
a folga
a força.

Sempre coisas de poesia

A velha

SUA PRIMEIRA MENÇÃO, UM TANTO CONFUSA, foi em qualquer manhã, pelo telefone. Uma senhora, muito velha e doente, pedia que o Cônsul lhe fosse à casa, para assunto de testamento. *Frau* Wetterhuse.

O recado se perdia, obrigação abstrata, no tumulto diário de casos, o Consulado invadindo-se de judeus, sob mó de angústias, famintos de partir, sofridos imenso, em desengano, público pranto e longo estremecer, quase cada rosto prometendo-se a coativa esperança final do suicídio. Vê-los, vinha à mente a voz de Hitler ao rádio — rouco, raivoso. Contra esses, desde novembro, se implacara mais desbordada e atroz a perseguição, dosada brutal. Viesse a guerra, a primeira ordem seria matá-los?

O nome Wetterhuse extinguia-se num zumbido, com o que o Norte tem de mais brumoso. Mas, seguinte, na semana, voltava, a súplica, embaixada--de-jó, apelo insistido. Prometi-me de ir lá. Fazia todo o frio.

Sumia-se no dia noturno a bela, grande cidade hanseática, nem se avistavam seu céu de ferro molhado e as silhuetas das cinco igrejas, suas torres de cobre em azinhavre. Dava-se, que nem caudas de cobras, delgados glaciais chicotes — nevando, fortes flocos — o vento mordaz. Saindo para o Glockengiesserwall, se bem que abafado em roupas, eu tivera que me enregemer, ao resfrio cravador e à umidade, que transia. Via-se, a cada canto, o emblema: pousada num círculo, onde cabia oblíqua a suástica, a águia de abertas asas. A fora, as sombras dos troncos de árvores, na neve, e as curvas dos corvos, o corvo da desdita. Dizia-se que, este, muitos anos faz, seria o mais duro inverno, de concumulados gelos: morriam muitos pássaros. O coração daquela natureza era manso, era mau? Sentia-se um, ao meio de tal ponte, à face do caos e espírito de catástrofe, em tempo tão ingeneroso, ante o critério último — o pecado de nascer — na tese anaximândrica. Todos pertencíamos, assim, mesmo, à vida.

A casa era no Harvesterhude, umbrosa, meio a um jardim que no verão teria sido amável, com seus olmos e os maciços de tuias e rododendros. Toquei e levaram-me ao salão — como se subterrâneo. Havia lá uma invernia de austeridade, o cheiro de irrenovável mofo e de humanidade macerada.

Tapeçarias, reposteiros de falbalás, muito antigos móveis, tudo se unia num esfumado: as cinzas da neve. Assustava a esdruxularia daquele ambiente solífugo e antimundano, de sopor e semiviver, o sentido de solidão; circunstando um ar frio. Tinham acendido lareira. Dos lustres descia uma luz, de velas, era luz em cemitério. Esperava-se encontrar, em torno, duendes e lêmures. Encontravam-se criaturas — ao todo cinco mulheres, todas velhas, que se retraíam, estafermáticas, estornicadas nas vestes de veludo ou gorgorão de lã, de golas altas, longas mangas, terrível decoro.

Ao centro, numa poltrona em estrado — deveria ficar mais alta que nós, segundo um rito — a mais anciã. Era extraordinária de velha, exaustamente o rosto, todo angulado, cavado de sulcos, e em cujo esqualor olhos havia, ex-azuis, sem íris, de despupilada estátua. Passaria dos noventa, parecia centenária. Desde as aparências, porém, sabia-se que a gentil-dama, feita às sociais sobrancerias e ao comando íntimo, e a quem o recato levara a levantar-se do leito de semiparalítica, e ser vestida e colocada ali, em elevado assento, de mágoa hirta, de sua lívida vontade. E precisava de ser ouvida. Beijei-lhe a mão, os trêmulos dedos definhados.

Era a *Dame* Verônika. *Dame* Angélika, sua filha, e três parentas, as outras, ressemblantes, com, que nem que perucas, os tão brancos cabelos, que teriam sido amarelo-palha. Ordenadamente se sentavam, cada qual com mal pegado sorriso, prontas a conservar-se de parte, sentindo-se demasiado presentes ao versar do assunto conspirável. O qual, a justo ver, elas desconheciam.

Desfez-se um silêncio. *Dame* Verônika tomou a voz. Dissesse tão-só frases de polidez; repetia-as, balbuz, sob algum afrontamento, com um arrulha de asma. Ora fechava os olhos, sacudia, levíssima, a cabeça em frinas, reprincipiava. Devia de estar repassando-se de algo, muito passado, trazido de um túnel, relutante na resistência à evocação, fato de estrangulada memória. Confundia-se; eu tinha de prestar ouvidos. De repente, encarou-me mais, dava-me o todo gris dos olhos. E começara a falar em português.

Falava-o, tão perfeitamente, e não mais naquela dicção fosca, mas ressurgida, anos d'ora-atrás. E vi — que a voz pertence às estâncias da idade: que, bem assim, nesse teor de tom, que eu jamais ouvira, conversar-se-ia, outro tempo, em solar e saraus, em tertúlias, merendas e cavacos. Era como se falasse figura, de um álbum desbotado.

— "Vivi em vosso país, vossa pequena formosa cidade de Petropolyís… Conheci vosso bom Imperador — ele estudava o hebraico. Vosso Imperador estimava meu marido, Káspar… Dr. Káspar Eswepp, sabeis? Vosso Imperador nos convidava ao paço…"

Relembrava — revocava — sorriu-se a um persistir de imagens? E estremeceu. Voltava às brumas do presente, à sua gélida pátria. Só então entrou a falar sob força de fatos: dos campos-de-prisão, as hitlerocidades, as trágicas técnicas, o ódio abismático, os judeus trateados. Olhávamos, ali, na parede, de corpo inteiro, o marido. — "Ele era judeu, sabeis?"

E — o retamente, o raso: a filha, também tão idosa *Dame* Angélika, seria teuto-hebreia uma mischling, "mestiça do primeiro grau", segundo o código hediondo. Dona Verônica o disse, de soçobro. A filha, por sua eiva aboriginal, corria grave perigo. Ela, a Mãe, tinha de solicitar-se daquilo.

Sofria, seca. Preparava-se? Para desvendar-me seu motivo: o drama, sobreestranho, o coração da coisa, vagarosíssima verdade:

— "Minha filha não é filha do meu marido. Nem ela, nem ele jamais o souberam… Foi em vosso país… O pai da minha filha era um amigo nosso, que nos frequentava… O pai de minha filha não era de sangue judeu…"

Teve um sorrisinho titânico. Endireitou o busto, alisava-se o rosto, num ademã de extrema dignidade, fizera-se altiva. Num momento, ela precisara de profundar um poço, arrancar em si o que tanto sepultara à força do tempo, desistir do longo benefício do olvido. E já era a dor de dar, à fé, uma sua turpitude secreta, exsuscitar um negrume, a fementira. Seu coração não pesava um miligrama?

Ali, as outras quatro mulheres permaneciam, salvaguardadas, em circunstância de surda sociedade, sem participação emotiva. Aquelas meditavam o que não podiam entender — *Dame* Angélika, damas Filippa, Osna e Alwyna.

Dona Verônica não se voltara para a filha; só a mim encarava, ávida. Não sem intuito descobrira-me o inarrável. Tinha de satisfazer o problema, intentar o sarcimento. Sanar o obviável. — "Não? Sim?" E queria reforçar-se com minha opinião, tomar conselho. A filha não tinha sangue da outra raça. — "Por que, pois?" Pertencia-lhe, fidedigna, declarar aquilo, fatal como o sol, verifazer o real, renegar o inautêntico. Tomaria o grave passo. A tanto preço — o de se inquinar e malsinar-se, para o pouco restante da vida. Em dizer, porém, que não lhe era possível prestar fatos, produzir testemunhas, recorrer no caso à prova de sangue, nem ao menos apelar para a razão pública. Tão longe, tantos anos… Mas, quem sabe, poderia ter o apoio de um grande, forte país, de gente tão fidalga, de tanta ponderância! — "Sim. E?" Pegou o

A velha 125

lenço, tivera um jacto de tosse. Ansiosa, querulante: — "Foi em vossa formosa, pequena cidade de Petropolyís…"

Não, em fato. Não. Tive de sacudir a cabeça. *Dame* Angélika nem mesmo era brasileira. Tudo indeterminado, sem fundamento certo, apenas o citar de um romance perdido no antigo, tão esfiapável, pátina, voz para memória. Quem iria querer crer? Ela mesma, Dona Verônica, não se lograva de ilusões. Ah, vivera demasiado tempo, distanciara-se das possibilidades manejáveis das coisas. Teve o chluque de um soluço. Ofegou. Ia abater-se. Súbito, porém, rompendo-se do desalento, algo flamejou nela, que nem um rebrilho de alma — uma glória — e exclamou:

— *"Ele foi um vosso compatriota, um homem nobre… O amor de minha vida!…"*

Sopitou-se, desopressa. Como poder pagar sua dívida dourada? Levantei-me; eu nem era um cooperador passivo do destino. Também aquelas senhoras presentes se levantaram, em sincera, distinta cortesia. Ali, borbulhavam pensamentos. Desfalecidos espíritos. Só silêncio. Dona Verônica mostrava-nos seu comprido rosto, escalavrado, blafardo, diáfano pergaminho. Dona Angélica passava-lhe meiga a mão por trás da cabeça. Todos nós jazíamos de pé, em volta dela. A longa mulher. O sistema do mundo. A velha vida.

Zoo
(*Hagenbecks Tierpark,*
Hamburgo — Stellingen)

PÓRTICO: AMAR OS ANIMAIS É APRENDIZADO DE HUMANIDADE.

★★★

Girafa, ah! Seu pescoço mastro totêmico. Seu focinho de borracha chata. Sua cabeça — conquanta concha marinha.

★★★

O ouriço-cacheiro sabe que é arcaico cachar-se. Espinhos ele ainda tem: como roseiras, os gatos, as alegrias.

★★★

Nossos pequenos hipopótamos brasileiros: as capivaras.

★★★

O cômico no avestruz: tão cavalar e incozinhável, tenta assim mesmo levitar-se. O nobre no avestruz: seu cômico (o perseverar no dito — indício de teimosa inocência, isto é, de caráter).

★★★

A lhama: sobre uma cordilheira de esplim, dessalonga-se, a cuspidora andina.

★★★

O diverso, no riscado da zebra: quanto ao corpo, é uniforme: mas, na cara, é tatuagem?

★★★

Duas zebras brigam: se atiram contra e contra, empinadas — e tudo, zás, zás, são relâmpagos.

★★★

Ainda a respeito do avestruz: só a inocência dança.

★★★

A raposa, hereditária anciã: vid. Seu andar, sua astúcia-audácia. Avança, mas nuns passos de quem se retira.

★★★

Mais do avestruz: valha tão bem chamá-lo de só e s t r u z, somente.

★★★

— *"Antes um pássaro na mão, que dois voando..."*
— *Na mão de quem? — pergunta a raposa.*

★★★

A *toupeira*, encapuzada: que é uma foca só subterrânea.

★★★

O arrebol de um pavão.

★★★

Ao macaco, diga-se: — *Nossos rabos…*
A *gorila-fêmeo*. A *chimpanza* ou *chimpanzefa*. A *orangovalsa*.
(Não menos acertará quem disser a *chimpanzoa*.)

★★★

Leões fauciabertos; suas jubas como chegam ao chão.
O leão, ao menos risonho.
A pantera: suma enorme orquídea.

★★★

O jovem *leopardo* coreano — cabeçudo e gatorro — sofre de seriedade.

★★★

Se todo animal inspira sempre ternura, que houve, então com o homem?

★★★

Enfim, a gazela: de mentira, de verdade, cabritinha, mulatinha.

★★★

A camurça estatuesca: sobre nobre esquema de salto.
E o canguru, às culapadas. Mas k a n g u r ú é que ele é!
O rato, o esquilo, o coelho:
— Haja o que se roa, desta rara vida…

★★★

Tigres, recrespos, dentro de constantes andantes círculos.
A pantera, semeada, dada, engradada.
Um despulo de urso.

★★★

Zoo (Hagenbecks Tierpark, *Hamburgo – Stellingen*)

Leõezinhos e tigrezinhos comem: nos pedaços de carne, bofe e fígado, ganham também gotas de vitaminas.

Os grandes carnívoros jejuam aos sábados. Sua saúde precisa de lembrar--se das agruras da liberdade.

★★★

O dromedário apesar-de. O *camelo,* além-de. A *girafa,* sobretudo.

★★★

Mesmo na descida, o salto do cavalo é ascendente.
Cavalo preto que foge: cabelos que não se retêm.

★★★

Os veados — desfolhados: sejam em inverno sempre; percorrem idas verdes florestas.

★★★

As galinholas, três, desfilam empinadinhas, fugindo atrás de atrás de atrás. Vem uma quarta — que as escolopassa.

Pelicano: velho bicudo. Seu bico pensa. Sua presença semi-ébria, equibêbada.

A garça espreita os pássaros: o bico é capaz de decepar no espaço uma melodia.

Belo verbo teórico: o arensar do cisne.

Talvez à garra de pesadelo, o pinguim quase se cai para trás. Seu inimigo é o leopardo-marinho.

E há o beijo das garças — qual que terna espécie de esgrima.

O pato, treme-bico. Mas come é com o pescoço.

Garças amorosas: penas arrepiadas, facas para o alto, esboçam baile, num estalar de mandíbulas.

★★★

Uma panóplia de gaviões.
Uma constelação de colibris.
Um ancoradouro de caimões.

★★★

As babirussas são muito gentis.

Nepáli consente que eu lhe coce a testa. É o rinoceronte hindustânico monócero, bem emplacado, verrucoso.

Gláucia me olha, duasmente; toda coruja é bem-assombrada.

Com alguns, porém, não tenho sorte: a hiena rajada, por exemplo, é uma que comiga dificilmente.

★★★

O macaco: homem desregulado. O homem: vice-versa; ou idem.

★★★

A casinha aquecida dos cangurus. Mesmo lá dentro, eles têm frio.

★★★

O lince: de olhos fechados.

★★★

O esquilozinho, isto é, seu posterior penacho.

★★★

Os castores — num jeito de quem conta dinheiro, murmuram segredos aos troncos das árvores.

★★★

O rápido derreio, fingido, do lobo.

★★★

Dez animais para a ilha deserta: o gato, o cão, o boi, o papagaio, o peru, o sabiá, o burrinho, o vaga-lume, o esquilo e a borboleta.

★★★

Monólogo do mono Simão, que se vende por meia casca da fruta:
— *Aos homens, falta sinceridade...*
Dito o que, vai bugiar, espontâneo.

★★★

Cervo asiático: por igual, céu estrelado.

★★★

O macaco está para o homem assim como o *homem* está para x.

Sem tangência

A MORTE É LÚGUBRE LORDE: A AMBÍGUA. De repente, como sempre, um homem faleceu. Diziam-no mau. Entre tudo, porém, o cemitério prosseguia de decisivo quietar quem sabe o sítio mais amigo da cidade. O enterro do homem, não conhecido, ensinou-o ao forasteiro. Podia-se procurar passeio, o desexílio, em seu reduzido espaço, dos que perderam para sempre o endereço. Na dita cidade, muito longe, árdua do todo-o-dia, fatal, fabricada, enfadonha. Ali, o mar era o cemitério.

A gente perdia a abusão de estar-se em lugar danoso, de quebrantos ou assombro e apegava-se à paz, no descritivo, a paisagem especializada. A erva, consequente, permeio às tumbas, a grama urbana; um estapaflorir; zumbidos; às vezes borboletas. Sob luz reta, no ponto do meio-dia, a lousa quente. Tarde ainda mais limpa; a que não traz sombras. As casuarinas e seus instantes de vento. Queixava-se o coveiro de dores nas costas, do custo da vida; seu ajudante, descalço, fumava cigarros caros. De primeiro, temia-se a terra, aquela, havida por maléfica: limpavam-se do pó os sapatos. Mas, melhor pudesse qualquer um — no chamado campo-santo — defender sua loucura das dos outros. Dos mais outros, também, talvez. Quem morre, morreu mesmo? A morte é maior que a lógica. E, quando menos quando, vinha a moça. Viera, vários dias, trazia longas flores. Nem parecia ver ninguém ou ouvir, encerrada em costumeiro pesar. Deixava-a o vestido preto mais esvelta que as outras, da cidade; mais rara. Devia ser filha do homem falecido.

Nunca o avistara o forasteiro. Achava porém de apreender-lhe os traços nas feições da moça, a rude maldade de que o reputavam, desabrangendo sua matéria. Dele, contava-se: que mais perversos tendo sido o pai e o avô — do sujo e errado outrora. Nenhuma vida tem resumo: a tarda crosta da vida, com seu trecheio de ilusões. A gente vê só o cinzento, mas têm-se de adivinhar o branco e o preto.

O homem falecido, seu recente sepulcro, seria num dos extremos, aonde parava a moça, dali o recinto prolongando-se em emaranhado de bosque. Até onde não se devia ir, enquanto, seguida apenas a distância, por lá ela permanecesse, decerto atinadamente, lúcida lagrimada. Além, teria sido o cemitério primeiro, sua outra grande porta oculta. A antiga.

Às vezes, ela tardava em vir. Andava-se, a léu de labirinto, no quiescer de ante vazias permanências — dos de ide-vós-sós; faz-se que contra querubins em cavernas gritantes. As vozes humanas é que inventaram o silêncio. É possível um não-mais-futuro? Vive-se, e ri-se. O gênio ainda não germinou bem em nós, distraídos e fracos. Mas, na necrópole, uma mudez se move, algo que ultrapassava a mudez; pesam-se as espécies imperceptíveis, visões intermutáveis. Por maneira que as aceitávamos. Mais perto do mundo. Algo havia; pairava. — *"Refuja o denso viver, pela levez da morte..."* — disseram-me: voz indefinida, a minha talvez. Sim, a moça era quase prevista surpresa. Um dia, haverá sábios. E, que nos vem da vida, enfim? — com o continuitar do ar, do chão e do relógio. A morte: o inenarrável rapto.

E ela. Demorou o rosto, deu seu ser a perceber. Perto que perto. Era boa. Era bela. *Amor...* — palavra que sobrou de frases. Amor, o que lhe radiava da figura, na fala das fadas. Demasiado grande, que amedrontava.

Sua lembrança, ideia clara. A marca da imagem. Inafastável, como persistia, de negro vestida, a obstinada presença, nessa entreparagem, na vagação, nas horas temporárias. Adiara o forasteiro de ir à sepultura do homem falecido. Da moça, não se viam ali sinais, nenhumas flores. Murchas, em volta, apenas coroas. A arruda-dos-muros. A lápide — cais tão calmo. Só uns passarinhos em piqueniques. Mortas, só as folhas; e o sol enviava mais calor. Sim, com esquisitinho sem-sossego, os pássaros algo explicam. E o coveiro, espião. — *"Ele é seu parente?"* Os olhos das pessoas já são coisas de fantasmas. A meu não, ele riu. Tinha pensado; porque com o defunto em mim notara parecença. Estaria tonto, o coveiro, toupeireiro operador. — *"Era homem mau?"* — indaguei. — *"Era homem justo. Bom, mas vagaroso."* E avancei: — *"E a moça?"* Teve ele forte espanto. — *"Pois, não é sua conhecida? Não vem com o senhor?"* — a desajuizar-me. Neutra, a relva, esparramaz, alegre no entreabrirfechar florinhas, se não há nenhum nunca. O vento, devolvedor de palavras. O homem, que falecera, não podia. *Depois da vida, o que há, é mais vida...* — disse-me: o que minha mais funda memória me telegrafou. Retomava o trabalho o coveiro, dolorento, sabedor de ofício. Já como fósseis os ossos que ele transplantava, naquele bom lugar universo.

Ela não voltaria mais... — pensei, subciente. O rapaz ajudante passava, ao ombro suas ferramentas. — *"Acho que é uma mesma que vinha, noutra ocasião..."* — e ele tinha as petulâncias da vida. — *"Vinha escolher a própria cova..."* — ignorava a especulação poética, o mistério esperançoso.

134   *João Guimarães Rosa*

Se o falecido se parecia comigo? — *"Todos parecem com todos."* Inegada-mente. — *"Homem bom, no geral..."* — ele queria gratificação. Nunca mais? Um enterro chegava, entrava. Será... — doía, o despropositivo, a hipótese mais eficaz. Não. Só era o de um morto. Nunca mais.

Se a gente podia dali sair, a atento horizonte, pela porta primitiva, olvidado vislumbráculo? Não, o coveiro intransigiu, ria-se do desmotivo daquilo. Enferrujara, montões de terra entupindo o trato, o mato rijo, espessos de urtigas, roseiras bravas. Mas, informou: que não havia segredo, a moça era filha de um Seo Visneto, tinha vindo, nove dias, cumprir promessa de rezar e pôr flores, no cruzeirinho das Almas... — "Pois, senhor..." Não mais. Ainda não. Devia em seguida partir, o forasteiro, deixar a fácil, fatigadora, fingida cidade. Apanhou uma pedrinha, colocou-a no túmulo do homem falecido. A liberdade é absurda. A gente sempre sabe que podia ter sabido.

Sem tangência   135

Pé-duro, chapéu-de-couro

> — *Qué buscades, los vaqueros.*
> — *Una, ay, novilleja, una...*
>
> Góngora

Reunindo redondo mais de meio milhar de vaqueiros, na cidade baiana de Cipó, no São João deste ano, para desfile, guarda-de--honra, jogos de vaquejada e homenagem recíproca entre o Chefe da Nação e os simples cavaleiros do Sertão Ulterior, o que Assis Chateaubriand moveu — além de colocar sob tantos olhos os homens de um ofício grave e arcaico, precisado de amparo, e de desferir admodo um *comando* de poesia — foi algo de coração e garra, intento amplo, temero, indiminuível: a inauguração dinâmica de um símbolo.

I

Antigo veio o tema: o de estrênuos pegureiros, que lutavam com anjos, levantavam suas tendas e vadeavam os desertos — Caldeia a Canaã um rastro de rebanhos, e o itinerário do espírito.

E velho o idílio — *"... eleláthei boúkos..."* — retente, trescantado: o ruro, o zagal, as faias, um vão amor e a queixa, de "quanto gado vacum pastava e tinha..."

Sem embargo, o *epos*, e por bem que cedo, aqui, em ciclo e gestas se fizesse no folclore, emergiu só mais tarde na literatura.

De começo, nossa volumosa lida pastoril, subalterna e bronca, desacertava das medidas clássicas, segundo se sente do árcade:

Eu, Marília, não sou algum vaqueiro,
Que viva de guardar alheio gado,
De tosco trato, de expressões grosseiro...

II

Mas o boi e o povo do boi, enquanto tudo, iam em avanço, horizontal e vertical, riscando roteiros e pondo arraiais no país novo.

No Centro, no Sul, ao Norte, a Oeste, por mão de trechos do interior fechado e aberto, e na beira das fronteiras, na paz e na guerra, se aviava o gado, com sua preia, sua cria, sua riqueza, seu negócio — léu de bando, contrabando, abactores e abigeatos — e as peripécias de um trato animado e primitivo, obrigador de gente apta e fundador de longa tradição rusticana.

Gaúchos meridionais, peões mato-grossenses, pastoreadores marajoaras, e outros de muita parte para dentro desses extremos geográficos; mais obtidos, porém, e contados como vaqueiros propriamente, os do rugoso sertão que ajunta o Norte de Minas, porção da Bahia, de Sergipe, Pernambuco, Paraíba, Rio Grande, Ceará, Piauí, Maranhão, Goiás.

Através dessa quantidade de cerrados, gerais, carrascos campos, caatingas, serras sempre ou avaras várzeas, planaltos, chapadas e agrestes, regiões pouco fáceis, espalharam-se, na translação das boiadas, os gadeiros são-franciscanos com querência de espaço, sertanistas subidores, barões do couro, e seus servos campeiros, mais ou menos curibocas, herdeiros idealmente do índio no sentido de acomodação ao ruim da terra e da invenção de técnicas para paliá-lo. Nossos, os vaqueiros.

III

Assim a apanhou Alencar — a figura afirmativa do boieiro sertanejo — passando-a na arte como avatar romântico, daí tomado, bem ou mal, por outros, à maneira regional ou realista, mais indesviado da sugestão sã de epopeia, porquanto sua presença — esportiva, equestre, viril, virtualmente marcial — influi esse tom maior romanceável, aqui como nos países de perto, de vulto pecuário análogo, valendo ver em exemplos, tais o *"rodeo"* e a *"vaqueria general"* no Doña Bárbara, como respondem, em si e no *modus* novelístico de seu emprego, aos mesmos episódios postos pelos nossos autores: sentido de refletir, no herói que a supera, a violência da natureza circundante.

★★★

Todavia, foi Euclides quem tirou à luz o vaqueiro, em primeiro plano e como o essencial do quadro — não mais mero paisagístico, mas ecológico — onde ele exerce a sua existência e pelas próprias dimensões funcionais sobressai. Em *Os sertões*, o mestiço limpo adestrado na guarda dos bovinos assomou, inteiro, e ocupou em relevo o centro do livro, como se de sua superfície, já estatuado, dissesse de se desprender. E as páginas, essas, rodaram voz, ensinando-nos o vaqueiro, sua estampa intensa, seu código e currículo, sua humanidade, sua história rude.

★★★

Daí, porém, se encerrava o círculo.

De então tinha de ser como se os últimos vaqueiros reais houvessem morrido no assalto final a Canudos. Sabiam-se, mas distanciados, no espaço menos que no tempo, que nem mitificados, diluídos.

O que ressurtira, floo de repuxo, propondo-se voto pragmático, revirou no liso de lago literário.

Densas, contudo, respiravam no sertão as suas pessoas dramáticas, dominando e sofrendo as paragens em que sua estirpe se diferenciou.

E tinha encerro e rumo o que Euclides comunicava em seus superlativos sinceros, na qualidade que melhor lhe cabia dar, nesta nossa descentrada largueza, de extremas misturas humanas, numa incomedida terra de sol e cipós.

IV

E vem, agora, imposto de alma, atávico entusiasmo, que não por capricho lúdico ou vanglor ostentatório, Assis Chateaubriand procura os vaqueiros, desembrenha-os, mobiliza-os no águio alevanto de uma adunada, *jamboree* justo, *pow wow* de numeração estendida, e faz que representem ante nós sua realidade própria, decorosamente.[1]

---

[1] Se exagero, jus para o exagero. Também, tão sonsos e cépticos andamos, estorvardos nisso que menos semelha contenção adulta que descor de decrépitos, que vamos, por susto do ridículo grupal ou de vaga vulnerabilidade imaginária, perdendo de nós a boa soberania de admirar e louvar, ou mesmo o módico dever de reconhecer.

E com escopo.

E como símbolo.

Sobre a ambição generosa de prestigiar-lhes a fórmula etológica, o desenho biográfico, o capital magnífico de suas vivências — definindo em plano ideal a exemplar categoria humana do vaqueiro, em fim de fundá-la no corpo de nossos valores culturais.

APRESENTAÇÃO DOS HOMENS

Mas deveras estive lá, em Caldas do Cipó, quando a alerta cidadezinha rodava sob seu céu, tida e vivida por uma cavalaria de seis centenas de cavaleiros toscos, rijos de velha simpleza e arrumados de garbo, célebres semostrados no enorme fouvo nativo de seus trajes: cor de chão ou de terra ou de poeira, ou de caatinga seca de meio-do-ano; cor de suassurana; digamos: cor de leão.

O aboio

Escutei-os quando saltavam à uma o cantochão do aboio, obsessivo — boo e reboo — um *taurophthongo*; vibrado, ondeado, lenga-longo bubúlcito, entremeando-se de repentinos chamados de garganta, que falam ao bovino como interjeição direta, ou espiralando em falsete, com plangência mourisca, melismas recurrentes e sentido totêmico de invocação. Vi o aboiador, mão à boca, em concha, sustenir um toado troco, quase de *jodel* montano; ou tapando um ouvido, para que a própria voz se faça coisa íntima e estremecente, e o aboiado seu, as notas do aboio, triado, estiradamente artístico, tal que veio do tom da buzina, do *berrante* de corno, sua vez criado copiando o mugido boium.

O elenco dos vaqueiros

— Eeeê-hêeê! boi...

— Eeeê-hêeê! Vaqueiros...

Toda nação deles: de Sergipe, Ceará, Minas Gerais, Pernambuco, Piauí, Paraíba; da Bahia toda — baianas universas legiões. Vaqueiros de Cumbe, Uauá, Potamuté, Bodocó, Pombal, Inhambupe, Garanhuns, Pedra Azul, Tabaiana,

Queimadas, Jeremoabo, Jequié, Tucano, Piancó, Nova Soure, Canudos, Euclides da Cunha, Conquista, Chorrochó, Arcoverde, Nova Olinda, Feira de Santana, Caculé, Ipirá, Cícero Dantas, Alagoinhas, Conceição do Coité... Que deem os nomes, um a um, sim o que nomes não dizem. Como, no Canto Segundo, à orla do sonoro mar cinzento — da boa água salgada em que se balançavam os bonsnavios de proa azul que trouxeram o exército de bronze — catalogavam-se os guerreiros clã pós clã.

Saídos das distâncias

Porque, por outra, quem-sabe nunca ninguém antes viu tantos vaqueiros juntos, vindos, léguas e arreléguas, dos quatro quadrantes, e afluindo a um ponto só.

Extraídos de solidões

O vaqueiro é um homem apartado. "Perdido nos *arrastadores* e mocambos", sua faina, em última redução, é um exercício de poucos. É o homem a cavalo, duzindo a multiplicar presença, pois de raros braços e torto espaço se faz sua ágil liberdade.

Dois vaqueiros que se encontram, falam em nome de regiões.

Mesmo quando se convidam, no mutirão bulhento, na solidariedade dos rodeios, vaquejadas, fechações ou ajuntas, "congregando-se a vaqueirama das vizinhanças", ou se reúnem nas alegres assembleias das festas e rezas, ou se encontram à beira dos curralões das feiras, ou quando transportam consideráveis boiadas, andarem por vinte, trinta, já dará fato incomum.

O ajuntamento

Descomum, então, um espetáculo maior, este. Pode que ainda mesmo nas partidas repletas dos *"cow-boys"* texanos, em pradaria ou rancho. Ou na transumância estival da Camargue, plã, brejã, campo aquátil com salinas, grão-céu, aves longas, vegetais molhados — retrato de atenuado pantanal de Mato Grosso. Ou nas espessas migrações forçadas dos rebanhos, na Austrália, na última guerra. Ou, passada a guerra, quando do retorno dos milhares de cabeças de gado russo, hospedados na Tartária e Turquestão.

Pé-duro, chapéu-de-couro 141

Identidade

Embora quem avante os visse, na movimentação harmoniosa do cortejo, ou viesse vendo como chegavam, desde a antevéspera, de tantas estradas, pingando por piquetes, grupos sótnias ou esquadrões resumidos, aboiando de bom oh-de-casa ao fim do alegre viajorno, a olho fácil os suporia afeitos ao rigor de comportamento coletivo, e iguais irmãos por tudo, nos uniformes vermelho-pardos, pardo-amarelados, diversos somente no grau de mais, menos velhos, em pátina ou desgaste.

Os de couro

Iguais também as montadas, os cavalos conclins: rabilongos cavalos de campo, miúdos mas educados — "fábricas", "campeões", *cow-horses, chevaux de taureau, chevaux de bouvine* — bem repartidos, animais de alma nobre e corpo robusto, como os que cavalgam os cossacos e os que escolhia Xenofonte.

Tudo couro.

Em arnês e jaez, arreio e aprestos, bailada a peiteira amplial, no fixo os tapa-joelhos, cara abaixo o tira-testa, sobrantes as gualdrapas e o traseiro *xaréu* de sobreanca, resto de caparazão — os cavalos anacrônicos se emplacam, remedando rinocerontes.

E, nos cavaleiros, o imbricado, impressionante repetir-se dos "couros", laudel completo: guarda-pés, como escarpes; grevas estrictas, encanando coxa e perna; joelheiras de enforço; coletes assentados; guarda-peitos; peitos-de-armas; os gibões; os chapelões; e manoplas que são menos luvas que toscos escudos para as mãos. Tudo encardido, concolor, monocrômico, em curtido de materio, guatapará, suassuapara, bode, sola ou vaqueta, cabedais silvestres.

De um só couro são as rédeas, os homens, as bardas, as roupas e os animais — como num epigrama.

Que os tapuios, dito por Fernão Cardim, eram "senhores dos matos selvagens, muito encorpados, e pela continuação e costume de andarem pelos matos bravos têm os couros muito rijos, e para este efeito açoutam os meninos em pequenos com uns cardos para se acostumarem a andar pelos matos bravos".

Do mesmo jeito estes vieram da caatinga tórrida, hórrida, que é pedra e cacto e agressivo garrancho, e o retombado escorrer do espinhal, o desgrém de um espinheiro só, tranço de cabelos da terra morta ou reptar de monstro hirsuto, feito em pique, farpa, flecha, unha e faca.

E são de couro.
Surgiram da "idade do couro".
Os "encourados".
Homo coriaceus: uma variedade humana.

Diversidade

Dê-se um, entanto, vente e ouvinte, a comparar seus pormelhores, para que as diferenças saltem.

Que nem como os de Pernambuco, por dizer, comentam o excesso de peças da indumentária dos baianos, que usam o colete-jaleco, além do guarda-peito e da véstia, e cujos mesmos cavalos moldam mais couro na cara.

E assim Pedro Raimundo, espécime de maioral moral de seu grupo, que os outros respeitam e apontam como "negro gadeiro, *a febre do gado*, homem feito em vaquejada": — "Que coletama!... estes aqui usam até ceroula de couro..."

De si, porém, os baianos censuravam nos paraibanos, a deixação da velha roupagem, e nos pernambucanos o menos de elegância, o desmazelo no corte: — "Sem capricho nenhum... Parece coisa comprada..." E admiravam um ou outro do Piauí, de gibão bordado e longo, indo para sobrecasaca.

Mas Pedro Raimundo seguia, pelos seus aplaudido:
— "Nós lá temos também toda raça de ramo que fura e cipó de espinho: jurema, quixabeira, rasga-beiço, caruá, bom-nome, alastrado, quipá, mandacaru, macambira, moleque-duro, pau-de-leite, jurema preta e calumbó, que é o pior pau..."

Seus chapéus

Daí, havia que olhar-se os chapéus, vero atributo.

Os dos pernambucanos, de barbicacho, francalete fendido em botoeira, para apresilhar a ponta do mento.

Os dos baianos, dos lados pendendo as barbelas jugulares, atadas de contraqueixo.

Os piauienses, mais largos, ampla a meia-lua coronal, extenso arrebate, adornos concêntricos se ostentando.

Pé-duro, chapéu-de-couro   143

Uns, meridionais, capitados de guapo, coifos com beira de marroquim, antigas rodelas.

Até o chapéu abão desabado por fronte, de apara-castigo; sombreiros de cangaceiro, de cascapanho, amarrados na nuca.

Mas em maioria os arrevirados supra, na frente, copa calota, grossos, uma ou várias folhas de couro macio, e bordaduras.

Selaria

Menos sortidas são as selas, os arreios de vaqueiragem: afora um ou outro selagote albardado, e as selas curtas, selins, do pessoal de Pernambuco, mais as mexicanas, meio pomposas, vindas da Paraíba, quase geral era a "sela campeira", lombilhada — excelentes as de Nova Olinda, em seu sistema "inhamum", de "coxinho" postiço, e as dos baianos comumente — a que em Minas chamam de sela papuda, jereba urucuiana, de arção abolado e capa solta.

Os vultos

Dentro do couro, os homens.

Regra os faz bons tipos; muitos, ótimos, sem encarecimento.

Montados, bem estribados, como vistos, quase não se via o "homem permanentemente fatigado", o "desgracioso, desengonçado, torto" euclidiano.

Tudo o que variava eram os pigmentos e traços, o fragmentado racial nas feições.

Tinham-se em desempeno acomodado, sucinta compostura.

Mó de claros, caboclos sãos, mestiços de todo ponto-de-calda; bem realizados, pelo mais.

Tendendo talvez para um tipo conformal, de cara concisa, com pouca passibilidade, aquele reinar de gentes em que o moreno tine tons: mouro marimbondo, caco de cuia, grã de cabiúna, araticum, canela clara, brônzeo-amarelado tupi, ocre de adobe. Brancos senhor brancos, bons, tanados apenas de sol, curadamente. Resto de gentio, sobrolhos severos, rugas tapuias, bochechas leãs, zigomas se impondo. Ou o cabeludo, testa baixa, beiços para tembetás, olhos tapados, barba picada, bigodim em fios. Visos de cara larga, numerosos; narizes obtusos. O cafuso, cafusardo, espesso, rosto de óleo escuro, roxo-escuro, cabelos escorrendo. Urubugres; quase congos; um ou outro preto perfeito. Mas mulatos, sua nobre parte, deixando adivinhar, sob o chapéu, o cabelo cucuruco, o cabelo crispim. E um ruivim, albino. E sêmel do massacará fluvial, caçador de antas, do áfrico munhambana herculesco, derrubador de matas, ao lado do pataxó porreteiro corredor, do mongoió pescador, do catoxó, catató; ombreando também com o louro olhiazul, pássaro de outras ninhagens, tributo neerlandês, pago ao Nordeste; ou vizinho com o descendente dos fulas do Tchad, negros brancaranos, em cobre leve fuliginado, aquilinos, descrespos, crânio comprido e lábios — atavicamente boólatras e grandes pastores.

AUSÉBIO

Cada um que vem, desliza com a montada, como se se impelisse num barco. Confreia, estacam; o cavalo pisca os olhos. Conversamos, mão na mão, num ritual efusivo. Chama-se Ausébio, vaqueiro baiano, de Inhambupe. Vaqueiro à certa, à antiga, trabalhando "a cabelo".

— A cabelo?

— "Quatro: um…" — responde.

Em cada quatrinca de bezerros, um é a sua paga, no *sistema de sorte*.

Ausébio trouxe tudo o de que um vaqueiro pode precisar, seus avios: o laço longo, a vara-de-topar, sedém, peias, e, debaixo da capa da sela, a "careta" — a máscara de couro para vendar, "encaretar" o boi bravo.

Cheira a boi, sem nenhum invento; guarda curral e pasto. E seu cavalo isabel cheira cheiroso, cheiro de gosto, como é de quando passam tempo pastando no capim melado.

O estouro

Falando cerce, sem mímica, num próprio econômico, diz que apenas assistiu até hoje a dois estouros de boiada legítimos, com desabalo, e não os sabe descrever, porque na hora esteve só ocupado em tentar deter as ondas de bois, que pulavam esticados, no rasgo da poeira, e precisado também, no sobretempo, de fugir com o corpo.

Pé-duro, chapéu-de-couro

ARISTÉRIO

Mas, como quem sabe mais, decano dos homens de Inhambupe e seguramente de todos, está ali menos atrás, Ausébio convoca-o. É bem um ancião aqueloutro, pousado no cavalo cuçurro. Conqueixou que sim, e avança, rente à frente.

Aristério — José Aristides do Nascimento, mas o velho Aristério. Setenta anos de vaqueiro, de campeio efetivo, toda essa era transcorrida num lugar, na Fazenda do Pandeiro — "no Pandeiro".

Porém velho ainda desdobrável, servível, coração de fibras rijas. Trabalha até hoje em dia. Tem filhos, netos, bisnetos, também na vaqueiragem, vaqueiros seus sufragâneos. Deve, ele mesmo, rondar idade de pouco abaixo de noventa:

— "Eu acho que não tem nem palmo de osso neste corpanço que não tenha quebrado no menos uma vez…"

Ou

Minervino e Edmundo, que morreram em março. Eram vaqueiros do Joaquim Leal. Foram buscar uma vaquinha queimada, que estava comendo nas roças. O Minervino veio pegar duas varas, para tirarem a vaca de dentro d'água. A vaca tinha saído da roça, entrou num poço do ribeirão. Minervino ainda conversou com a mãe deles. Bebeu uma tigelinha de café quente. Só depois muito foi que foram encontrar: eles dois mortos. Edmundo chifrado, estava com uns pontos roxos nas costelas. Minervino morrera afogado. O cavalo de Edmundo morto chifrado, com rasgão de uns vinte centímetros. O outro animal teve fuga. A vaca ainda estava dentro de lá, com eles todos. Minervino e Edmundo eram os filhos de João Fão.

★★★

O aboio pega bem, na boca de João Fão. Ele é sempre crepuscular, a qualquer sol do dia, o aboio ecfônico. Dá pelos ombros dos vaqueiros, e se esvai para trás, voo como poeira ou fumaça, um lenço preto. Um lenço branco. Todos começam a aboiar, e o som se alastra. Clopeiam os cavalos. Vai começar o desfile.

V

À cavalga

Eis senão vamos. Por lá e lá e lá, passantes de uns seis centos. Corre, de ponta a ponta, um silenciado, fio dentro do rumor em que as bulhas se dobraram. Apaga-se o apinho do povo, as zabumbas dos zabumbeiros. Sinuosa, funda, recua alalém, por rua e praça, a perspectiva povoada de um estradão campeiro, cheio de manhã, caminho do vaquejo. Somam-se, simultâneos, os perfis de homem, homem e homem, inscritos em esquema, pululantes na linha repetida dos chapéus de couro, sobrelevando o cabecear dos cavalos, o travado raplaplo, cruzo último de ritmos, série de desmoverem-se, sus e jus, compasso de não bulir, e o esbregue rijo de arreatas, brida a brida, arção a arção, espenda a espenda. O chão se dá. Os cavalos contritos. Filas e fileiras se armaram: sem ababelo, sem emboléus, tal, e al, contêm-se os vaqueiros, de aguarda. O formo deles se preencheu, térreo, barroso, lei dum rio de dezembro. Esses contingentes, hoje e ontem de pequeno chegados — remessas do escol da vaqueirama geral, da grei comarcã dos tabuleiros escabrosos — agora coeridos, concorpados num regimento. E eis, no homogêneo, os boágides. A em passo pronta cavalaria. Prorrompem.

A formatura

Não cumprem mando ostensivo, nem se destaca nenhum cabo cava-leiro, cabeça-de-campo, vaqueiro alferes; não volvem sob voz. Fazem uma disciplina conseguida, simples solução quase espontânea, como a de águas que se avêm, no estagnar e no correr. E joga, eficaz, a regra não escrita, o estatuto do campeio, vivo em suas poucas cláusulas em todo o território pastoril, acertando o convívio dos chapéus-de-couro, para toureio e djiguitovkas, cavalhadas e expedições.

★★★

Menos que um pendão sem caldeira, também não erguem estan-darte; nem nenhum clango feeril de instrumento, que não o tornacanto do aboio, do aboiado que é a música da caatinga, bruxo ensom, *bovatim*, vagaroso coerir-se da saudade. Mais alegre, porém, nesta Cipó — alva cidade: cidadezinha doadamente nova, um aduar de branca, por milagre em meio aqui, ilha sertã entre os poídos plainos que a adstringem, sobre seu rio — poços de água estanhalva, brilhando de solsim — sob um céu consolador e fresco de vivianita, com o coo, no ar seco e são, de um bom calor macio, e, nos longes do quadro, a luz sendo e caindo, um beira-mar de campos e chãos, a se perderem *per herbas.*

De sua procedência: e modos de arte

Tanto enquanto cavalgavam, na formação sem maior falha, era para crer fossem filhos do mesmo arraial, de um único acampamento. Mas só no assemelho. Vieram trazidos de pontos tão diversos, lugares contralugares, que dão diferenças na aparente unidade, acima da monotonia. No trivial dos métodos, ao menos. Pelo estilo usual de vaqueirar, cânone de táticas, poder-se-iam compendiar uma forma baiano-mineira, uma paraibano--pernambucana, quem-sabe outras, uma forma cearense. Foi o que foi visto, no ato de organizar-se a grande vaquejada competitiva inter-regional e de decidir-se a alegre porfia discutida entre os homens de José Duré e os de Axônio.

Daí de que, por causa, cursam os nordestinos a vaquejada em raso largo, nos máximos campos, onde o vaqueiro vê no imenso e se desembainha, e vai voa como ave de rapina. São as caças ao gado que nem as da Tessália, iguais, com a derruba caudal, a derrubada "pela seda", dos barbatões caatingueiros, ou dos curvicórneos téssalo-macedônios, para encostar o focinho dos marruás no chão, quando não colhê-lo pelo chifre e num abraço, a galope, *equo juxta quadrupedante,* subjugando-o.

Já mineiros e baianos põem de preferir, com o laço a vara-de-ferrão, ou "guiada" de hampa longa, rojão seguro, tirador das feras do matagal, de grotões e covocas, de brongos e movongos, dos enormes ninhos, hostis, no chavascal. Certo, não desdenham também de derrubar pela cauda, fazem piauí, dão muçuca e saca — que é como chamam à mucica nortista — e mancornam, socornam, assim quanto. Mas sua façanha é a "topada", e sua arma, cuja verdadeira, a vara-de-topar — simplíssimo parente do *ficheiroun* camarguenho, do tridente provençal em haste de castanheiro, do aguilhão semilunar dos de Creta, da Creta egeia, taurina e taurólatra, domadores dos bois primigênios, gigantes, esmochados, às manadas.

★★★

Porém, vaqueiros, o que redirmana-os, soforma de soldados certos ou de *scouts* sertanejos, na universalidade histórica, ou na pura expressão humana, é um espírito glório e contreito, uma séria hombridade maior, um *tonus* conquistado de existência.

VI

O HOMEM VAQUEIRO

E esse sobressentido — formado aqui em extraordinárias condições, em espaços muito mais soltos e mais árduos que os em que opera o *guardian*, o *vaquié* provençal que Mistral canta, o *vaquero* andaluz tauromáquico, o *bouvier* das landes gascãs, o *campino* ribatejo, o *senne* alpino, o *skotnik* da estepe, o *gulyás* da Puszta — é o que Assis Chateaubriand quer valorizar.

"Onde estão as melhores raízes da nossa alma, senão nesta ordem sertaneja que agora nos chama?" — ele pergunta. Exalta o vaqueiro: — "Quanto mais coabitamos com ele, com a sua selvagem grandeza, com a sua virginal inocência, mais sentimos a flor ainda em botão do gênio que se destina a dar fortes coisas a este Brasil." Veio "encontrar o pé enxuto do sertanista" e propala a "nova marcha" cultural do homem para o interior, reluzindo a prédica de Euclides da Cunha que baixou o sertanejo à beira de nós, pedindo-nos para o dentro do país, com seus aspectos pátrios santos de melancólicos e seu veemente sopor.

Suscita a invenção do *epos* e a difusão do *ethos*. Ideia trazer à capital, numa demonstração ainda mais pan-brasileira e numerosa, vaqueiros de todas as nossas procedências, para imensa parada típica. Propõe se forme em nosso Exército, pelo menos um corpo de cavalaria vaqueira, de dragões "encourados", ainda segundo o alvitre de Euclides. Pede ajuda justa para os campeadores sertanejos, a de que carecem e merecem. Sugerindo delimitação de um Parque Nacional dos Vaqueiros, intenta se salvem, enquanto tempo, cor e teor de suas tradições, já degressivos.

Mas, sobre tudo, move-o o intuito de raptar a fórmula do vaqueiro real e ideal, em sua transcendência válida, e dar curso e corações à sua filosofia-de-vida.

Quem vaqueiro?

O vaqueiro nômade fixo, bestiário generoso, singelo herói, atleta ascético. O vaqueiro prudente e ousado, fatalista dinâmico, corajoso tranquilo. O bandeirante permanente. Um servo solitário, que se obedece.

★★★

O vaqueiro é o pastor do boi, do boi bravio.

Boi, que, sendo um dos primeiros animais que o homem soube prender, a si e que pelo planeta o acompanharam, deles é o único que fortuitamente pode encontrar-se restituído, perto do homem, à sua vida primitiva e natural, no regime pastoral do *despotismo* na *larga*, na *solta*; e de tanto — e já que, o puro ofício de viver, nos bichos se cumpre melhor — o justo que haveria em estudar-se, nas condições, seu esboçar-se de alma, seu ser, seus costumes obscuros.

Pé-duro

Enquanto noutras áreas mais amenas, em clima e pastos, se agasalham raças cuidadas, hindus ou europeias, em toda a rugugem maninha do desertão se afez, quase como seu único possível habitador cornifronte, o *curraleiro* — gado antigo, penitente e pugnaz, a que também chamam de *pé-duro*.

A alcunha parece ter sido dada primeiro aos negros, ou aos índios, de calosas plantas, pés de sola grossa, trituradora de torrões e esmagadora de espinhos. Daí, aos bois da raça conformada à selvagem semiaridez, o curraleiro beluíno e brasílico.

E esse é o elemento de arte do vaqueiro, a maneável matéria com que ele pensa e pratica o seu estilo:

Levanta-te, Boi Bonito,
oh meu mano,
com os chifres que Deus te deu...

★★★

Mas o nome se estendeu a outros seres, os "da terra", sem exigências, sem luxo mínimo nenhum, quase que nem o de comer e beber — cavalote pé-duro, o bode, o jegue: jumento pé-duro. E é, assim se ouve, o vaqueiro mesmo da caatinga — o homem pé-duro.

Pé-duro, bem; ou o homem duro, o *duro*, cascudo em seu individualismo ordenado, soberbo e humilde.

Austero é que tem mesmo de ser, apertado de estoico. É o posteiro menor, o vavassor da brenha, homem a quem os morcegos chupam o sangue.

Quer bem ao seu redor, onde os rios são voláteis, os dias são o sol, as noites brusca escuridão, a água obtida obnãotida, pasmosa a solidão, as tempestades pesadas, soltas as ventanias sem cara certa, o trabalho campanha, o passeio malandança, o repouso mortescência.

★★★

Sua silhueta e a caatinga lívida compertencem — o ananás bravo ou o mandacaru vertical, em meio às folhas de fogo, espetos cruzados, árvores de força, mostrengos ramos dolorosos, tortura, e a catanduva crispa, onde, subida a seca, só pervive o que tem pedra na seiva, o que é em-si e híspido, armado, fechado.

Tempo o tempo, desterra-se ainda, mais, desavença, num congrego, contra o poente, busca de boiadas, muito para lá dos carnaubais do Rio, a outroutro sertão que sempre há depois, poeiras novas, chão perdido.

★★★

Súa seu são pão de vida; e é feliz quando consegue morrer simplesmente, morrer mais velho, em sua casinha à beira da ipueira, com prazo para gemer entre seus parentes, cantante o campo, pedindo ainda um pouco de paz, um pouco de chuva.

Mexe o perigo quotidiano. Mais que para o jangadeiro, sua função é o grande risco, sua rotina astrosa. Dança de vigilância, cedo tem de aprendê-la, feito à rapidez com que o bovino abre suas hostilidades. Nas vaquejadas, ou na brutalidade das apartações — pesadelos nos currais grandes, por entre a poeira parda-verde do estrume e estrondos e mugidos de feras violentadas — a vida do homem é água em cabaça. São Campeiro o sabe, e Bubona e Apollo Kereatas; e a Senhora do Socorro. E ele:

Pé-duro, chapéu-de-couro

Meu cavalo é minhas pernas,
meu arreio é meu assento,
meu capote é minha cama,
meu perigo é meu sustento.

★★★

Mas seu mesmo companheiro e aliado, o cavalo de campeio, dá-se como assento trapaz, refalso, obrigando-o sem pausa a nenhum descuido; de tão ensinado em máquina de perceber o mínimo bole-boi — e reagir com sacalões ou o lombear-se ou volver e correr — que fácil derruba o cavaleiro melhor, ou quebra-o contra barranco ou árvore, se não atento no estribo, pronto para dono das rédeas e para o hábil jajogo dos revezes-de-sela.

O solo firme, até, é-lhe um poder de inimigo.

Pelo quando vim, dias, sertão abaixo, nas abas de um boiadão sanfranciscano, com respeito aprendi como os vaqueiros nunca deixavam de ler o chão pedrento, de o decifrar, com receio inocente e no automático assesto de mineralogistas.

Porque — vez vezes em que o cavalo disparado falseia a mão, num toco, oco de tatu, num fofo, e tropeça e se afunda avante, rolando cambalhotas com o cavaleiro — não é igual se o que há em baixo é o tauá roxo ou raso calcário piçarro ou gorgulhos de pedra-preta, ou uma itabira de hematita, um desforme de granito bloco ou bolos de seixão de pontas, mais assassinos.

O homem entre os bois

O convívio que lhe vem, entre solidão, e que nada acaba, é uma grande vida poderosa — tudo calma ou querela — arraia graúda de surdos--cegos, infância oceânica. Acompanha-o o lendário, margeia-o o noturno. O estouvado amor e as querências guardadas. O manso migrar sem razão, trans redondeza. A sábia alternância dos malhadores. Os vultos abalroantes, remoendo as horas, ao prazo de um calor em que o solo pede mais sombras. Os bois escoltando a escuridão até à porta de casa. O círculo de mugidos, lastimais, falando ao sangue ou à lua. O medo grande que de dia e de noite esvoaça, e que pousa na testa da rês como uma dor. Os touros que o demônio monta. O ódio como sobe da terra e o bailar de grotescas raivas. A queixa do bicho doente, de balançantes chifres, súplicas que não se dirigem a Deus nem ao homem. Os rastros que levam o chão para longínquas águas. As negras refeições remendadas dos corvos. Os rebanhos estrãos, removendo a paisagem. As sentinelas que eles traspassam, e que olham e admugem o horizonte. A poeira arribavã, sobre os matos, na fuga das manadas. A simetria obscurada das coisas, as folhas que crescem com virtudes. Os verdes que se vão e vêm, como relâmpagos tontos. A dança mágica do capim que a vaca vai comendo.

De tudo, ele ser, regra própria, crescido em si e taciturno, fazejo na precisão de haver sua ciência e de imitar instintos.

★★★

Mais o amor.

Com Chico Pedro, pompeano, carreiro de desde menino, conversei um dia, na Sirga:

— Boi toma amor à gente?

— Não.

— Por quê?

— Bicho é ignorante… Bicho dorme no sereno…

★★★

Mas era que o Chico Pedro não era vaqueiro, e sim um pobre carreiro compago, dono da escravidão dos bois, impossível ele mesmo ciente de amá--los, bebedor do trabalho deles. Sem esforço de exemplo, todos e qualquer um — João Zem, ou Sebastião de Moraes, ou o José Arioplero, ou Uapa, grande cavaleiro do Urucuia, ou o preto Duvirjo, tirador de leite — cada um pode logo desmenti-lo.

Sim, boi pega estima, amizade. Nem todos, não sempre. Mas há, não raro, os que conseguem o assomo de um contágio de alma, o senso contínuo de um sentimento. Os que, no centro de sua fúria, no fervo da luta, se acalmam e acodem à voz do amigo que os trata. Os que seguem pronto de perto o guieiro, no romper das boiadas; e os que contramugem à leal tristeza do aboio, nele se dando a enlear e trazer, como por um laço. Talvez mesmo, talvez, os bons triões de Chico Pedro.

★★★

E os homens. Esses que, a tão e tal, se vêm a enfrentar no ferrão a vaca louca ou o marruá soproso, chispando preto nos olhos e tremulando de ira muscular, esses, que esses, sofridos calejados, estão sempre tirando do pau do peito um desvelo, que nem que feminino, chegado a maternal, em todo passo de bom cuidado, ou lance de socorro. Como quando Bindoia, o mais desabrido da companhia, sem pragas se apeava do cavalo e vinha se meter até a cintura na correnteza de água do Ribeirão-do-Boi, para abraçar e ajudar um bezerro novo que não acertava como se desescorregar nas lajes molhadas e se debatia nas pernas, de resval, tiritando do frio do medo.

★★★

Ou, vindo nós com a boiada por longo de altíssimos espigões no Curral de Pedras, sobre a montanha — *greges multos in cunctis montibus* — por onde venta um vento tão pontudo e espalhado e frio, frio, que a boiada berra, cabisbaixa, berros de velho uso, e o pobre pelo do gado *rupeia* todo, todos os homens nas capas, as súbitas vozes gerais de aboio maior, amigo, querendo confortar, dando carinho, pedindo quase perdão.

★★★

Ou, céus e serra, meus vaqueiros, rompidos contudo da poeira, do sol, do pasmaço da viagem, engolindo fome sempre, e sede, e xingando de vontade depressa de chegar, mas que bambeavam de si e travavam, trancando a marcha, com pena do fôlego miúdo dos bezerrinhos, que já começavam a inchar das juntas das pernas e a trotar nas pontinhas dos cascos.

★★★

Calam, o quanto tanto, esse amor, como a seus demais amores, plantados fundo: pois severas são as vistas de seu meio, onde o bel-prazer e o bem-bom logo se reprovam e qualquer maior abrir de alma se expõe a castigo; como na trova habitual de Manuelzão:

> *Querer bem é muito bom,*
> *mas é muito perigoso:*
> *se eu morrer, eu perco a vida*
> *se matar, sou criminoso...*

E apenas a saudade ou a pura desgraça legal e cristã se ostentam, em pública querimônia:

Vaqueiro quando viaja,
viaja é só pra o sertão;
mulher dele fica em casa,
não tira o lenço da mão…

Dizem, referindo-se à boiada ou a seu gado de casa — "Esse *trem…* Aquele *trem…*" Mas é um desdém simulado, que seu olhar contradiz, um olhar placidamente, de quem tem boa guarda de si e dos irmãos de alma pobre. E o canto é um gabo:

Agora é que eu vou contar
o luxo da minha terra:
a vaca mansa dá leite,
cavalo rincha, boi berra…

★★★

Luxo de lei; luxo louco.

Sair de casa, mão que sim, pé na noite, fim de estrelas, rio de orvalho, pão do verde, galope e sol, deus no céu, mundo rei, tudo caminho. Escolher de si, partir o campo, falar o boi, romper à fula e à frouxa, dar uma corra, bater um gado; arrastar às costas o couro do dia.

Rer, adviver, entender, aguisar, vigiar, corçoar, conter, envir, sistir, miscuir, separar, remover, defender, guaritar, conduzir.

★★★

Assim o vaqueiro lá a cavalo, no meio do mapa.

<h1 align="center">VII</h1>

TERMO

Não sabemos, num nosso país que ainda constrói sua gente de tantos diversos sangues, se ele será, o sertanejo, a "rocha viva de uma raça", o "cerne de uma nacionalidade".

Mas sua presença é longa lição, sua persistência um julgamento e um recado. Atuais como aquelas palavras do mestre de Leyde:

Pé-duro, chapéu-de-couro

"Nossos avós ainda não dispunham senão de recursos muito parcos, para mitigar as dores, curar as fraturas e os ferimentos, defender-se do frio, expulsar a escuridão, comunicar-se pessoalmente ou à distância com seus semelhantes, evitar a podridão e o mau-cheiro. Por toda a parte e continuamente o homem tinha de sentir as limitações naturais do bem-estar terrestre. A técnica, a higiene, os aperfeiçoamentos sanitários do ambiente em que vive, tanto lhe facilitando, acostumaram-no mal. Aquela conformada serenidade no desconforto quotidiano, própria das outras gerações, e que os ascetas buscavam como meio de santificação, perdeu-se para o homem moderno. Porém, ao mesmo tempo, correu ele o risco de perder também a simples aceitação da felicidade da vida, onde ela se oferece."

★★★

Certo, nem é o progresso material obrigatória despaga, nem a sabedoria prega ponto de qualquer retrocesso.

Mas talvez não estejamos desnecessitados de retornar à luz daquilo que, ainda segundo Huizinga, é a condição primordial da cultura, e que verdadeiramente a caracteriza: a dominação da natureza, mas da *natureza humana*.

★★★

E esta bem pode vir a ser a moção maior da "Ordem do Vaqueiro".

Em-cidade

O GRAMADO É UM OASISINHO MEIO PARQUE, em forma de coração. Por causa dele, as casas recuam em enseada, que os bondes recortam rangendo três curvas. E, para lá dos bondes, os meninos brincam. Ora, meninos se suprem sempre de uma vida sem grades, e o brinquedo traduz tudo em termos de não-tempo. Mirim, o inédito se oferece, cada manhã ou tarde, entre as canchas de gude e os velocípedes; mãozinhas imaginam castelos-na-areia, ou arranha-céus na poeira, para dizer maior. Frequentes são três pretinhos irmãos, decerto com um só anjo-da-guarda, muito amigos entre si, bem tratadinhos, que detêm e multam em ternura os olhos de qualquer transeunte. Eles passeiam como gente grande, e conversam, justo se instruindo em lendas que serão de sua muita invenção. Há, porém, outro grupete — dois joãozinhos e uma mariazinha — que fixaram próprio território no espaço entre árvores, segunda e terceira, vindo de acolá, ou vigésima primeira e segunda, se se vem dali.

Estes fazem geografia; experimentam cidades, copiam Lilliput. A terra é seu material utilizável — com um punhado, uma duna, duma duna uma colina, numa colina um edifício. Se a chuva deixou poços, sobre lama para construções menos efêmeras, e se espelham n'água castelotes ribeirinhos. Cravam cacos de garrafa, verdilhantes, e enfilam pedrinhas, como dólmens ou meros dentes em gengivas. As árvores estão altas demais, para uso deles, e então querem uma floresta: fabricam-na, arraigando retalhos de folhas. Gostam da limpeza, e não saem da simetria. Um sulco de fundo aplanado é uma estrada, por onde transitam caixinhas-de-fósforos, carregadas com um tostão, uma birosca e um papel de bombom. Também introduzem em seu mundo recente os brinquedos oficiais, trazidos de casa: um cavalo cinzento, um automovelzinho, um pincel de barba, e outros entes parentes. E tudo preveem para conforto desses complexos personagens, que, no entanto, começam por desmanchar proporção e perspectiva.

Sucede, porém, que, enquanto isso, de há séculos, o homem encantou suas coisas, nasceu e se desmamou a máquina: da unha do gato, o gancho; do bico das cegonhas, o engenho de poço; da ave, o avião; do peixe, o navio e o submarino; do velho coche de cavalos, o automóvel — que, segundo os puros, deveria residir em uma "autococheira". E os meninos brincam na palma-da-mão de nossa velha civilização.

E, pois, a senhora que esperava o bonde, no dia vinte e oito de outubro, aportou com o guarda-chuva e se engraçou de perguntar.

— Que buraco é este aí, meus filhos?

— É o Túnel do Mocinho, é sim.

— E aqui, este cercadinho lindo?

— É a garage. O automóvel está dentro dela...

— E isto, anjinho?

— É a garage do cavalo, ué! Não está vendo, não?

★★★

A dar pelo tamanho, teria dois meses de idade, o gatinho. Amanheceu na calçada, malhado de preto e branco, encostado ao muro. Dali não se mexia, neste mundo feio e mutável, cheio de sustos e brutos. Que catastrofal espetáculo não será um caminhão ou um bonde, para um filhote felino anônimo? E mesmo os pés dos passantes, poderá haver mais coisa?

Era mofino, magriço, com um remelar nos amarelos olhos, a carinha bonita, e visível despreocupação dos bens terrenos. Nem bocejava nem miava, só se defendia, feril, das diversas moscas solícitas. No mais, estava um gatinho entanto, sem curiosidades, previamente arrependido de tudo. Mas, anomalia incômoda, para a gente inóspita, seria o seu miúdo-glorioso impudor de enjeitadinho. Ainda se permitia lá, à hora do almoço.

Deus-do-céu, não haveria quem solvesse o fato daquele gato? E as autoridades? Na roça pelo menos tê-lo-iam prendido a uma pedra maior que ele, para o afundar no córrego. Aqui, seu livre gozo da renúncia perturbava. Não era, porém, bem reparando, assim tão desprovido. Quedava agora sentado, e punha os olhos no muro, com um precariozinho ar de semi-independência. Coçava o pescoço, bulia as barbas e ensalivava bem a patota, para lavar o rosto. Pobrinho assim, tão sem direitos, aplicava-se em ficar asseado, em dar toda a comodidade ao seu reduzido corpo, em tudo o que fazem, no geral, as mais criaturas. Empenhava-se, principalmente, em evitar que sofresse dor a sua carne pequenina. Quem passasse, havia de ter pena. Por mim, não poderia adotá-lo, pois Mítsi é farrusca e hostil a estranhos, leopardíssima. E, à tarde, o bichano permanecia.

Mas: se transformara; a fome é fera. Olhou-me e me miou o miau brioso, direto, de fauce e presas, com que eles pedem carne. Estava sendo um certo resto de pesadelo. Por que os outros gatos vagavindos não se uniam e não vinham até ele, para aconselhar e dar ajuda?

Às seis, revi-o. Oh, almas piedosas tinham deixado perto uns montículos de arroz, um grude branco, tantíssimo arroz para Fang Si-Fu. Ele, o gatuz, fitava a rua, onde o rumor rodava, atordoador.

Só arroz, sem carne, sem um gole d'água, e eles, assim no fogo do verão, precisam tanto de regar a sede... Tenho de descer de novo à rua, levando algum bife em um caco com leite, para o Romãozinho... Mas... Não, não? Sumira-se, o forte. Foi a sede, certo, só a precisão de beber poderia levá-lo à inábil aventura. A essa hora, seria talvez massa de sangue e ossos, no trilho de veículos...

— Moço!...

Era o menino ruivo, empunhando um pau com tampas de garrafa de cerveja pregadas, como um cetro; o garoto do meio do meu segundo vizinho.

— Moço, eu levei "ele" pra um portão, na outra rua... Pra ver se o povo de lá toma mais conta...

★★★

Primeiro, em meados da guerra, houve a ação fulminante contra o "Yoshiwara" local, contra os "Bateaux-de-Fleurs" ancorados no Canal, epopeia de imortalizar qualquer conselho. Dissolveu-se, a pulso e prazo, outro quilombo, este venústico, dos Palmares. Nem brotou uma canção: *Vão acabar com o nosso Mangue...* Dizem que entre as hieródulas correu suor, sangue e lágrimas. Dizem que foi brasão mirífico para esta metrópole, onde se pôde extirpar, em três compassos, o que o resto do mundo, há quantos mil anos, não segue resolver. Outros, talvez os onçófilos, dizem que o método não foi completamente ótimo, por se parecer com o de abrir um tumor, espalhando--lhe a sânie no são da carne, etc., ou o de limpar uma casa, jogando à sala e quartos os ciscos da faxina. Enfim, isso passou, se acabou, mataram Gandhi, e pelo mundo já trotaram excelentes energúmenos. Outra é a toada.

Depois, raiou o queremismo. "Querer" é um verbo belo e forte, e a de querer deveria ser até uma das liberdades democráticas. Queremos este, queremos aquele, deixe-se a política em paz, só estamos situando o caso numa época. E na Glória. Ali, sentado sozinho num banco,

Em-cidade 159

dia-de-domingo, um mulato meditava. Era um mulato não-pernóstico, de ar não-safado, não-cafajeste, não mulatizava; só mulato apenas. Mulato e ensimesmado, cuido lhe faltassem o desempeno, a destreza, o dom de dançar com a vida, tão próprio seja dos mulatos bons. E devia estar preocupado com problema profundo, ou era mesmo um permanente pensador. Tristonho, a certa altura começou a riscar letras no chão, com uma varinha. Por fim, levantou-se e foi-se, via-se que a esmo, num passo de cabotagem, até no andar sorumbático. Vim espiar que frases seriíssimas não teria ele escrito. Isto:

Nós queremos a zona!

[1]

A vida é de metal. Às vezes, morrendo as horas, um sentir vem solto, leve como a paina pousa. Mas o silêncio é aberto, lábil, mal construído; e até o relógio, na mesa, triplica seus estalidos, na pressa laboriosa de um coraçãozinho de ferro. Minúscula sentinela, borboleta de asas de lâminas, ele tosa em tleque-tleque, como máquina de cortar cabelo. Rilhando e arranhando, passa um bonde, sobre cicatrizes de aço, com o gelo quebrar de blocos e arrastar de grilhões, até perder-se. Outros rumoram, mais longe. O bonde é um exercício sempiterno, cheio de lições.

Um. Que ele é sólido, simplório, honesto e populoso. Plateia processional, movente edifício público, não tem a fechada intimidade dos autolotações, nem o indispensável egoísmo dos carros particulares. Onde o automóvel é o cavalo, ele é o boi; melhor, um camelo, pelas estradas mais desabreviadas, sem comer nem beber. Vai catando e recolhendo a espécie humana, em seu salão de veículo o mais humanizado de todos. E viajar nele é acostumar-se à humildade grande.

Dois. E roda sobre trilhos, em trajetória certa, com sabedoria estatuída e centimétrica, como o roteiro que nesta dura vida jamais deveria ser deixado pelo justo.

Três. Não tem a ansiedade espetacular dos ônibus ("A quietude é de Deus, a pressa é do diabo"). Animalão pacífico e urbano, se recusa ele à insidiosa perfídia das rodas de borracha. Barulha, atroa, tine, se proclama — é a máquina acorrentada, respeitando mediamente a vida dos pedestres.

---

[1] No original, consta a seguinte nota manuscrita do autor: "Aqui, deixar dez espaços, para uma citação que vou pôr depois."

Quatro. Certo, fica inferior ao trem, quanto à gozosa trepidação, que estimula o intelecto; mas é menos rígido, menos de-si, mais relaxado. Nele não há o irremediável se um menino quer, ele quase para. Seu trote permite ler, lembrar, cochilar. O bonde é um abrigo.

Cinco. O brado de *"Olha à direita"*, do condutor, soe-nos como apelo humano, resumo de fraternidade.

Seis. O homem vem, estica a mão, colhe o dinheiro, dá ou não dá troco, tilinta, e vai. Não o cumprimentei, não se pagou conversa, sua pessoa não pediu atenções. Tudo ignora de mim, e eu dele, não nos furtamos tempo. No entanto, acabamos de realizar ato necessário, no plano da quotidiana convivência. Profético ensaio da existência em futuro mundo feliz, onde toda vida de relação — salvo o amor — se arranjará de modo mudo e vegetal, como hoje com a máquina oculta da digestão, da circulação? *Amém*.

Sete. Por um fio, corre uma força. Que não tem forma, nem vulto, nem cor, nem rumor. Que ninguém sabe o que é. Mas que carrega todo o mundo, mesmo os que nela não pensam. Às vezes, também, pode destruir, muito rápido, os que põem a mão, por descuido ou por falta de informação. Reverencia, pois, e rejubila-te: o mais sutil domina sempre o mais denso.

E reflitamos — o bonde...

★★★

Num apartamento, no verão, as noites se estiram, rasgando em retalhos o sono da gente. Há a bebida na geladeira, a série de cigarros, a contemplação das luzes da rua, e a caça às baratas.

Oh grandes, tontas, ousadas baratas, janeiras e fevereiras, na pele nova consolidadas, vítimas das nossas insônias! Cacralaca, cucaracha, carocha, só ou de súcia, costas sujas de cal ou descascando um marrom sintético, vinda de antros, dos ralos, de frequentações várias, discutindo aos minutos sua imprópria existência, mas mesmo nas desaventuras mostrando a maior flipância; voluntário animal doméstico irrealizado, sobrevivendo à fúria de um pogrom sem fim. Deu volta ao planeta, nos navios, buscando nas casas humanas a melhor solução econômica, e não pôde chegar a mais que um *out-law*, que uma peça franca. E repugna. Milhões delas, não, sim.

Quando a luz deflagra, vertiginosa, no banheiro, temo que elas sintam o que um amigo meu espírita diz das almas que de repente desencarnam

Em-cidade 161

e se veem nuas no espaço, na astral luminosidade de Deus, que é um mar de remorsos.

Piram, porém, centrífugas, pedindo paredes. Um chinelo, bem atirado, é o fim do prazer terreno, ou, pelo menos, disparo de canhão à queima-roupa. Mas estão ensinadas a não aceitar nenhum susto: barata que hesita, não deixa descendência. Ao lançar-se, já previu o abrigo ou trincheira. Às vezes, então, joga na imobilidade. Mas é a mais arisca das esperas: tensa, lisa, suspensa, desdobrada nas pernas ganchosas, oscilando, semafórica, os fios das antenas. Usa unto e para-quedas, saltatriz no sério: sem aviso, cai a perpendículo, lufa, se eslinha de frincha em frincha, em finta esquiva se roçaga, corre-corre e morre.

Barata, definitivamente citadina.

Grande louvação pastoril
com entremeio de respeitos variados e repasso de mores figurantes.

À linda LYGIA MARIA[1]

(Violeiros do baixo Rio das Velhas, violeiros das duas beiras do São Francisco; pessoal sanfoneiro da Folia de Reis, das Traíras; tambores do Congado, de Jequitibá; conjunto de "berrantes" dos vaqueiros de escolta; zabumbeiros; inúmeros cantadores.)

O SOLISTA:

> É o sol de-noite
> e estrelas de dia,
> é peixinho risonho
> dentro d'água fria,
> com a bênção de Deus
> e da Virgem Maria!
>
> Esta louvação
> à linda Lygia Maria.

CORO DAS FADAS:

> Tola felicidade, constante alegria
> à Lygia Maria, à Lygia Maria!

O SOLISTA *(com acompanhamento de cento e setenta violas)*:

> Em Lygia Maria
> tudo é de louvar:
> seu rostinhozinho
> de rosa, mar, luar,
> as duas mãozinhas

---

[1] O poema foi oferecido a Lygia Maria, filha do escritor Franklin de Oliveira, em 21 de março de 1953, saudando seu nascimento no dia 6 do mesmo mês e ano.

que é honra beijar,
esses dois bracinhos
dos anjos abraçar,
o mimo da boquinha
pra rir, pra cantar,
estes dois pezinhos
que brincam no ar,
o coraçãozinho
aprendendo a amar!

CORO DAS FADAS:
Crescerá sadia,
viverá contente,
não será vadia,
será inteligente!

TODOS OS COROS TRANÇADOS:
Em casa e na rua,
em terra e no mar,
na cidade e campo,
em todo lugar,
Linda Lygia Maria
veio pra reinar!

CORO DOS VAQUEIROS:
Tem de reinar!
Tem de reinar!
Eêêêêêêê... (aboio).

SÓ OS VAQUEIROS DO URUCUIA:
Ei–ôi–ôi.... lindeza...
Ei, beleza, ôi–ôi–ôi......

O SOLISTA (*depois de mandar parar as violas*):
Louvarei a Mãe
de Lygia Maria:
sua formosura,

sua simpatia;
tão prendada assim
pensei não havia.
A louvação é:
tal a mãe, tal filha!

(Entram 170 moças, morenas e louras, vêm pôr laços de fita nas violas.)

O VAQUEIRO-MESTRE:
Sou o Uapa, sou vaqueiro,
cavaleiro do Sertão.

P'r'o Pai de Lygia Maria
também quero louvação!

TODOS *(menos o Marujo da "Chegança"):*
Eh, Maranhão!...

A BOIADA ZEBU:
Mrrão... Mrrão...

A BOIADA CURRALEIRA:
Mããão... Mããão...

O MORDOMO DOS CURRAIS:
Você aí, Marujo,
sem educação,
por que é que não louva
diga: sim, ou não!?

O MARUJO *(se ajoelhando)*:
Peço vosso perdão,
peço o vosso perdão.
Estou esperando ordens
do meu bom Patrão...

O VAQUEIRO CEARENSE, SIRIRI-CAXANGÁ:
— Mentira dele. O negro tá é com a boca
cheia de rapadura. Por mode isso não vivou.

Grande louvação pastoril   165

O Vaqueiro Terto (*compadre de todos*):
>Quem 'e, de se saber,
>o seu real Patrão?

O Marujo (*se levantando e fazendo continência*):
>É o Doutor João Rosa!

Dr. João Rosa (*chegando amontado no seu cavalo baio cumprimentador*):
>À Lygia Maria
>na minha presença,
>louva quem mais louva
>sem pedir licença!

Coro dos Caboclos:
>Eh, Maranhão!
>Salve nossa querência!

Dueto (O Solista, *de uma banda; da outra,* Uapa *e* Dr. João Rosa):
>Vou louvar, pois não,
>o Pai de Lygia Maria:
>…grande cidadão!
>— E na poesia?
>— Ele é capitão.
>— E a mitologia?
>— É de sua invenção.
>— Muita fidalguia?
>— Ele tem, pois então!
>— É, no coice ou na guia,
>vaqueiro de mão.
>— Livro com lição?
>— É de sua autoria.
>— Seu maior condão?
>— É a Lygia Maria!
>— É a Lygia Maria!

Os Sanfoneiros:
>Toquemos? (*Tocam*)

CORO GERAL:

> E louvada a Avó!
> E louvado o Avô!
> Que Família correta!
> Viva o Professor!
> Viva Dona Julieta!

OS ZABUMBEIROS:

> Toquemos? (*Tocam*)

CONJUNTO DE "BERRANTES":

> Huuu… Huuu… Huuuu…
> Meu boi do Paracatu
> que bebe no poço
> que berra com gosto
> que anda na rua
> que dorme na lua
> que dança lundu.
> Huuu… Huuu…
> Meu boi de criar
> meu boi de brinquedo
> que sabe segredo
> que não sabe nada
> mas sabe uma estrada
> de nunca acabar…
> Huuu… Huuuu…

TAMBORES:

> Toquemos? (*Tocam*)

CORO DOS CANTADORES:

> Os bois de Lygia Maria
> vão louvar com bizarria.

O MORDOMO DOS CURRAIS:

> Toquem, toquem, violeiros,
> toquem sertão e luar!

Grande louvação pastoril   167

O Solista:
Salve, Lyginha Maria,
vaqueirinha singular!

Os Zabumbeiros:
Então: bumba, bumba,
êi, bumba, zabumba...
É pra o bumba-meu-boi?

O Fazendeiro-Mor:
Não é, nunca foi!

Os Caboclos:
Eh, Maranhão!
Maluco, não:
quem toca zabumba
não dá opinião.

O Boizinho Araçá:
Mããão... Mããão...
Podemos louvar?
Humilde vos rogo.

O Vaqueiro Moço Coité-de-Flor:
Berre um, cada um,
mas dizendo até-logo.
Boi não sabe louvar,
é só bufando e mugindo...

O Vaqueiro Velho Sabiazão:
Deixa o boi louvar
meu boizinho lindo
pois Lyginha Maria
lá está sorrindo.

O Boizinho Araçá:
Sou boi, sou bicho,
não tenho fineza,

mas Lygia Maria
é a minha Princesa!

A VAQUINHA BRANCA:
Vim de longe, do Sertão,
para ver Lygia Maria
e as boas fadas bordando
seu destino de harmonia.

O BEZERRO DA VAQUINHA BRANCA:
Vim de longe, dos *gerais*,
para ver Lygia Maria:
a nata de uma lindeza
no leite de uma alegria!

O BOIZINHO MALHADO:
No meloso em vinho de flor
o orvalho brilha mais;
mais brilha Lygia Maria
adoração de seus Pais!

O BOIZINHO RAPOSO:
Das flores todas do campo
rainha é a do pacari:
parece Lygia Maria
que vimos louvar aqui!

O TOURO BAETÃO:
Estourei na estrada
corri noite e dia,
gastei vinte cascos,
por campo e carrasco,
espalhei meu rasto,
vi Lygia Maria:
tudo é madrugada!

O TOURO CINZENTO:
Com chifres tão brutos
e couro tão grosso,

Grande louvação pastoril   169

com este cupim feio
no fim do pescoço,
não vou chegar perto
que isso nem mereço:
louvo Lygia Maria
louvando seu berço!

Coro das Fadas:
Será bela e sã,
rica e benfazeja,
amada de todos
sem causar inveja!

O Marujo da "Chegança":
Dona Lyginha Maria
eu também quero louvar:
bandeira em todos os mastros
por essas terras do mar!...

Coro das Fadas:
Com suas muitas prendas
terá longa vida,
sempre satisfeita,
sempre defendida!

O Vaqueiro Surdo Pimpão-Paturi:
Mando os bois embora
pelo pasto afora?

O Vaqueiro-Mestre Uapa (Urucuiano):
Vão ter sombra e sal
no cocho do curral.
Louvaram muito bem.

As Violas:
Terém-tém-tém... Terém-tém-tém...
Tererém-tererém... Tém-rentém-tém...

O Solista:
Mão na regra, violeiros,
não toquem sem ordens minhas!

Os Violeiros:

>As violas tocam soltas
>querendo louvar sozinhas…

O Grupo Maranhense dos Perus-Dançantes:

>Este pé, outro pé, é no mesmo lugar,
>as violas mandando, peru tem de dançar…
>este pé, outro pé, não se pode parar,
>olha o forno que queima, eu só quero é louvar!

Coro dos Chapéus-de-Couro:

>Roda, roda, roda… pé, pé, pé!
>Olhem só peru-de-forno, caranguejo peixe é…

O Dr. João Rosa:

>Caranguejinho veio?
>Ele tem de louvar.

O Dr. Édy:

>Aqui não tem mar!?
>Caranguejim no seco
>pode se afogar…

Coro Geral:

>De noite e de dia,
>viva Lygia Maria!

Uapa (*de vara na mão*):

>Vamos continuar.
>Alguém tem de louvar!

O Solista:

>Pra louvar Lygia Maria
>peço nova inspiração,
>só alcanço esta homenagem
>com muita comparação:
>Da prata, do ouro,
>o maior tesouro.

Do ouro e da prata,
a valia exata.
Da fruta e da flor,
é o cheiro e o sabor.
Da flor e da fruta,
a essência enxuta.
Do céu e do mar,
o imenso reinar.
Do mar e do céu,
as estrelas sem véu.

Os Vaqueiros Chapéu-de-Couro:
Tiramos o chapéu!
Tiramos o chapéu!

O Papagaio do Fazendeiro:
Bis! Bis! Chafariz!...
(*É bisado o número, os vaqueiros
todos de chapéu na mão.*)

Os Caboclos:
Ainda não! Ainda não!
Falta mais inspiração.

O Solista:
Ai, meus belos pensamentos...
Toquem todos instrumentos!
(*Grande movimentação. Tudo
toca. Os bois berram macio.
O povo dança. Os perus não.*)

O Solista:
No mundo uma casa,
nessa casa um berço,
no berço a menina,
no meio do Universo.

CORO DAS FADAS:
>   No meio da alegria!
>   Da satisfação!

O SOLISTA:
>   Louvo Lygia Maria:
>   louvo menos com meu verso
>   do que com meu coração!
>   *(Tocam todas as violas.)*

(A LOUVAÇÃO NÃO TEM FIM)

Grande louvação pastoril

Quemadmodum

E É UM GATO. (Pela janela as grandes gaivotas do mar nunca entram, não está em nosso poder.) Saltara do chão à mesa, sem esforço o erguer-se, nada o sustentando ou suspendendo, tal nas experiências mágicas. São mestres de alta insinuação, silêncio. Dele, claro, tem-se só um avesso. Tudo é recado. Coisas comuns comunicam, ao entendedor, revelam, dão aviso. Raras, as outras, diz-se respondem apenas a alguma fórmula em nossa mente — penso, tranquiliza às vezes achar com rapidez. Mais há, vaga, na gente, a vontade de não saber, de furtarmo-nos ao malesquecido; o inferno é uma escondida recordação. O gato, gris. Não mero ectoplasma, mas corpóreo, real como o proto-eu profundíssimo de Fichte ou bagaço de cana chupada pelo menino corcunda. O gato de capuz. Se em estórias, ele logo falava: — *"Meu senhor, dono da casa…"* A lâmpada não o tira de penumbra. Seus olhos me iluminam mui fracamente.

Apareceu, ao querer começar a noite, feito sorriso e raio, e conquanto como entende de cavernas e corujas. A aventura é intrometida. Antes de cochilar, eu a ele me acostumara; decerto estranho-o, agora, quando o rapto de mim mesmo me faz falta. Que mundo é este, em que até insônia a gente tem! Desenrola volutas, ilude e imita o desenho de alma do amoroso. Circunscreve-se. Vá fosse um vulgar, sem ornato, gato de sarjeta. Porém, não: todo de lenda, de origem — corpo leonino, a barba cerimonial, rosto quase humano — formulador de pergunta. Senta-se nas patas de trás, por uma operação de inteligência. Convidado para sonhar eu morava perto de alguma mulher desconhecida… A beleza insiste — ao som de tornozelos e opalas, as danaides do mundo seco. A vida, essa função inevitável. Suas pupilas endireitam-se em quarto minguante. Só é preciso perder-se, a todo instante, o equilíbrio?

— *"Bast…"* Ouvisse-me. Sem fu nem fufo, nenhum bufido. Temo enxotá-lo, de quantas sombras. Quieto, quedo — *"Sape-te!"* Não é um sonho. Resiste, imoto. Imóvel pedra a cara, barbas até à testa, pintadas, crivadas as bochechas, donde os bigodes. Desfecha ideias. Amor mínimo qualquer preenche abismos formidáveis (não de sonho; no sonho só há ½ dimensão, nenhuma desordem)… E está aqui, idosamente, quer-se que em si imerso.

Descobriu o fulgor da monotonia. O tempo é o absurdo de sua presença. (A que alvo buquê de dedos longos... mentiu que sorriu... Ininteligimo-nos. O adeus estreita-nos...) O tempo, fazedor, separador, escolhedor. Talvez eu tenha sido sozinho. Ainda vou viver anos, meses, minutos. Saio. Ora, deixemo--nos do que somos.

Sua dela lembrança, incristalizável — resumo de vertigens, indefinível como qualquer dor. Longe de nós, há alegria. Os ônibus tinham festa dentro. — *"Fale e vou..."* — digo, entre mim. É profundo o futuro: é. O passado é urgente... Marraxo! Morrongo. Trouxe-lhe leite, e não vai aceitar, quando que calado, em bruma, entrado a grutas ou nos lugares sombrios das matas, preparado para a inação. Existe. Temo mais luz. Os que, ao fim, o álcool finge e cria, não são assim, mas ferozes ou imundos animais, atacam-nos. Por que permanece, se acomodando com suas preguiças sucessivas, se o imoderado amor é que os faz sair e percorrerem os quarteirões? Só o angustiado é que espreita o espaço. Me olha, enrevesadamente, o máximo de pupilas, onde a aflorar sua forma informante. — *"Ajuda-te um pouco menos, para Deus poder te ajudar!"* — há-de dizer-me, com fala de xamã em transe.

Disse? Não, nenhum miauitar. O prato lambido, o leite que bebeu, seu queixo peludo sujo de gotas, infantil, do mudo muito menino. Cerra e cerro os olhos. O horizonte é o fechado de uma pálpebra. Todos somos amnésicos! O passado é uma coleção de milagres. O nunca é o sempre, escondido às nossas costas? Embruxei-me. E ei-lo, confabulatório, felisomem. Tenta viver uma história, e já não mais consegue: ignora o tempo — evadiu-se de personagem. Transcende qualquer trama ou enredo, transpôs essa corriqueira precisão. O que ele faz — é propor o enigma.

Comina-me. Capta o menor movimento, esperdiçando perspicácia, decifrador de mímicas. Por um evo. Tem-me no centro de sua visão. O gato, inominado. Despiu-se de qualquer fácil realidade. (Ela — padeço-a, entre o eu inexistente e o movediço mim. Se para sempre? — por minha culpa, igno-rância privativa...) Sentado, arrumadas retamente à frente as patas dianteiras, fita-me com fantasia luminosa, assesta-me os poderes mais sutis. — *"Quem é você?"* — a interminável questão.

Agora engatinho, ando, apoio-me: contra o nada, só minha memória trabalha, quase vencida. Juro por Tutmés, deus! E o mundo come-nos. Creio, que digo: — *"Eu sou a minha própria lacuna, e todas..."* — resposta de abismo a abismo.

Então, sim, sou. Ele apagou os olhos. Tem de ir-se, quando eu readormecer, como brinca o menino cego, no inesperado sossego. Salta, quadrilongo e real, sem pena o alar-se, precipita-se, feito impelido por meiga mão. Some-se, em esfumo — e contudo belo diverso, como uma análise de poema. A janela exata, a imensa curva da noite, o fundo, não são o contrário de mim; talvez seja-se o mesmo. Só podemos alcançar sábios extratos de delírios.

E ei-la (sua lembrança apaziguada) forma subsistente. Tanto o telefone é um frêmito, calado, na madrugada, na vida. Mas, a voz. A que o menino surdo sabe de cor. (Quem sabe a palavra mais doce: *b u l b u l* — como os árabes chamam o rouxinol.)

Aquário
(Nápoles)

Estrelas-do-mar com suas cores — vermelhas, roxoverdes, azuladas. As amarelas se dão como flores. Raiam, se entrançam ou empraçam; aderem, ecpétalas, à parede, ao chão, à folhagem. Uma pode ser perladas espigas, mão aberta, fronde. A cinzenta produz gestos. Remove-se: sinuosa, altera bebedamente as pontas — roda viva de pernas.

★★★

O ursinho, *ouriço-marinho*, pasta algas e espinha até as pedras.

★★★

Peixes de olhos de boi e estrias de ouro espairecem por entre as alfaces--do-mar. Ulvas. A corvina negra: o *peixe-corvo*.

★★★

As conchas são os ossos do oceano, disperso esqueleto, desvago: cones, cócleas, volutas, vértices, lamelas, escudelas.

A *madrepérola* pavã, colibril, faiança de aurora.

A concha e o ouvido — mugem.

Onde está uma concha, está o fundo do mar.

★★★

A *enguia* traga água como se vomitasse. Seu grito mudo, de engasga--bolha. A *moreia*, tigrina, desenhada, canibal de demônios dentes. Sanguessugão despedaçador: a cruel palidez plúmbea do *congro*. A *arraia*: um pano cinzento que tenta esconder longo fino serrote. *Coral amarelo* — de âmbar? de árvore? de ouro?

★★★

As *lulas*, a serviço de seus olhos. O *calamar*, longos narizes, três vezes compenetrado. Mariscos inerentes, mitilos presos: *mexilhões* que sedentarizam. Um bicho bivalve, conquilho entre tâmara e barata, escava para si leito rochoso, estricto estojo. Límneas, lesmões e caracóis, de cocleias várias.

★★★

O caracol — babou-se!: sai de sua escada residencial.

★★★

Tartarugão, *tartaruga*: semelhando-se ensopada, cozida. Bicuda. Circula, com borbol d'água, rema. Braceja: anjo gordo. E quase une as palmas das mãos atrás, às costas, de tanto que aplaude. Aporta contra o vidro sua basculante rotundidade, volve-se e exibe o abaulado quelão, de gomos sextavados. Sobe e desce — é um esvoo chato — completamente desterrestre.

★★★

As *sépias*, embriagadas coloristas. O *peixe-andorinha*, às ruflas. O *peixe--catapulta*. O *cão-do-mar*. O *peixe-capão*, que tem dedos e anda no chão. Todos são bocas que se continuam. Surgem.

★★★

Só não existe remédio é para a sede do peixe.

★★★

O *ovo-do-mar,* episcopal vibra suas lâminas: e transfigura-se em arco--íris. Desata-se, translúcido, o ctenóforo *cinto-de-vênus.* As *salpas* são mínimos potes nadantes. *Anêmona-marinha*, em descabelamento choroso: crisântemos dobrados, repinicadinhos, indo-se de um boião. As *holotúrias*, como pepinos. Umas bolotas cor-de-rosa: as *algas* calcárias.

★★★

O claial de ostras comestíveis. Um camarãozinho diáfano se acerca, com garupa. A ostra clapa as valvas. Ela é um mingauzinho musculado, zangado, capaz de impaciência e vigilância.

★★★

O dormir do peixe é a água que se descuida.

★★★

Lauta *lagosta* maneja um compasso. *Caranguejo* oscilabundo, suas cravas se exageram. Tem alma centrípeta, num corpo ainda centrífugo; resultante: latera, recua. A lagosta *palinuro,* esgrimista, os pés movendo-se sucessivos, cada qual. O *homardo — homar, astaco, astaz —* se esquece de desinchar e fechar as disformes pinças. Cavático, corre a esconder num buraco a comida, feito um cachorro.

★★★

O caramujo no seu ujo, e o caranguejo, ejo.

★★★

De canudos e vasos, despontam os *tubícolas,* delgos feixes de animais- -plantas. Um, capim verde-claro, viça bichíssimo. Outro, guelras escarlates, se enflora de penugentas riscas. O guarda do recinto introduz na vasca uma vara, e toca-os, tão se apagasse velas de altar: um por um, todos, num átimo se recolhem, reentram tubo e tubo.

★★★

Chata, coágulo de barro, bordada de algas, semi-oculta, só dentes e boca e fixos olhos autônomos, fera colocou-se a *rã-pescadora* — que o *diabo- -marinho* — o peixe mais horrendo, imagem da espreita assassina. Simulando talos vegetais, sobem de sua cabeça hastes membranosas, que ela desfralda para atrair os peixinhos passarinhos.

Aquário (Nápoles)   181

★★★

Mar: o ilimite de liberdade cria em cada canto um carrasco.

★★★

Empina-se o *hipocampo,* delgado cavalinho enxadrístico — cavalo do rei cinzento. Perfila-se, sem patas, brinquedo de papelão, nadando vertical. Sob certo sol, visluz em verdiço ou azul. Quatro anéis na cauda, de dedo mindinho. Segura-se nos ramos de coral e nas algas, com seu rabico rijo, extremidade em espiral.

★★★

Madréporas jazem, sésseis margaridas ouro-alaranjadas, outras alvas, jogadas no fundo. A *penas-do-mar* iguala a uma estrilha, a uma escova. Se a irritam, no escuro, fosforeja: sua raiva é uma luzinha verde.

★★★

O poço nunca é do peixe: é de outro peixe mais forte.

★★★

O *salmonete* quase fura a tona; mas prefere pôr apenas as barbas de fora, para saber o que no ar.

A *solha,* focaz, sempre perplexa. O *peixe-aranha,* semidragão, soterra-se tal, na areia, de onde só seus olhos sobram, fins de dois buracos. O *peixe-pavão.* O *peixe-anjo.* O *peixe-navalha.* O *peixe-donzela.* E um pirá leproso, barbado e esbugalhado, sujo de vermelho, chamado *escorpião-porco,* e que é a mesma perfeita rascassa das *bouillabaisses.*

★★★

O peixe vive pela boca.

★★★

Só se o sol avança — das doze às duas — é que se enxerga algo no claro compartimento onde as *medusas* filmam-se. Pseudas, vanvistas, elas se desenraízam, deslastram-se, pairam água acima, sedas; há-as entrevioletas, *sicut* vermelhas, fantomáticas, translunares. Armam-se de transparência.

★★★

Caído mestre no fundo, o *polvo* faz que dorme. Colou-se ao corpo de uma pedra, seus tentáculos cingindo-a. Como uma nuvem coifa um monte. Mas é uma bola ou bexiga, gris, com dois olhinhos. Longe dele e alinhavando--se, perpassam pequeninos peixes na água, ociosa.

O guarda vem com a ponta da vara, cutuca-o. Mexida, a mucosa massa se aquece, frege, num plexo, simultâneas cobras revoltas. Desmede-se por membranas, fingindo estranhamente molhado morcego. Com ar medonho irritado, o monstro olha. Quase se pode ouvi-lo: chiando de ódio pobre.

O guarda insiste, espicaça-o. O polvo põe mãos à cabeça e muda de cor. Solta-se embora: em jogo de jactos, muscular, avança recuando, simples série de saltos; e derramou seu tinteiro.

Mesmo veio encostar-se à parede de vidro. Confia de querer espiar os visitantes. Bilram seus braços, cobertos de botões nacarados ou cruas rodelas; endobram-se as pontas, caracolam. Pregas se repuxam, desvendando fendas. Sombras. Saindo de um saco, que pulsa igual, abre-se e reclui-se, esfincteriana, a boca: tubo amputado, coto de traqueia de um degolado.

O guarda lhe traz comida: abaixa no compartimento um caranguejinho, suspenso num cordel. O polvo percebeu-o e se precipita, com eslance de cobra, no se-rasgar de guarda-chuva a fechar-se. E já envolveu o caranguejim, gulo, em horrível desaparecimento.

Porém outro vulto, subindo-se de algum antro ou anfracto entre as pedras, guerreou de lá, bruto, rápido, flecho no disputar a presa. Os dois se opõem. Esbarram-se. Cada um adianta um braço, prendem-se, que nem dedos que se engancham. Podia ser uma conversa. Desdemente, se entendem, separam-se. Um, ou uma, se afasta — nadando: cometa sem brilho — descai, laxo, lapso, escorreu-se em esconderijo.

O outro se exercita, arrepanha suas partes, sacode aquele desgrém serpentiforme, o papudo perfil de pelicano. Dado à água, nada, fofoca, vem lulando. Cerra-se. Vai unir-se aos blocos de pedra da parede, cuja cor adota.

Aquário (Nápoles)

Mal um pouco, porém, de novo se alerta, estreblótico, esclérico. Reen-reda-se. Seus apêndices lutam entre si, dançam verrugas e ventosas. Palhaço, vai tocar guizos. Despego. Oscila, como se vento o estirasse. E, para que tudo recomece, retorna à face do vidro. Um olhar seu me queimou.

A água, verdemente.

O polvo tem vários corações.

Ao Pantanal

Ou — DE COMO SE DEVASSA UM ÉDEN. Igual a todo éden, aliás, além e cluso. Mesmo em Corumbá, primeiro ouvimos quem nos dissuadisse: — "À Nhecolândia? Aquilo não existe. É o dilúvio…" Mas existia, e se. Seu povo sendo rápido, exato, enfrenteiro. Um estava na cidade; pensada nossa viagem para a outra manhã, o nhecolandês tomou, de momento, um aviãozinho, e foi sobrevoar o Porto da Manga, onde, sob sinais, deixou cair, preso a uma pedra, um bilhete, com o "plano" do itinerário. Desde aí, linha e linha, tudo se obedeceu.

A 11 de junho, dita manhã, entramos na chalana *Segunda*, que nos encostou no vaporzinho *Ipiranga, Ypiranga i.e.* Zarpa-se às 7h, 50, contra um cromo verde e céu, sensíveis.

Rio-abaixo o Paraguai, suas ondas fingem o recém-lavrado: revirado campo — *upturno?* Leiras dunas de íris no dorso sempre se estendem, sinuosas, seguindo-nos. Também, e a reboque, trazia-se uma chalana mor, repleta de tábuas. No mais, a água se espessa de argila, e dança, nos rebojos de grande turbulência. Pelo plano das margens, grupam-se cambarás ou enlongam-se bosques de bocaiuvas. Depois, vê-se um curral "nadando", quase fim de submergido. Ranchos, assim, seus restos. E uma olaria, que mesmamente se afunda. O arame das cercas "apodrece", segundo um poeta aborígene. Sozinha, a choça de um caçador de capivaras. Às 12h, 30 arrivamos à Manga.

Que é o porto da Nhecolândia, seu ponto de acesso, mantido pelo Centro de Criadores. Um *tablado*, para carga e descarga. Caracarás, quedos gaviões, se empoleiram perto dos fardos. Numa figueira, donde se pendura um ninho-de-espinho, se entretinham tordos. — "Aqui tem tanto passarinho, que a gente nem não precisa de saber o nome deles…" — informa a garota de cabelos compridos, que depena uma rolinha, para o almoço, limpando-a no rio.

Confirmam a situação: como a cheia geral insiste, léguas de água bloqueiam o Pantanal. Entanto que, no tempo da seca, de Corumbá ao Firme são 4 horas de automóvel, agora de terrestre nem um caminhinho, nem um istmo. Mas aguarda-nos a lancha *Mercedes*, sobrelesta, da Distribuidora

Nhecolandense, na qual saímos, às 13h, 05. Atravessa-se enviesadamente o pardo Paraguai, buscando a foz de um afluente — o Taquari, oliva. Cortamos densos camalotes de guapés, pequeno mar-de-sargaços. Um biguatinga longo--voa, seu pai, seu irmão, sempre um. Anhumas se despencam e ressobem, bradam, suspendem-se em espiral, donas do que querem. Martins-pescadores, súbito azul, em grupos, mais verdes que azuis, gritando de matraca e aparando com tesoura cada aquática ruga. Biguás regem pela do rio a horizontal de seu voo, e brusco pousam numa onda, sentam-se na correnteza, mergulham, sabem longe ressurdir. Canta, preto puro, sílaba sem fim, o bico-de-prata. Todos os não simples pássaros, cores soltas, se desmancham de um desenho.

13h, 22. Deixamos o Taquari, desladeamos por um corixo. Cada coqueiro carandá é escudo e lança. Garças apontam, quase reptilíneas, por entre o capim-de-praia. Varam o ar caturritas: explosão de verde e gritos, periquitos. Um jacaré se ronha gordo ao sol, bocarra franca. Um redondo de pimenteiral mal emerge. Mato de beira, onde as lontras brincam de ficar em-pé e se revezam, mio e assovio. Um socozinho vem-voa, pousa e pia. Se amoita, mixe, na lancha, perto do lampião. É um filhote, fino, todo pescoço, coisinha que o mundo morde.

13h, 40. O corixo se estreita — entramos numa ruazinha líquil, uma viela d'água, rego, entre margens que são sem trânsito para o pedestre, pois por debaixo há um lago. O socó voa feito uma gaivota, a garça que nem cegonha de frente retraída. Saímos do corixo e dobramos por um canalete, que aberto artificial no plão campo: queimaram linearmente o capim, durante a seca, e agora as embarcações conservam o caminho, navegável superfície. Outro jacaré, às ombradas, grande, se golpeando e espirrando, entre guapés que luzem como gigantes espinafres, e vassouras-bravas — suas trêmulas facezinhas amarelas — na ilha pantanosa. Biguás, bando, se juntam, para repouso, na copa de uma árvore, escondem-lhe todo o verde. Urubus apalpam o céu, limpas mãos pretas.

14h, 10. Subnível, suportando o fundo, presas no mergo lúcido, toda uma flora alagã de irmãs ninfas: a *lagartija,* trama de coral, sangues hastes que se inclinam, expondo à tona em estendal curto um milflorir vivo jalde; a *batatinha-da-praia,* salvando acima as estrelas de leite das campânulas; a *erva-de-bicho,* velvo zinhavre, às vezes rosada, afogada linda; outra, esfio de geleias, folhas em bolas de esponja, mole meio erguer de floretas minúsculas, instantaneamente brancas; outra, latejante, pulul, espalhado trevo pálido; a *orelha-de-onça*, poo de ervilha, nata, colado véu de musgo claro, que oscila; e o eslaço de umas folhas largas, suplantadas, que se dobram e fecham mão, quando passamos. Só as corolas sobressobram, sobrenadam. É um jardim merso, mágico, submerso. Ilhas de flores, que bebem a lisa luminosidade do estagno. E cores: bluo, belazul, amarelim, carne-carne, roxonho, sobre-rubro, rei-verde, penetrados violáceos, rosa-roxo, um riso de róseo, seco branco, o alvor cruel do polvilho, aceso alaranjo, enverdes, ávidos perverdes, o amarelo mais agudo, felflavo, felflóreo, felflo, o esplâncnico azul das uvas, manchas quentes de vísceras. Cores que granam, que geram coisas — goma, germes, palavras, tacto, tlitlo de pálpebras, permovimentos.

Tomamos por outro corixo. A lancha trepida. O socozinho se repõe em asas, abandona-nos. Sobreleva-se o *capim-arroz*, à direita, farto, cacheado. Montoa-se, à esquerda, o *capim-felpudo*, anão, bases vermelhas. Lambaris se entreflecham entre flores, dentro de nossos olhos. Planam, pairam garças, fofas. A água se estira mais azul, sã face, soa sua arrastada música. Carandás — oestes palmeiras — que saem do mar. Caetés, coesos, se sacodem — o talo esvelto, punhado alvo de flores, e as três folhas lanceoladas. Refundo, o *capim-vermelho*, rufo, ticiano. Nem há mais fundo. Turva-se a água, se enloda. A lancha para, se subindo docemente no capinzal. 14h, 45.

Meio quilômetro adiante, entre árvores — carandás de sidéreos reflexos — a Casa do Rodeio, no ponto onde o canal aparentemente se acaba, em fundo-de-saco. Lá avistamos os bois, com o carro, carreta de rodas altas e tolda de lona verde. Mas aqui já está um batelão, prancha à zinga, esperando-nos. É um cetáceo, escuro, propulso. Mudamos para seu bordo. E estamos barquejando na estrada de rodagem, onde no normal os autos trafegam. Os zingadores, um de cada lado, fincam os varejões, para trás, oblíquos, e repetem marche-marche, pelas beiradas coxias da prancha, descalços, com socos surdos na madeira.

15h, 05. Nem a prancha pode vir mais. Passamos para as carretas, agora veículos aquáticos. Os bois empurram a água com os joelhos, e como correm, cabeceando. — "Mimoso! Areião! Varjão!" — Suas caudas se espiralam. Suas vassourinhas, negras, borrifam-nos o rosto. O carreiro muxoxa, estala rudes beijos. Nem brande o chicote, esguio de cobra, látego longo. O outro carreiro vem a cavalo. Não há guia.

— "Hip… Hão… Varjão!"

Um cervo transpõe o mundo, aos saltos, à nossa frente, águas o respingam no ar, o apanham. Ficou parado um instante, e o carreiro lhe acena.

Ao Pantanal   187

— "Hup… Varjão!… esses bichos entram até em curral, com o gado, até com a gente…"

16h, 08. Atravessamos o Corixinho, o carreiro tem de subir no carro. Os coqueiros sucedem-se, falam seu verde. O azul grumo do céu digere o último fio de nuvem. As surpresas de aves são incontáveis. As águas nunca envelhecem de verdade.

16h, 30. Descemos da carreta para um caminhão, justo, que nos espera. O caminhão roda sobre uma planície que ainda é lama e relva de charco, terra coagulada, chão em começo, mal restituído. As aves sobem sempre.

16h, 40. O caminhão não pode prosseguir, empantanou-se, no gluo do meio de um corixo. Expirou, proibido, desaqueceu-se. Desinventou-se. Lama e limo, palpantes, começam a mover-se para revesti-lo. A água olha-nos, com suas bolhas frias. Mas já estão, a postos, três juntas de bois, antiquíssimos, existentes. Atrelam-se ao caminhão e arrastam-no.

17h, 00. Tordos, em bando, enfins, se espritam nos carandás. Ora avista-se a Casa do Firme.

17h, 10. Chegamos. De que abismos nascemos, viemos? Mas no princípio era o querer de beleza. No princípio era sem cor.

Quando coisas de poesia

Se lhe não firo a modéstia, direi, aqui, depressa, que Sá Araújo Ségrim, *em geral, agradou. Por isso mesmo, volta, hoje, com novos poemas, que só não sei se escolhemos bem. Sendo coisas mui sentidas. Sendo o que ele não sabe da vida. Digam-me, o mais, amanhã. Leiam-no, porém.*

Ária

Em meio ao som da cachoeira
hei-de ouvir-me, a vida inteira
dar teu nome.
Tudo o mais levam as águas,
mágoas vagas[1]
para a foz.
Vida que o viver consome.
Um rio, e, do rio à beira,
tua imagem. Minha voz.
A cachoeira
diz teu nome.

Querência

Um vaga-lume
muge
na noite e distância
de uma chuva que estiou, chuvinha,
de uma porteira que bate, que range e que bate,
de um cheiro de únicos úmidos verdes inventos
de amigas árvores, agradadas,
de um marulho de riacho,

---

[1] Variante: *sagas.*

de muitos e matinais pássaros,
de uma
esperança-e-vida-e-velhice e morte
que faz em mim.

Escólio

O que sei, não me serve.
Decoro o que não sei.
Relembro-me:
deslumbro-me, desprezo-me.
O querubim é um dragão
suas asas não se acabam.
Sempre ele me acha em falta
ou no remorso de tanta lucidez.
Somos, anciãos, amargos.
Tão amargos, juntos,
que temos de construir
do nada —
que é humano e nos envolve.
A gente tem de tirar dele
algo, pedaço de alto:
alma, amor, praga[2] ou poema.

Tornamento

I

A viagem dos teus cabelos —
estes cabelos povoariam legião de poemas
e as borboletas circulam indagando tua cintura,
incertamente. Teu corpo em movimento
detém uma significação de perfume.

---

[2] Variante: *lágrima.*

João Guimarães Rosa

O som de um violino conseguiria dissolver
um copo de ouro?

II

Houve reis que construíram seus nomes milenários
e poetas que governam palácios em caminhos.
Povos. Proêmios. Penas.
Mas toda você, um gosto só, matar-me–ia a sede
e teus pés e rosas.

III

Às vezes — o destino não se esquece —
as grades estão abertas,
as almas estão despertas:
às vezes,
quando quanda,
quando à hora,
quando os deuses,
de repente
— antes —
a gente
se encontra.

A caça à lua

— "VIVA A LUA"... — vi uma vez uma menina gritando. Só o instante. *Fazia mesmo luar, eu já tinha notado. Mas olhei foi a menina.* Ela correra, a gritar, na rua, uns poucos metros, como se pulasse corda; e estava sozinha. Não me vira. Gritava de alegria, de brinquedo, de SÚBITA LIBERDADE, a M e n i n a z i n h a?

E OLHAMOS PARA A LUA.

Nós dois. Foi o mínimo momento. (Mas: às raras vezes, tudo se passa em mútua participação, assim extraordinária, agudas vezes; em h o r a v i v a.) Aquela era a lua comum — A LUA QUE É A CHEIA — no ponto de beleza, de todo o recorte:

A

    LUA

        TRANSLATIVA

    AVE

intacta COROLA

ESPUMA

TETA   *que paira*

ESPADA

        quase redonda.

MOLEIRA LUA

           ave

     QUE FRIORA.

ASAS ALMA

    ALMALMA   *órfica*

    MARMARA

        que ressalta

    APSARA

A

    MAIS MAR QUE O MAR.

SUSPENSA CAUSA

        arco

   NUA COMO O VENTO

WALDA

LONGA, PURA, LONTANA, OPALA; FINA COMO A PELE DE UMA AVE; PÊNSIL COMO O CÉU, *não azul*.

LUA, SE LUA

calma

MOÇA GRINALDA

A LUA CECÍLIA, MARINA, CORÁLIA, MAFALDA...

VIOLANTE. MYRTILA. URRACA. GISELA. JOANA. FRANCISCA, BERENGÁRIA. LIANOR...

... LÚCIDA FLOR (A Menina)

À BAILA *nave*

TANTA LUA.

Somente, como tudo se passou por entre segundos, na confusa e incúmplice *realidade*, nem pude saber quem era a menina. *Todavia*. Sabe-o, ela? Sua mãe, seu pai, seu *futuro* Amado? (Que todos, a todo instante, nos separamos OU ajuntamos um pouco mais; talvez.) E ela foi apenas aquele instante, *logo* longe no p a s s a d o. De um modo, aquela Menina tinha DESAPARECIDO. Cada vez mais. CADA VEZ, PORÉM: mais achada no presente no passado — mais alta, mais mágica, MAIS LUA (Naquele momento em que a vi, eu soubesse e não soubesse que era a Menina-que-corria-e-gritava (*uma vez, apenas*): — "VIVA A LUA!..." Eu, também, era menino.) A lua, *sempre estranhamente virtuosa*. Sempre, lá, lembro-me. A lua faz o favor perfeito. Imediatamente a Menina:

POR MIM,

POR LONGÍNQUA.

Seus claros cabelos aerostáticos. Porque: ela correra e gritara — menina saída no espaço, uma vez, (gazela) em içado avanço, flor, fada. Ela levantava os pezinhos, como os se fosse também lavar, como às mãozinhas. A meninazinha — sua t r a n s f i g u r a. Se pertencesse à categoria dos SERES LIBELULARES? (Naquele viés.) *A menina*, então, soltara-se de florestas páginas de toda a urgência sob letreiro: AS COISAS SÃO MAIS BELAS. Talvez, e muito antigamente, de um LIVRO DE ENCANTOS, almado grimório? A Menina — A LÉU DE LUA. Nunca mais poderemos encontrá-la? — e à

LUA

LAVA LÍVIDA

       virgem

LOBA GRÁVIDA

LÁGRIMA QUASE PEDRA

délfica, solitária

  ilhígela

óscila

olhos antigos

orbe ignoto

sonho ilúcido

camela

ofega

janízara

samsara.

      A lua com cara de caveira

Délia

naia

lena

   b a n q u i s a.

A Menina está perdida, no tempo. *Para mim.* Por longínqua. (Tanto os anos são uma montanha.) Nunca mais poderei vê-la? Não poderei esquecê-la, portanto. A ela e — À LUA, A GLABRA, o jamais. A grande lua, que vazava. *A lua, toda medula e mágoas.* A — um gelo eterno, esculpido e iluminado. O castelo balançante. Uma sereia pastando algas. A eunte e iente, *belagnólia, lindagnólia, magnòliave,* gema e clara. A rociosa. A melancolia branca, *floriswalda, silvoswalda,* IÁIDA, IOEMA, IARODARA, neomênia, mestra de sonhos. Perturbatriz. A a l t a l u a idoura e vindoura, enviada de longe, enviadora — noiva no vácuo — somenos luz. A do lago. (... "Iram" ... "nove" ... por exemplo, *estas ou outras quaisquer* — infiéis palavras — *sem sentido.*) O ARQUIVO DE ESPELHOS. Muralha.

DÁ UM POEMA:

DÓI, A LUA...

Teria de recuperá-la, *no décimo céu daquela noite.* Tendo-o, trans luas, lares a fio; a frio. Pedia-a mais que tudo — a Menina. A meninazinha não pode morrer em mim. Procuro-a. A LUA É TODO O AZUL QUE É REFULGENTE; E OS CAMPOS

MAIS LONGE. A lua no véu: os campos prateados. Torres ocas. Seu decote, a lua mocha: sua navegabilidade. Na bamba rua, no âmago do copo, no: ÁRVORE TRÁS ÁRVORE, CASA TRÁS CASA, TETO TRÁS TETO; *trans* altas serras, a urgente lua — divididas léguas; *e o gentio* — *os moradores.* O mar, céu, praia — unidos, únicos, uníssonos. *A lua, tão ali e ausentada.* Perdida, para mim, terrivelmente, como — se eu fosse sua Mãe, seu Irmão, seu Pai; seu AMADO. A lua tragada. As possantes nuvens pretas. A lua: decepou-se, soçobra em sombras, se fechou, além, vai ao horizonte (A Menina). Nos palpos da noite. A menina tinha sapatinhos, vestido, pente, risada, palavras. Ela cresce — nem é mais a menina. (Não: ela não pode ter sido, *já naquele tempo,* uma mulher, uma lembrança, *uma sombra.*) A Menina tem de ser reencontrada; para que eu me salve. A Menina tinha de ser salva. *Trans.* Hei-de:

> LUA,
>
> VIRA TUA OUTRA CARA!
>
> QUERO
>
> TUAS PÉTALAS OCULTAS...

Tua lisa estranhez. Lá poderia haver dragões e dilúvios. Mas, os candores de outras neves, um germe de dança, uma negação súbita da morte. As mulheres de meigas mãos, A GENTE VOLÁTIL DOS SONHOS — e o alecrim das trovas, espaço e orvalhos. TRANS SAUDADES DIÁFANAS — recapturada — a Menina. Ou — o N a d a? Nada, nada, a lua:

> L u a   p a r a d a
>
> p e g a d a   p o r   m i m!

A lua — sua luz negada, suspensas eras, aves — suave, TODA A LUA. Devora-me a brancura. As pessoas e coisas têm de ser relembradas sempre; sob pena de mais um pouco de morte. O algo da lua; artes-más. A cimitarra? E A MENINA? (Que é a lua, senão um sempre não-se-lembrar de tudo, o não-esquecido? Ei-la. Mãe dos magos.) A menina se abraçava com ela — ESFERA. Ela é leve demais, ninguém pode aguentá-la; maior que a Menina. Recortada em novo gelo, contra a treva feita em funda gruta. E a Menina? CONCLUSA (a lua, ou a noite?) e começada. E a m e n i n i n h a? Profundas alturas. (*Sua distância de mim.*) LUA, A SEM LÁBIOS. A l o n g e; *finíssimo epíteto.* Longe? Sozinha lua. O

> LONGE É O QUE FUGIU DE MIM.
>
> TUDO O QUE FUGIU DE MIM.
>
> LUCÍVORO ABISMO.

Ah, voar é a solidão. Mas — o Jardim! A lua nunca naufraga. Lá há um cavalo, o santo, um cavaleiro, desterrado. E vi — a Menina — c i g a n i n h a (a escolhida), que CORRIA E GRITAVA: — "V i v a   a   l u a!..." A lua, máxima, que afaga. O Jardim. A sandália cor de ouro. A lua inteira, transplendente, jamais esperdiçada. A sandália cor de areia, as alvuras; cicatrizes. A lua capaz de pular. Ei-la: é — *como a cobra tem tatuagens* — é — a cor branca dos cernes. Os graves dons do leite. Oase: é a lua. Nada pode ser esquecido. O consagrado, o refulgor, possessão perfeita, o PATRIMÔNIO. O Plenimundo. A LUA, GUIEIRA. A Menina — tão escolhida — em hora viva. A M e n i n a —

D I V I A N A
OH LUNAR MISTÉRIO!
OH DIAMANTE!
OH FLUIDA FACE...
                              theia Musa!
S O R O R...
EVANIRAS
Janela de príncipe — a L u a

Zoo
(*Hagenbecks Tierpark,*
Hamburgo — Stellingen)

A CEGONHA GLOTERA SEUS TÍTULOS DE FÁBULA: *"Mestre Ermenrico"*, *"Adebar"*, *"Dom Pelargos"*...

★★★

As gazelas assustadas alinham-se flèxilfàcilmente.

★★★

A girafa da Nigéria no andar mete os pés pelas mãos.
A girafa Massai: para tão miúda cabeça, tanto andaime.
A girafa do Cabo — monumento às máculas.
A girafa simplesmente: — *Excélsior*!
A girafa, admirei-a alpinisticamente.

★★★

Uma borboleta tirita.

★★★

Aqui o primeiro hóspede, Nepáli, rinoceronte hindu, mora num terreiro com lagoinha redonda. Vezes ele se encasqueta de correr — concho, cornibaixo, em trote bipartido — descrevendo repetido o circuito da lagoa. Começa a curto, cambaio, mas vai pronto se acelerando. Sacode sacolas e toca certo barulho tamboreiro, não para, nem para assoprar-se, roda a roda, tudo é concernência ou couraça no belo bruto dos montes. Cá dentre os que o chamam, porém, sabe destacar quem sincero afetuoso. Nepáli, a apêlo, trava as tortas pernonas, susta-se e comparece à beira da cerca. Também aprendeu já a esmolar. Ora ergue a côncava cara, focinho rugoso. Espera-se então um grunho, urro, zurro? Não. O rino tem surpresas. Sunga o trombico, embrulha narinas, bole orelhas, dá à frente mais meio passo, aumenta boca: e pinga simples pio, débil, flébil, indefeso, piinho — de passarinho muito filhote.

★★★

Pavões, gaviões e raposas — gritam com idêntica tristeza.

★★★

O cachorro vive as sobras da vida humana. O macaco, suas sombras.

★★★

O canguru, pés clownescos, não é que se ajoelhe às avessas. *Kangaroo!* — quando põe as mãos no chão, sua construção torna se desexplica.

★★★

O esquilo, quase bípede.

★★★

Zombeteiro, baba nos beiços, um camelo sem prolegômenos.

★★★

Retifique-se: o esquilo, bípede.

★★★

Tenho inimiga: hiena escura — *hiena bruna, hiena-de-gualdrapa, lobo-da-praia* — crinal, de dura jubadura, do beira-mar sul-africano, devorador de marinhos detritos. Chegada de pouco, acha-se no longo pavilhão de aclimação, enjaulada e pestilencial. Mal lá entro — e há muita gente no galpão — ela me percebe ou pressente, aventa-se a qualquer distância, e ronca, com ira tão direta e particular, que todos disso dão fé. Saio e volto, e de cada vez ela me recebe com rosno raivabundo uivo-ladrido e arrepelo, dentes a fio, cãozarra. O guarda, que nunca a vira reagir dessa maneira, acha que alguma coisa em mim lembra-lhe o caçador que a capturou em terras de Tanganhica.

★★★

Prepara-se para pular n'água o urso-branco: pendura-se, alonga-se, pende, se engrossa, enche-se: cai.

★★★

No Grande Cercado e Lago das Pernaltas há pernas mesmo em excesso: muita gente só usa uma.

O *marganso* é um pato marinho. O *cormorão* é o corvo-marinho. O *canardo* é o pato próprio, para variar nome, *Fulca, folga ou fuliz* é o frango-d'água. O *colverde* é um marreco, com fulgores mineralógicos.

O *capororoca* — patão austral brasileiro, clorino, falso cisne; seu imponente binário em ciência é: C o s c o r o b a c o s c o r o b a.

Sempre a desengraça desse vozear — ouçam-se: queco, quaco, cãcã e quinco.

A água é o aninho de todos.

★★★

A coruja não agoura: o que ela faz é saber os segredos da noite.

★★★

À gazela que fino pisa: — *Oh florzinha de quatro hastes!*

★★★

Os corvos, tantamente cabeçudos, xingam o crasso amanhã com arregritos.

★★★

Só o cintilante instante sem futuro nem passado: o beija-flor.

Zoo (Hagenbecks Tierpark, *Hamburgo — Stellingen*)

O lago do Itamaraty

No velho Itamaraty — cuja construção principiou há um século — a chácara começava num jardim português, folhudo e rústico, mas com estátuas, vasos de pedra maciços de arbustos e grande bacia ao centro, provida de repuxo. Sob luzes de festa, muito o admiraram no baile de 70, oferecido ao Conde d'Eu pela oficialidade da Guarda Nacional da Corte, para celebrar o termo da Guerra do Paraguai. De nosso tempo, entretanto, 1928 a 1930, remodelou-se o parque. Tiradas as árvores e os montes de verdura, desfez-se o jardim, abrindo-se no lugar um espelho-d'água, a piscina retangular, orlada de relva e ladeada de filas imperiais de palmeiras, que ficaram da disposição primitiva.

Foi um ganho, em arrumação de beleza, o "lago", a clareira extensa e alisada, a partir da qual tudo se ordena. Seu tom é o baio verde fluvial, mais um soverde, das águas de leito firme. Daí muda pouco, segundo o sujo e o céu. Abriga peixes, de espécies, prosaicas, não espontâneos, sim trazidos para destruírem larvas mosquitas; e reúne pequena fauna: bem-te-vis, pardais, umas rolinhas que calçam vermelho. Além dos cisnes, deondeantes soberbamente. Brancos e pretos. Os brancos, hieráticos, ele jovial, leda ela, já deram prole, mais de uma postura. Os pretos, mais recentes, também um casal, foram dádiva amistosa do Governo australiano, vindos de avião e de navio.

Em noites de gala, ao estagnar dos focos elétricos, o lago serve aluada sugestão, quase de fantástico, raiado de reflexos — fustes de palmeiras e troncos de colunas — e entregue aos cisnes, presentes e remotos, no fácil pairar e perpassar, sobre sombras. No dia a dia, porém, sem aparato, rende quadro certo e apropriado à Casa diplomática. Porque de sua face, como aos lagos é eternamente comum, vem indeteriorável placidez, que é reprovação a todo movimento desmesurado ou supérfluo.

Também, uma vez, em 1935, e acaso associado à lembrança de outro lago, forneceu imagem imediata a um dos mais desvencilhados espíritos que jamais nos visitaram: Salvador de Madariaga. Que concluindo, ali, no auditório da Biblioteca, memorável conferência sobre "Genebra" *id est* a Sociedade das Nações ou qualquer organização que se proponha realizar alguma harmonia entre os povos — comparou que a mesma seria, na vida internacional, *o que a água é na paisagem: mais luz, por reflexão, e o calmo equilíbrio da horizontalidade.*

O burro e o boi no presépio
(Catálogo esparso)

I

CORREGGIO:
Nascimento de Cristo.
Dresde, Gemaeldegalerie.

> O milagre é um ponto
> que combure
> num centro na Noite,
> uma luzinha, um riso.
>
> De perfil, gris,
> adiante (para que o Menino o veja),
> o Burrinho.
>
> O Boi ainda não se destacou
> da mansa treva.

II

MARTIN SCHONGAUER:
A Natividade — Museu de Colmar.

> Longos seres
> ainda com o campo e o encanto e o
> irracional mecanismo, meigo,
> de uso de repouso.

Vê-se que arrecadados,
trazidos
ao temor magno e
— *gaudium magnum* —

LAUDANTIUM DEUM.

III

FRA FILIPPO LIPPI:
Natividade — Catedral de Spoleto.

Obscientes sorrisos
— orelhas, chifres, focinhos,
claros —
fortes como estrelas.

Inermes, grandes.

Sós com a Família (a ela se incorporam),
são os que a hospedam.
Alguma coisa cedem
à imensa história.

IV

ROGIER VAN DER WEYDEN:
Adoração dos Reis — (Columba-Altar).
Munique, Pinacoteca.

Se espiam,
entre ruínas e pompas,
sempre próximos,

em doce cumplicidade;
que segredo
da Divindade
representam?

Além da ausência de monstros,
que atestam,
assim de acordo com o silêncio,
o bom Boi,
o bom Asno?

V

Domenico Ghirlandaio:
Adoração dos Três Reis.
Florença, Spedale degli Innocenti.

Serão os pajens da virgem,
ladeiam-na
como círios de paz,
colunas
sem esforço.

Taciturnos
eremitas do obscuro,
se absorvem.

Sua franqueza comum equilibra frêmitos e gestos
circunstantes.

Os animais de boa-vontade.

VI

Zurbarán:
Adoração dos Pastores.
Museu de Grenoble.

O Boi é um
rosto a menos
entre os humanos.

O burro e o boi no presépio   207

VII

SCHONGAUER:
Adoração dos Pastores.
Berlim, Deutsches Museum.

Em suas caras,
em seus olhos,
desmede-se a ênfase
de uma resposta
sem pergunta.

Valem entre as pessoas.
Velam o Menino.

São irreais como
não anjos
como
simples notações do amor
— maior que o tempo.

VIII

GENTILE DA FABRIANO:
Adoração dos Magos.
Florença, Uffizi.

A fábula de ouro, o viso, o
Céu que se abre,
chamaram-nos
de seu sono ou senso sem maldade.
Tão ricos de nada ser,
tão seus, somente.

Capazes de guardar
no exigido espaço

a para sempre grandeza
de um momento.

Com sua quieta ternura,
ambos, que contemplam?

Sabem.
Nada aprendem.

IX

MEISTER FRANCKE:
Adoração do Menino.
Hamburgo, Kunsthalle.

Surgem, assomam da
terra — comem e amam
mandados de Deus.

Mandado de Deus
do Céu desceu o Menino
na lucididade.

Aqui se encontram.

X

BOTTICELLI:
Natividade.
Londres, National Gallery.

"Gaudet asinus et bos…"
Boi que atende e começa a esperar,
de sua sombra,
do espesso que terá
de ser iluminado.

O burro e o boi no presépio

Ao plano e inefável
o Burrinho se curva,
numa inocência de forma.

Multitudo militiae coelestis.
Revoavam através do nada invulneráveis anjos.

XI

SCHONGAUER:
A Natividade.
Munique, Pinacoteca.

Porque também meninos
eles lá estiveram
em vigília
no telheiro
da claridade de Deus.

O Burro, o Boizinho,
insemoventes.
Olham: quase choram.

O mundo é mendigo.

XII

PIERO DELLA FRANCESCA:
A Natividade.
Londres, National Gallery.

Por que zurra para o alto o Burro:
num pedido doloroso?
Por que se abaixa o Boi, opaco,
tão humilde, tão grande?

Nus fantasmas que a luz abduz.

Nus como Jesus
posto entre húmus e plantas,
num canteiro.

XIII

Lucas van Leyden:
Adoração dos Três Reis.
Chicago, The Art Institute.

Boizinho triste,
presente e ausente.
Que o amor existe
decerto entendes.

XIV

Benozzo Gózzoli:
Madona della Cintola.
Roma, Pinacoteca Vaticana.

Quase sempre o milagre é transparente.

E os dois animaizinhos
que Deus benze,
dignos de
um urgir de auge;
detidos
no limiar de
luz
esvaziadora.

O burro e o boi no presépio

XV

HANS BALDUNG:
Natal.
Munique, Pinacoteca.

>Querúbicos.
>Irônicas imagens.

>Vibrar de fulgor floresce-lhes de esfinge os vultos
>— à hora atônitos. Como
>ante uma infração da ordem que aceitaram.

>Acordam, meio a um momento.
>Eles têm o segredo?

XVI

SANO DI PIETRO:
O Presépio.
Roma, Pinacoteca Vaticana.

>Quase esquivas testemunhas,
>ante a manjedoura
>— sepulcro, sarcófago —
>jazem
>em canto, oculto, calmo.

>Sob os circunsequentes anjos e astros.
>e o drama e o vácuo.
>Como o Menino.

XVII

HUGO VAN DER GOES:
Adoração dos Pastores.
(Painel central do Altar Portinari.)
Florença, Uffizi.

> Onde se aviva a doçura
> de um pouco de úmido e relva;
> de alma?
>
> Mas a própria luz
> que os circunfulge
> recebe
> das broncas frontes
> intactas de afeto, tontas,
> algo que faltava
> zà sua excessivamente concreta
> pureza.
>
> Quentes limites de Deus,
> rudes, ternos anteparos.
>
> Apenas as grandes cabeças:
> mas tão de joelhos
> quanto os pastores
> os anjos
> as estrelas
> a Virgem.

XVIII

ILUMINURA DO FIM DO SÉCULO XVI:
Chantilly, Museu Condé.

> Sem halos, grotescos, carantonhos gênios,
> perquirem, imiscuídos;

O burro e o boi no presépio   213

farejam
a deposta coisinha ilógica
divinumana:
o tão náufrago,
tão alto,
delével
inocultável
— como um favo de ouro.

O cincerro do Boi é o primeiro sino.

XIX

O PINTURICCHIO:
A Sagrada Família.
Siena, R. Accademia.

De longe,
o que é menos primitivo animal
e nobre e tristonho:
os rostos,
os cenhos.

Buscam
o
bebê
nenê
o
em nós
mais menininho.

XX

HIERONYMUS BOSCH:
Adoração dos Magos.
Museu de Bruxelas.

> Cabem
> definitivos.
> Só eles podem
> de ronda e todo aproximar-se.
>
> São os intérpretes dos humanos em volta.
>
> Jesus ainda lhes pertence.

XXI

HANS MULTSCHER:
Natal.
Munique, Pinacoteca.

> Inclinam-se para
> o jesusinho;
> de seus hálitos e bafos
> incubam-no.
>
> Mais perto que São José,
> que a própria Mãe Virgem.

XXII

SANO DI PIETRO:
O Nascimento de Jesus.
Roma, Pinacoteca Vaticana.

Parelhos
bichos de trabalho,
onde tudo é estarrecida oração
e alarmado prestígio:
morte e aurora.

Não vigiam o Céu.
Aguardam
um futuro sem passado.

Sua sólita presença
talvez fosse necessária.

XXIII

ALBRECHT DUERER:
Adoração dos Reis.
Florença, Uffizi.

Os que por oculta ciência
de tudo souberam.
Seus mágicos presentes,
o Menino recebe-os.

O colo.
A mãe.
O Universo.

Atrás, porém, os dois
— um Burro, um Boi —

grimaçante e aturdido,
mugínquo e mudo.

Inevitáveis.
Íntimos das sombras.
Insubstituíveis.

XXIV

Bernardino Luíni:
Natal.
Paris, Museu do Louvre.

Atentos, por sobre o Anjo,
que ampara a Criança;
como sorriem.

O Boi se embevece
com o tique-taque da Infância.

XXV

Fra Beato Angelico:
Natividade.
Florença, Museu de São Marcos.

Ao fundo, fito a fito,
o ruivo roxo boi, o roxo rufo burro,
entreconscientes
soslaiam
— no âmago do mundo,
desnudo,
descido ao chão,
sobre uma réstia,

O burro e o boi no presépio   217

à angústia:
Ele
— o que é a única fala,
a última resposta.

XXVI

Martin Schongauer:
Nascimento de Cristo.
Munique, Pinacoteca.

O rubro Boi —
roupa e sangue; e terra.

O Burro, atrás, através,
enigma de cerne e de betume.

Domésticos, não extáticos
protagonistas,
duendes da solidão.

Burro e Boi em sono e sonho
— *glorificantes, et laudantes*

Deum...

Reboldra

Dos LADOS DO RIACHO, TERRA SUA, Iô Bom da Ponte plantava o melancial. Eram melancias de cada ano não se ver como essas, para negócio e maispreço.

Iô Bom, porfiante esforços, viera a obtê-las sós a primor, nem lembrado mais de que jeito. Na estação do tempo, porém, inquietava-se de que as furtassem. Em fato, furtadas.

De defendê-las no diário das noites, três deles sucessivos não dando conta, Iô Bom trejurou que cachorros ao angu por mão de moça solteira relaxavam o vigiar.

Porquanto, calejado viúvo, tinha filha, que pelas costas o odiava: — *Cujo quem, para espreitar alguém!* — a Doló ambicionava vida maior que dez alqueires.

Dureza de ouvido pejando-o, pensava o pai que ela o quisesse auxiliar com conselho. Ele para si não ousava abrir nem uma daquelas sem iguais melancias — o que seria esperdício da fartura de Deus, que em puro dinheiro se solve.

Concebeu remédio: declarado inventar que, numas ou noutras, botara veneno para ladrões. Disse-o, no arraial, afetando-se legítimo capaz de suas posses.

Doló, de banda, entanto a todos delatava a mentira daquilo, embustes de pirrônico. Iô Bom, no engano, sorridículo aprovava-a com a cabeça e cãs. Ele a queria pesada, à brutalha, ombreando-o no rijo da semana; mas prazia-lhe aos domingos ficasse faceira, vistosa. Ela ficava.

O escarmento da estricnina não surtindo feito, Iô Bom teve-se a recurso. Trouxe para a chácara o diabo paupérrimo Quequéo, fiou-lhe em mão, sem carga, a espingarda. Esse já então era um estropiado, manquejando endurecido, devido a ataque de congestão. Mas fora circunspecto jagunço, por nome trovão Estrulino, havia de os vadios repelir. Além de que nada quase custava, só por misericórdia o de comer e fumo para pitar.

Iô Bom desobrigado esperou: a vida recobrava ordem, ele no trabalho e repousos; a Doló breve se casava, moraria lá, mais netinhos; as melancias formosas se repetiam entre os milhos e os feijões. Tanto para o pobre, também, cada dissabor prefaz o medido consolo.

— *Pobre por avarezas?* — Doló tomava-o de ponta, segura de sua semi-surdez.

Iô Bom arranjava de achar: que a mocidade está criando o carecido juízo. Ia ver as melancias, como o verde é cor de coisas: sobrepintadas de escuro, semelhando couro de cobra. Dentro, refrescas vermelhas doçuras; mas apreciava-as assim era o comprador.

Iô Bom, após chuva, curava-as do respingado barro e ciscos, pudesse escorá-las, não pesassem a toque nu com o chão, e revirá-las para pegarem redondo o sol de dezembro. Dia viria, tudo melhor se rematava, em retidão de razão.

Voltavam eram os gatunos, por agravo à regra de Deus. Para que é que aí, então, esse o Quequéo, à pança bem servida, nem prestando para bom espantante? — *Doló dema...* Ela socorria o indiaço.

Mas não devendo ser de pique, senão por movido coração. E fato se mostrou: agora as frutas faltadas consistindo nas de menos valor?

Iô Bom decidia passar noites, socapo, à esparrela. Isso ele calou. Inda que estranhando-o o olhassem — o Quequéo, afeiurado, inteiriço, e a Doló, cara ingrata, mocetona.

Saiu, ao se esconder da lua, não causando rumor; nada de insensato notou, na madrugada seca. Ele e o Quequéo, sofismudo do outro lado do riacho, davam-se as costas ou a frente.

Até que um assovio se desferiu. Só o estarrecimento. Era, de boné à cabeça e arma ao ombro, o moço Valvinos: noticiou-se esse que por uma paca, se tanto que sem cachorro. Mau-grado cujo, não podia ter advindo anonimamente; rico, filho de pai acreditado. Iô Bom, bulindo-se, àquela hora achou de lhe oferecer café. O Quequéo estragado tossia, para se ter raiva ou pena. Deveras a Doló acordara, mas a janela não abriu. A lua esteve incerta reaparecida.

Disso Iô Bom tirava a lembrança, só aperfeiçoando seu desgosto; tristeza avisava-o de coisas, neste mundo de por-de-trás. Rogava paz, preceitos, para todos; sozinho, consigo passava vergonha. Supriu a espingarda do Quequéo com cartuchos de chumbo mortal. Diligenciava ou dormia; nunca bocejara.

Foi uma manhã. Foi forte o que viu. Quequéo a se arrastar, em desamparo de agonias, cólicas, deitado de bruços, de chegar com a boca à água do riacho não alcançava. A logro: o que cuspia não era sangue, baba rosada, mas mascas de melancias.

— *Bem querido, mal fazido...* — Iô Bom sumido disse, lambia-se o gume dos dentes, como que por pedaços de gelos engolidos. Ele quisesse um pouco mais ensurdecer, a Doló culpando-o de maldades.

Jurou — nem envenenara plantação nenhuma.

Tinha de gerir o enterro, puxar as remendadas calças do outro, emprestar-lhe seu terno bom de roupa — a Doló impunha. Malentendia acerca do defunto. Apanhou a espingarda, deu tiro para cima: os pássaros das árvores exatos revoaram.

Desde a morte não teve sono.

Fez fora uma coberta de palmas, deitado lá pendurado se encolhia, como cachorro em canoa.

Imaginasse aumentado o melancial, tresdobro tamanho — porém louco o alheio sem-lei o saqueando. Norma de bem-procedido sossego, pautas para sempre, a vida não dava? Nem aquele Quequéo fora nunca um jagunço cristão Estrulino, só falso.

Iô Bom sentia-se descompor. Da Doló, de algum tempo, precatava as vistas, nela não queria doer o pensamento.

A noite era invencioneira, às vezes. Despregou olho: havia era o latejo escuro, ninguém no redor ocupava lugar. Chegou a estimar que viessem os ladrões, caso comum, costumadamente. Temia o dia, que amanhecesse. Do furtivo aparecer mesmo do moço caçador sedutor Valvinos sentiu falta.

Doló, da porta, insultava-o, na manhã demais clara. Vestida de domingo, ela chamava desgraças.

Iô Bom levantou pé, coiceando o ar, ia cair da rede, se agarrou com as duas mãos. Sem querer, então, viu-lhe: a barriga, redondeada, desforme crescida, de cobra que comeu sapo. Isto entendeu — purgatórias horas.

Doló, doidivinda, arrancava agora melancias, rachava, mastigava-as, a grandes dentes, pelo queixo e sujando a boa roupa corria o caldo. O mundo se acabou. Careteava ela caretejos. Fez-lhe ouvir: — *Desejos meus!* — e aquilo ria, mostrava, gozosa, grossa se apalpava. — *Quem havera de direito casar com filha de doito pai?!* — ainda escarrou dos lados. Entrava em casa, a enrolar trouxa, ia-se embora, para vida.

Iô Bom andou, sem sustância para soluço, urinara na calça, aí panhou do chão e provou das despedaçadas frutas, não achou gosto.

Reboldra   221

Mas o mundo se acabava e ele persistia cuidando, melancia por melancia, nem lhe restasse amor outro, ouro do ouro, perfeitamente. Da Doló os gritos, pios dos passarinhos, o marulho, vez nenhuma ouvia, indesditoso surdo de todo, desperto.

Parava, pernas muito abertas, velho e só como Adão quando era completo, pisava bem o fundo pedregulhento do riacho.

Zoo
(*Jardin des Plantes*)

No "Vivarium": o fundido esparrame de um *lagarto*, crucificado na pedra, deslocando-se a cabeça para desoras de atenção.

★★★

O *caracol* se assoa, nariz adentro.

Tartarugas, nas lajes: estouvam-se remexendo-se, que nem ratos debaixo de cartolas.

★★★

A *rã* e o (impossível) *rão* — por hipótese? — se amam, também.

★★★

Uma *cascavel*, nas encolhas. Sua massa infame.

Crime: prenderam, na gaiola da cascavel, um ratinho branco. O pobrinho se comprime num dos cantos do alto da parede de tela, no lugar mais longe que pôde. Olha para fora, transido, arrepiado, não ousando choramingar. Periodicamente, treme. A cobra ainda dorme.

★★★

Camaleão, em trivial de cor: o couro de enormes pálpebras, e as pupilas. Seu ver é prestidigitação e ação, sustentadas copiosamente. Os olhos giram, cada um opera de seu lado — de lados muitíssimos. Não contemplam: apropriam-se de. Mas, nele, a volúvel pele tintorial e que é o espelho da alma.

★★★

O *arganaz*: um joão ratão, cor de urucum, que fica em pé, retaco e irritado, eriça os bigodes, gesticula. Aberta, de raiva, sua boquinha preta se arredonda, frige, atira perdigotos. É o rato-de-honras. Tem ombros, tem boa barba. Seria capaz de brigar com o resto do mundo.

★★★

Um pombo no ninho — como navio no mar.

★★★

A *toupeira:* Dona Talpa, bela talpa. Seu casarão bonitudo, peça peliça, veludagem. Cavadora, de enormes unhas, revira de lado as mãozinhas largas. Mal olhinhos. A treva terrânea conformou-a. Só entende do subsolo.

★★★

Perdoar a uma cascavel: exercício de santidade.

★★★

A *jaratataca* sulfídrica é um animalzinho seguro, digno de si, pundonoroso: fede quando quer, em legítima defesa.

★★★

(Saudades do sabiá: de seu canto furafruta, que espirra para todo lado.)

★★★

O *texugo* — mascarado telúrico, mete a cara em tudo. Brilha de gordo. Uma sua mãozinha se adianta, explora lugar para o focinho. Mas ele não a vê, ou dela desconfia. Não enxerga um palmo adiante do nariz: fareja-o.

★★★

A *raposa* regougã, bicho de sábia fome e sentidos.

★★★

Sem terra nem haste, como as borboletas.

★★★

Sapo de nádegas, sapo sem gestos.
Sapo, tua desboca. Tuas mãos de tocar tambor...

★★★

O *harfangue-das-neves* — invenção de coruja das regiões árcticas. Auroral, rirá nas madrugadas. É pedrês, mas em fundo de alvura: apenas se encostou na tinta recém-impressa.

★★★

A *irara:* bichinho para dormir no canto da nossa cama.

★★★

Silêncio tenso — como pausa de araponga.

★★★

Pela cascavel, por transparência, vê-se o pecado mortal.

★★★

O *muscardim* é o mesmo arganaz-ruivo-dos-pomares: ratinho *mignon*, cor de tangerina, que faz de um seixo o seu travesseiro.

★★★

A *cornélia* ou *gralha-corva:* curvada e lisamente eclesiástica. Quer gritar, crocaz. O preto de sua roupeta ora se irisa de roxo, cambia de catassol. Resbica-se.

★★★

Zoo (Jardin des Plantes)

O *saju* ou *sapaju*, um macaquinho, apenas: quiromantes podem ler-lhe a sorte, nas muitas linhas da mão.

★★★

O *Mangusto*, só a diminutivos. Eis: um coisinho, bibichinho ruivo, ratote, minusculim, que assoma por entre as finas grades a cabecinha triangularzinha. Mimo de azougue, todo pessoa e curiosidade, forte pingo de vida. Segura as grades, empunha-as, com os bracinhos para trás e o peito ostentado, num desabuso de prisioneiro veterano. Mas enfeitaram-lhe o pescoço com uma fitinha azul, que parece agradar-lhe mais que muitíssimo.

★★★

As grandes serpentes.

O *píton reticulado* — cobra-grade, cobra-rede — dos arrozais da Indochina: enrola-se na copa de uma árvore, deixando pender pesados segmentos; sacular, plena, saciforme.

O *píton de Sabá*: seu corpo — que abraça e obstringe, e é, em cada palmo, um instrumento de matar — guardou-o, novelo e nó, em redor da cabeça, a qual descansa, suavemente empinada, no ponto mais propício.

A *víbora-rinoceronte* do Gabão: todo esse seguir-se de colorido e enfeites termina em dois hediondos chifres sobre o focinho, que ela procura esconder, por entre pedaços de madeira podre.

★★★

Meu Deus, que pelo menos a morte do ratinho branco seja instantânea!

★★★

O voo dos pardais escreve palavras e risos.

★★★

O *toirão* — bichinho jaguanês, subintrante, compridinho, sinuoso, imitador da cobra, prestes a todo ágil movimento. Ainda que um mustelo — parente da zibelina, do arminho, do visom, da harda, do furão, da irara, da lontra, da fuinha, da doninha e da marta — chamam-lhe também, por seus maus costumes, *papalva fétida*.

★★★

Magno, murcho vespertilhão, quadrado na capa, capeta, com todo o tisne dos vampiros: é o *morcegão* de Madagáscar.

★★★

Os *jerbos*, casal — ratinhos mínimos cangurus — dormem abraçadinhos.

★★★

O *aligátor*, de gordos braçotes, dilata-se debaixo d'água, todo inchado, esponjoso, embebido, amolecido, incrustado de castanhas.

O *crocodilo* nilótico, também subaquático. Meninos atiram-lhe moedinhas. Leviatã raro cede mover-se. Seu destino era ser um deus. Seu rabo tem de ser enérgico.

★★★

Tenho de subornar um guarda, para que liberte o ratinho branco da jaula da cascavel. Talvez ainda não seja tarde.

★★★

O *feneque* é a raposinha do Saara, que come ameixas e pão molhado no leite, e pula por brinquedo; quase menor que seu par de orelhas; mas dando-se com amorosos olhos, meio menina e graciosíssima.

★★★

Há também o riso do crocodilo.

★★★

O sapo não fecha os olhos: guarda-os, reentrando-os na caixa da cabeça.
(Exercício, fora de ata… croto, frineu, frouxo, bufo, todo crapudo, o sapo Jaba.)

★★★

O *coelho*, só de estar quieto, ou inquieto, inspira longa misericórdia: a lã tremente de um coelho.

★★★

Mas, ainda que eu salve o ratinho branco, outro terá de morrer em seu lugar. E, deste outro, terei sido eu o culpado.

★★★

O *esquilo-voador*: o que há, é que ele apenas dorme, no oco de um pau.

★★★

Dona Doninha: "Dame Belette" dorme sozinha.

Além da amendoeira

Vai, vez, um fim de tarde, saía eu com o Sung, para nosso passeio, que era o de não querer ir longe nem perto, mas buscar o certo no incerto, a tão bom esmo. Só me esquece a data. Cumprindo-nos, também, conferir as amendoeiras.

Seria em março — as frutinhas do verde já boladas? Pode que em abril: as folhas birutas, com lustro sem murcho, dando ponto às sanguíneas e às amarelinhas de esmalte. Se em maio, aí que, por entre, frequentam e se beliscam um isto de borboletas, quase límpidas, e amadurecem as frutas, cheirando a pêssego e de que os morcegos são ávidos? Talvez em junho, que as drupas caídas machucam-se de ilegíveis roxos. Também julho, quando se colorem ainda mais as folhas, caducas, no enrolar-se, vistosas que nem as dos plátanos de Neuilly-sur-Seine ou de San Miniato al Monte, e as amêndoas no chão são tantas? Seja em agosto — despojadas. Ou em setembro, a desfolha espalhando nas calçadas amena sarapueira, em que feerem ainda árduos rubros. Sei não, sempre é tempo de amendoeira.

Mas, pois, descíamos rua nossa vizinha e simpática, eu a considerar na mudável imutabilidade das coisas, o Sung a puxar-me pela trela, quando, eis senão, passávamos rente a uma casa, inusual, tão colocada, suposta para recordar as da outra idade da gente, no Belorizonte. Dita que era uma aparição, conforme se ocultava, às escuras, o que dela se abrindo sendo só uma varanda de arco, perfeita para o escuro, e que se trazia de estórias — a casa na floresta, da feiticeira. Sob cujo efeito, sorte de adivinhamento, refiz-me fiel ao que, por onde ando, muito me aconselho: com um olho na via, o outro na poesia.

De de-dentro, porém, e reta para a varanda, pressentia-se tensa presença. Súbito, com elástico pé-ante-pé, alguém avançara de lá, a furto. Já de noite, às pardas, à primeira não se distinguia: sombra ou resumo de vulto. Se bem que entre luz e fusco o vulto avultasse, permanecendo, para espreita; apenas lobrigável, não visório. Até que por viva alma decifrei-o — ao bruxo de outras artes. Drummond. E só então deve de ter-me reconhecido. Ele morava, ali, à beira da amendoeira.

Além da amendoeira   229

Sabia-o adicto e professo nessa espécie de árvores, seu mestre de fala. Mas, a que se via que havia, entre calçada e varanda e o fementido asfalto, e que era o objeto que ele cocava, não passasse de uma varinha recém-fincada, simples débil caule, e por isso amparada, necessitando uma estaca de tutela. Drummond de tudo me instruiu, e de como não fora de mero recreio, agora, aquela sua tocaia. E, como eu não pudesse aceitar de entrar, que o Sung discordava, confabulamos mesmo assim, ele no âmbito de seu rincão, semilunar, eu à sombra futura da menos que amendoeira.

Era: que, no lugar, falhara uma, sucumbida ao azar ou aos anos, e ele arranjara que plantassem outro pé, no desfalcado. Mais de uma vez. Porque vinham os vadios e malinos, a criançada ingrata, e destruíam demais, sendo indispensável acautelá-la contra essa gente de ralo juízo ou de iníqua índole. Para o mister, Drummond já requerera a prestança de um guarda. Por enquanto, porém, velava-a ele mesmo, às horas, dali de seu promontório de Sagres.

Sendo que falávamos, um pouco sempiternamente, unidos pelo apropósito de tão estimável circunstância, isto é, da amendoeira-da-índia ou molucana, transplantada da Malásia ou de Sequimeca, quer dizer, árvore aventurada, e, pois, de praia e areia, de marinha e restinga, do Posto 6.

Elas pintam bem, têm outono. Dão-se com frente e perfil. Abrem-se a estórias e hamadríadas. Convêm, sem sombra de dúvida, com as beira-atlânticas cigarras. Despeito das folhas graúdas, compõem-se copas amabilíssimas, de donaire. Prezam-se de folhagem sempre a eldorar-se, em alegria e aquarela. E também ensinam acenos. São de sólita serventia.

Ultra que a amendoeira é a que melhor resiste aos ventos, mesmo os de mais rojo, sob o tiro de qualquer tufão ela sustenta o pairo. Nem se dizendo que seja uma árvore castigada. Sua forma se afez a isso, desde a fibra, e no engalhamento, forçoso flexível, e nos ramos que se entregam com eficaz contravontade. Se ao vendaval, as grandes amendoeiras se entornam, desgrenham, deploradoras, ele roda-as, rodopia-se, contra o céu, baço, baço. Mas há uma técnica nesse renhimento, decerto de aquisição milenar: no que temperam o quanto de sustentação de choque com a cessão esquiva ou o dobrar-se submisso, o volver os eixos para furtar-se ao abalo. E fingem a mímica convulsiva, como quando cada uma se estira, vai, volta, voa; isto, sim: a amendoeira procelária.

Bem, a nossa conversa não se copiando talvez precisamente esta, pode mesmo ser que falássemos de outras coisas; mas o substrato de silêncio, que insiste por detrás de todo palavreado. Só a fim de recordar. Eu com o Sung à tira, conforme ele já se estendera chato no chão, desistente. E Drummond de constantes olhos em seu fiozinho de amendoeira-infante. O amor é passo de contemplação; e é sempre causa.

Afinal, a vigilância da amendoeira se exerce indefinida, e volve-se sem intervalos sua desconfiança. Veja-se como responde, pendulativa, à aragem mais fina, só zéfiro. Toque o primeiro leve e ligeiro sopro, e já as folhas estremecem, apalpando o que haja, o tronco ensaia um balanço preventivo, os ramos a sacudir-se, diversamente, para o equilíbrio: e fazendo face. Nada apanha-as de surpresa. Fio, e me argumentei, que devem de trocar sinais entre si, e manter uma sempre de sentinela, contra o ar e o mar. Drummond concordaria comigo. Ou vice-versa, pois. Era uma célebre noite. E, se esmorecíamos, era pelos inadiáveis deveres do introvertimento.

Mas, de longe, ainda as amendoeiras, que mútuas são, e pertinentes. Isto é, Drummond não ficara sabendo que moro também entre elas, íntimas, de janela; no verão suas sombras comovem-se nas venezianas do quarto, conforme jogam, de manhã. Vejo uma, principalmente, a um tempo muda e loquaz. Ela faz oito anos. Digo: que ele morreu, uma noite fria, de um julho, ali debaixo dela o enterramos, muito, muito. Um gato. Apenas. Chamava-se *Tout-Petit*, e era só um gato, só um gato, um gato... Além. Ah, as amendoeiras. A de Drummond, amendoeirinha de mama, ainda sem nem sussurros. A minha, a quem, então, às vezes peço: — Cala, amendoeira...

Além da amendoeira

A senhora dos segredos

NÃO SEI SE CREIO EM QUIRO E CARTOMANTES; em astrólogos, sim, quase acredito. Pelo menos, duas vezes tive fé em *Frau* Heelst, dada e gabada então como horoscopista de Hitler.

Foi em Volksdorf, perto de Hamburgo. De auto, por entre muros, casas e árvores, chegava-se lá num pulo. E, como a consultas dessas em grupo vai-se melhor, éramos Ulrike Wah, Grétel Amklee, Lene Speierova, Ara e eu.

Custoso agora traduzi-las — Lena, Guida e Ulrica — as três teutas moças, tão longe deixadas, mas que, com a gente, aquela tarde, à gaia se atiravam a poder querer espiar tico de seus destinos. Ulrike, a bávara, solta, sem pausas; trigueira dinárica, se bem que de corpo subido e pernas longas, como os de uma nórdica. Grétel, sua prima, da Turíngia, simples loura, que vinha de achar o mar do amor, e redizia, em jeito de susto: — *Die Liebe ist das Element des Lebens!* E Lene, sudeta, estonta ruiva, de esquinados perverdes olhos, eslavos ossos do rosto, bonita, mas influindo logo azo inquietante e impreciso. Tais assim, ao menos, no tempo, na memória, em comitiva.

Frau Heelst recebeu-nos não profissional, com lisa benevolência. Era uma ampla senhora, lavada e enxugada, livre nas roupas, segura. Admirei--lhe as maneiras e sua ciência dos astros, que devia ser plena, a ponto de dar-lhe tanto desdém do ritual cabalístico. Tinha apenas perto de si um gato, amarelo, sentado, que trazia tudo para dentro de seus olhos e gerava no ambiente eletricidade e amoníaco.

Principiando por Grétel, *Frau* Heelst curvou-se no trabalho. Folheou tabelas, empregou lápis e compasso, traçou um círculo. Em concentração de matemático e não de vidente, foi formando números, trigonometria, signos. Ao cabo dos cálculos, voltou-se. E anunciou — tendências inatas, passado principal, futuro próximo — o que a Grétel tocava, segundo o céu antigo.

Grétel escutou-a, sem reagir, sem um pestanejo. Falou, enfim:

— Sinto, cara senhora, mas o explicado, até onde sei, a mim não pode aplicar-se, absolutamente não.

Frau Heelst não hesitou um til. Só:

— Assim, minha filha, as indicações que me deu devem ter sido de algum modo inexatas. Nasceu mesmo às 6 da manhã, e em 1915?

Rápida, foi Ulrike Wah quem apontou o erro: Grétel não era de Erfurt, como desatentamente dissera, mas nascida em Dar-as-Salaam, na África Oriental, de onde teria vindo menina. E latitude e longitude muito contam, nos assinalamentos siderais.

Frau Heelst amimou o gato. Com o mesmo composto afinco, retomou a tarefa, que não durou menos nem mais que da primeira mão. Muita coisa há, de se crer para ver: os novos resultados se disseram certos. Ouvindo que ia depressa casar-se, e ter quatro filhos, a confirmação de Grétel correu larga, agradecida:

— *Die Liebe ist das Element des Lebens!*

E veio então a vez de Lene Speierova, de Marienbad, na festa flor dos anos, vestida de escuro verde. Esperávamos.

Súbito, sim, mal começara a recolher-se, consultando as efemérides, *Frau* Heelst se desassestou. Apanhou-nos os olhos, com uma mirada em arco, e informou, um tanto desviadamente, que o estudo astral da moça punha-se mais difícil, se fechava confuso, destarte cansada, que preferia não prosseguir. Dava por atenuar-se nas palavras, traindo-a porém o sobrecenho, todo o tom.

Lene insistiu, um centímetro. *Frau* Heelst demorou, dona de si. Naturalmente, nós, em falsa meia-algazarra, tínhamos de dar-lhe apoio: que, sem dúvida, convinha adiar, em melhor hora voltávamos. Mas Lene teimou, por sete varas:

— Pelo amor do quê, *Frau* Heelst! Devo saber a minha sorte...

De mim a mim, tive que algum lance a picara, talvez o modo impetuoso de Ulrike, qualquer finta em seu olhar, ou a involuntária praga meridional: — *Himmelherrgottsakra!* — em que pensasse perceber um subtom de ironia. Porque as duas já vinham cruzando antipatia limpa, quase de tribo a tribo, inevitável, e que agora parecia afiar-se em pequenino ódio, dos mais hostis.

Daí, já *Frau* Heelst, cirúrgica, se decidira:

— *Ja, richtig...* — era a sina da outra, a seu querer; pegasse, pois, fel e mel, a obrigação do enfrento.

Mas, profunda é a malícia de uma maga, ou sua sabedoria: acrescentou que o estudo teria de ser adentro de portas, somente para Lene, e uma mais, testemunha; e, para nosso pasmo, escolheu Ulrike. Concordaram as duas, de brusco estreitas, uma e outra, na firmeza germânica.

Saímos, os outros, para a sala onde se fez por abrir honesta conversação sem cor, sobre o trem do tempo. Mas, de malguarda, nossa fala era apenas rumor, humano demais como o de pão mastigado, e cada um bebia sua sombria curiosidade, como um vinho frio.

Revieram: viu-se Lene em choro, trazia-a Ulrike, abraçadas, choravam juntas.

— Terrível!... Terrível... — foi a revelação única que Ulrike nos passou, num sussurro.

E, no entanto, no rosto de *Frau* Heelst, à porta, só líamos brandura e seriedade, e nada a não ser pura bondade em seus olhos azuis.

★★★

Mas minha segunda ida a Volksdorf se deu só em meados de junho, e portanto depois quase de ano, quando o Dr. Goebbels andava visitando Dantzig, e eu tinha para *Frau* Heelst uma pergunta pronta:

— Haverá guerra?

— *Ach, nee...* De modo nenhum. Sossegado esteja.

A resposta era a resposta. Mas não a previra eu em jeito tão claro.

O gato estava lá, dentro do círculo de sua cauda. Os olhos mencionavam os de Lene, outro vestido de Lene, de quem me faltavam notícias, a não ser que estava noiva de um sujeito de má fama, e por isso em luta com a mãe, que ela queria dar como louca e interdita. Eu ali, afinal, não passava de um estrangeiro, e os tempos eram perigosos. *Frau* Heelst serviu-me chá.

Triviando conversa, pedi para saber como seria investigável astrologicamente aquele assunto, de paz ou guerra neste mundo sublunar; e ela grau em grau se descerrou, visto que o terreno da ciência é o da sã comunicação lata.

Sim, podia-se tirar o gráfico do destino de um país, dum regime, desde que conhecida a data de seu começo. Para o III Reich, por dizer...

— E por que não recorrer aos horóscopos dos rapazes em idade militar?

— Oh, não, não, não... — e *Frau* Heelst riu arredondado. — Esses não vêm aqui...

Isso por isso, não a não, sim a sim, fomos falando, entreponto, das coisas guardadas, sobreestranhas, servas do fausto e do funesto. Quem sabe, valeria preparar, *in abstracto,* horoscópios virtuais, boa cópia deles... Com as estatísticas,

A senhora dos segredos

globalmente, dos nascimentos nas diversas partes do país... Talvez já pairasse, sobre centenas de milhares de vidas, o influxo ominoso de Marte.

Mas, para o fim, *Frau* Heelst dissuadiu-me de especular naquilo, pois guerra não iria haver, pelo menos a guerra em grandes dimensões. Declarava-o com afã prudente, e mesmo demonstrativa, patriótica. Foi quase afetuosa a nossa despedida.

Tanto, que passei a lembrá-la — grande loura, à banca de seu ofício, na trípode, dobrada sobre os altos arcanos. Assim como recordei Ulrike Wah, alegre elástica, seus movimentos de onça abstinente. Ou Grétel Amklee, a densa inocência; e Lene Speierova, brasas na cabeça, revirante cabelo. Relembrei-a, vez menos, vez mais, por todo o junho, julho, agosto.

Teria para a rememorar, para diante.

Mas, justo no dia, estava eu pensando outras coisas, aquela manhã precisamente, quando de Volksdorf me chamaram ao telefone. *Frau* Heelst, travada, aflita. Falou, falou, frases, urgente, desajuntava-as:

...Se lhe seria consentido emigrar, para o Brasil, para a América, qualquer canto e cidade nossa, onde ganhar seu sustento...

Se podia vir ver-me, combinar o quê, pronto receber os papéis, partir...

Não, não era mais possível. Nada deixavam os astros. Doze dias depois, começava a guerra.

Homem, intentada viagem

Por exemplo: José Osvaldo.

O qual foi um brasileiro, a-histórico e desvalido, nas épocas de 39 ou 38, a perambular pela Europa para-a-guerra, híspida de espaventos. Veio a Hamburgo. Trazia-o uma comunicação do nosso Cônsul em Viena: *"Não tem passaporte nem título de identidade e diz já ter sido repatriado duas vezes por esse Consulado-Geral. Deve haver aí algum papel, que o refira."*

E como de feito: achado que, pela terceira vez, no pouco de três anos, revia-se aqui, na estrangeiria e na máxima lástima, contando com que de novo o mandássemos para casa. Veterano, de disparatada veterância, coisa tão dessemelhada. Ele era corado, baixo, iria nos trinta anos. O bem-encarado, bem-avindo, sem semblante de bobático, sem sentir-se de sua situação, antes todo feito para imperturbar-se. Cumpria-se em serenidade fresca, expedindo uma paz, muito coada, propríssima. A uns, pareceu-nos algo nortista, a outros um tanto mineiro; bem alguma espécie. Nisso, e mais, por enquanto, não falava. Fora-se-lhe o último *pfennig,* do que Moreira da Silva em Viena lhe ministrara, no bolso nem tusta. Levava porém roupa asseada e não amarrotada inexplicadamente, e até com no peito uma flor, dessas de si semi-secas, sempre--viva. Assim bem-trapilho, um rico diabo. Mas, lil, lilil, pelo Evangelho, quase lilial que nem os lírios do campo, jovializava.

Tinha-se, em autoridade consular, de chefiar-lhe a ida, na sexta-feira, pelo navio da linha regular da Hamburg-Süd, que partia para o Brasil, gozando da "regalia de paquete" e, então, com a regra de conduzir repatriados. Era só requisitar-se a passagem. Estávamos, porém, em começo de semana, tendo o José Osvaldo de esperar os quatro dias. Com quantia mínima que recebeu, para comida e cama em albergue, deu-se por socorrido magnificamente. Ele em enleio de problemas não se retardava.

Nesse tempo, não deixou de vir passá-lo, o inteiro possível, no Consulado — de abertura a fechamento — bem se dava a ver um viajante desprovido de curiosidade. Comparecia, sentado no banco, no compartimento do público, junto ao balcão que separava a sala-grande, onde os Auxiliares trabalhavam. Olhava-os, quieto, brejeiro às vezes, com sorrisos seriosos. Falava língua nenhuma, jejuava em tudo. Seu fluido, neutro, não incomodava. Frequentava ali, como se, em lugar do interior, em porta de farmácia: o aspecto e atitude desmentindo as linhas tortas de seu procedimento. Não seria louco, a não ser da básica e normal doideira humana, a metafisicamente dita. Valeria, sim, saber-se o grau virtual de sua aloprabilidade. A gente nem tem ideia de como, por debaixo dos enredos da vida, talvez se esteja é somente e sempre buscando conseguir-se no sulco pessoal do próprio destino, que é naturalmente encoberto; e, se acaso, por breve trecho e a-de-leve, se entremostra, então aturde, por parecer gratuito absurdo e sem-razão. Convém ver. Só raros casos puros, aliás, abrem-nos aqui um pouco os olhos.

Notavelmente, o de Zé Osvaldo. Não é dizer fosse um raso vezeiro vagamundo, por ânimo de vadiação e hábito de irrealidade, atreito às formas da aventura. Outra a sua famigeração e círculo de motivos: sujeito a um rumo incondicional, à aproximação de outro tempo, projeto de vastidão, e mais que se pense; propósito de natureza — a crer-se em sua palavra. E o saberia? Sem efeito, que é que a gente conhece, de si mesmo, em verdade? Nem pretendia explicar-se, certo a certo, em quando respondia a umas perguntas, ali, observado entre lente e lâmina, sentado no banco, no faz-nada. Comum como uma terça-feira, otimista como um pau de cerca, risonho como um boi no Egito, indefeso como um pingo d'água sozinho, desmemoriado como um espelho. Dava trabalho, retrilhar-lhe as pegadas.

Sua cidade, o Rio. Não tinha ninguém. Tinha aquilo, que lhe vinha repetidamente sempre, tântalas vezes: a necessidade de partir e longinquir, se exportar, exairar-se, sem escopo, à lontania, às penúltimas plagas. Apenas não a simples veleidade de fugir ao normal, à lengalenga lógica, para espraiar cuidados, uma maneira prática de quimerizar. Mas, o que se mostrava a princípio exigência pacífica, ia-se tornando energia enorme de direção, futurativa, distanciânsia — a fome espacial dos sufocados. Então, se metia num navio, fizera já assim em quantas ocasiões. Voltara toda-a-vida à Europa: fora repatriado em Hamburgo, Trieste, Helsinque, Bordéus e Antuérpia. Ia-se, ao grande léu, como os tantos outros de sua abstrata raça, em íntimo intimados a seguir derrota, ignorantes de seu clandestino.

Por começo, engajara-se sem formalidades em vapores gregos ou panamenhos, como trabalhador de bordo, viajava de forasta. Mas era um ser pegado com a terra, no enxuto, não-marinheiro, nem tinha tatuagem. Pojavam em longe porto, ele se escapava. Agora, por último, nem mais se alistava: subintrava-se a bordo, sorrelfo às ocultas, com justeza matemática, sem isso nem isso, quer-se o que se quer, penetrava. O mar era-lhe apenas o meio de trajeção, seu instrumento incerto, distância que palpita. O mar, que faz lonjura. Ele era sempre da outra margem.

De suas artes em terra, não se tirariam marábulas, matéria de contos arábicos. Só — a licença aberta, a abstância e percorrência, o girogirar, o vagar a ver. Sempre a outros ultras, perléguas: itivo e latitudinário, paraginoso, na mal-entendida viagem, todo através-de. Até o desvaler-se de vez e miserar-se, e pôr ponto. Aí, caía num Consulado, socorria-se de seguridade, davam-lhe a repatriação.

Vago, vivo Zé Osvaldo, entre que confusas, em-sombras forças mediava, severas causas? Contou-nos os sucessivos episódios do que se lhe dera, de ingentes turlupinadas e estradas, desta vinda e feita.

Descido em Gênova, fora-se adentro, como sempre, trotamundo e alheio. Apanhou-o a polícia italiana. Mas não sabiam com ele o que resolver, a falta de documentos empalhando qualquer processo de expulsão. Deram-no à guarda da fronteira, que o levou, de noite, à beirada da Iugoslávia, e traspassaram-no para lá, de sorrate — subterfugido. Parece que o costume era obrarem às vezes desse jeito, naquelas partes. Porque, depois, os da polícia iugoslava fizeram-no para o lado-de-lá húngaro, também de noite e escondidamente, sob carabinas. Pego pelos húngaros, contrabandearam-no de novo para a Iugoslávia. Idem, os iugoslavos abalançando-o outra vez para a Hungria. E os húngaros, afinal, para a Áustria. Mas, por aí, já ele se aborrecera de tanto ser revirado transfronteiras. Antes que outros saíssem-lhe por diante para apajeá-lo, tratou de enviar-se a Viena, como pôde.

Simples gracejo, perguntamo-lhe: por que não tentava pôr por obra, aqui, sua arte de astuto, introduzindo-se à socapa num dos navios surtos no porto, a zarpar para o Rio? Seja por brio de esportividade, ou fosse por concordância ingênua, isso o botou influído. Por todo o dia, desapareceu. Mas, quando voltou, no seguinte, foi para confessar seu malogro, com igual sossego. Estivera no porto, no ver a ver. Achara navio a valer, mais de um. Mas o esforço não provou bem, a vigilância ali era um a-fio.

Segue-se que enfim partiu, na sexta. Sumária foi sua expedição. Não tinha bagagem, nem mesmo pacotilha. Sumiu-se, liso e recontente, o sorriso sem defeito, na lapela a sempre-viva. Ninguém se lembrou de dar-lhe algum dinheiro, só se pensou nisso tarde, já despachado o navio; com o atropelo de

Homem, intentada viagem   239

divertimentos e trabalhos, a gente não só negligencia, mas mesmo negligeia e neglige. Agora, já se estaria longe, navegantibundo, a descer o Elba, a entrar do Mar do Norte.

Mas, na outra manhã, cobrava-nos a Hamburg-Süd a importância de dez marcos, a ele favorecidos contra recibo tosco a lápis, e em termos de "esta requisição". O desenvolvido Zeosvaldo, capaz e calmo, sabendo fazer de si, servidamente! E não ia voltar — como o entanto, o vento, a ave?

Sim que, anos depois, realmente retornou à Europa, não lhe puderam tolher a empresa. De novo, também, foi repatriado, para a epilogação. O nada acontece muitas vezes. Assim — na entrada da Guanabara — sabe-se que ele se atirou de bordo; perturbado? Acabou por começar. Isto é, rematou em nem-que-quando, zeosvaldo, mar abaixo, na caudalosa morte. Só morreu, com as coisas todas que não soubesse.

Inconseguiu-se?

240 *João Guimarães Rosa*

Ainda coisas da poesia

Outro anagramático é ROMAGUARI SÃES, *o "embevecido", escondedor de poemas. No grupo, é considerado como um tanto diferente. Tem outra música. Tem um amor mais leve, originário, avançado. Disse, uma vez, em entrevista, que a poesia devia ser um meio de* "restituir o mundo ao seu estado de fluidez, anterior, exempta". *Aprovam-no?*

Marjolininha

(*Bailía*)

> Ai de mim —
> te vejo…
> esmolinha que me dás:
> uma aurora
> e um
> seixo;[1]
> e quanto digas
> quanto faças
> quanto és
> — Princesa! —
> como ruidoso[2] é o mundo
> e redondo[3] o mar.
>
> As estrelas são[4] boizinhos
> que de dia vão[5] pastar.

---

[1] Variantes: *aceno; signo.*

[2] Variante: *idoso.*

[3] Variante: *irredondo.*

[4] Variante: *vão.*

[5] Variante: *são.*

Carinhos me deste;
de ti vou dizer:
maria me maria
quero teu pensar
quero teu celeste
quero teu terrestre
quero teu viver.

Onde, onde, onde
estás?

Vou medir teus gestos
vou saber teus passos
maria do centro
maria do sempre
maria do amar:

em ti quero estar.

Cândida

(Marjolininha)

Candinha sonha comigo
no sonho sou seu amigo.

Eu que nunca vi Candinha
Reconheço-a na poesia.

Sonho que Candinha dorme
sonho que Candinha sonha

neste mundo certo e enorme
nesta vida não tristonha.

Candinha sonha um abrigo
no futuro — no conforme.

Que da simples alegria
o seu sonho se componha.

Candinha? Um sonho se sonha.

Presença e perfil da moça de chapeuzinho cônico

Em primeiro lugar
ela não está presente;
vizinha de mim
indefinidamente.

Tudo o mais, isto sim,
ela representa:
representa o fim
de qualquer começo.

(Do chapéu, não me esqueço.)

Seu perfil repensa
um outro pensamento.

(A moça pousada
no meu pensamento.)

Repetindo o inédito
ela se representa.

Marjolininha (9ª)

Correi, meninas, que o prado
pede vosso bailado.

Bailai, meninas,
eis, sim, que o prado
sempre é um chamado
por vós outras — flores,
pés multicores:
— o amor desejado
o alado.
Ide.

Voai, meninas,
o amor vos pede.

Sabei que os verdes do prado
só estão fugindo.
Sabei, oh flores, meninas.
Correi.

Se as flores do prado só estão fingindo,
é o amor esperado que já vem vindo.

Bailai, meninas.

Fantasmas dos vivos

O QUE TRATO, FORA O TÍTULO, não tem relação com o estudo de Gurney, Myers & Podmore. Ocorreu apenas que, ontem, eu não obtendo dormir e estando em passo de menos saúde, e uivando-me às paredes um vento abissal, que restituía meu espírito ancestralmente ao oceano, entrei a pensar, do modo mais ininquieto que podia, na vulta pessoa do meu amigo Marduque, com quem estes dias tenho conversado, sempre que evitá-lo não consigo.

Sei ao que me exponho, se assim começo, dando-me por desleal ou deslavado. O caso é que sou amigo de Marduque. Julgar, seja a quem for, é sempre péssimo; pepérrimo, então, julgar um amigo. Mas mesmo por isso é que preciso de de sua figura esquivar-me. Pronto me explico; isto é, sigam-me. O assunto não é de prólogo, mas de epílogo.

Antes de antes, direi que já me tinham vindo análogas experiências.

Respeito a Nulano, por exemplo, perto de quem tive de viver, há algum tempo. Pois Nulano, que merecia assaz, homem exemplarmente às perfeitas, nele havia, por detrás de tudo, sei lá onde, alguma coisa que irradiava, hostil e repulsiva. Não atino como a captei, mas senti-a logo. Uma *coisa* negra. Não o negror celerado, mas o negrume sinistro. Sua honesta presença me assustava. *Sobretudo era preciso não pensar nele.* Outro-modo, porém, me acusava eu de injusto e fantasioso. E só pude tornar a bom sossego com os meus anjos no dia em que se deu a triangulação comprovadora. Isto quando Quetrano, conhecendo Nulano apenas de meia-hora, sem mais, disse-me: — "Nesse homem há qualquer coisa que cheira a casa com cadáver… Ele espalha um frio…"

Valha que para com o meu amigo Marduque o travo é outro, jamais se viu atra tarja em seu espectro anímico. Bem moço e aposto, ninguém o desfaz de pessoa cabibilíssima. Nem ser seu amigo pesa em demasia.

Mas, já uma vez, de início, faz épocas, quando ele me falava excelente de coisas excelentes, conforme praticam as criaturas, eis comecei a só perceber, sob forma de impacto, um seu intimíssimo tumulto, muito incômodo. Assim não ignoro que, modo mais leve, o fenômeno seja quase geral. "Ninguém engana ninguém" — admito. E penso que Emerson foi quem observou: "O que Você é grita tanto, que não me deixa escutar o que Você diz..." Mas certo vem que dali saí com Marduque um tanto transversalmente.

Ponderei-me tudo não passasse de impressão equivocada, maus olhos meus ou desfigado, volúveis vagas circunstâncias. Surge, porém, que, sem ceitil de desestimá-lo, comecei a sentir a *urgente e defensiva precisão de não pensar nele*. Quando digo pensar, digo o pensamento por imagem, visualização, essa espécie nossa de cinematográfica lembrança, já perceberam. Pois — ora círculos! — tratando-se de um amigo, seria operação decente desligar assim o seu retrato, bani-lo em efígie tão sumariamente? Não, decerto não — disse--me, disse. E, solução intermédia, acudiu-me então: poder *pensar* Marduque, mas... Marduque com um turbante na cabeça...

Falta-me saber donde me veio tal ideia, já que é de fora que as ideias nos vêm. Mas o turbante, ora amarelo, ora branco, e de muito pano, logo se completou: com uma roupagem bíblica, a revestir Marduque. Juro que nunca o vira em traje mais assentado; era a sua adequada indumentária. Perdera a absconsa temibilidade, e estava em meu poder mantê-lo prisioneiro, o tempo que necessário fosse, assim mascarado, ou melhor, desmascarado, como personagem de sinédrio ou coruscante fariseu. Ri-me, mil. E disso, por diante, tirei remédio. A cada vez que pressentia, em presença ou à distância, aquele seu oculto sacolejar sulfúrico, bastava-me impor-lhe o turbante. Ele de nada desconfiava, e desse modo pude sustentar ilesa a nossa amizade, por tantos anos. Mas ajeitei-lhe coifa, muitíssimas, muitas vezes, tocando-o, e chegando a desenvolver razoável a técnica de turbantizar.

Mas irrompeu que, há cerca de semana, meu amigo Magnomuscário foi apresentado a meu amigo Marduque. Meu amigo Magnomuscário para bem compreendido, saiba-se que ele é uma espécie de iogue swedenborguiano, gente que tudo muito vê, transvê, não se deixando ilusionar pela grossa aparência do nosso mundo objetivado.

Cruz, bem, Magnomuscário, que, até ao momento, de Marduque tudo ignorava, revelou-me, logo seja, que vezes raras, haveria encontrado caso tão instrutivo. Mais não querendo explicar-me, porquanto os de sua filosofia ou seita costumam viver *"sub rosa"* — como diziam os romanos, a rosa símbolo da secretividade absoluta. Apenas, e como eu muito insistisse, acrescentou, com gesto de apalpar melão ou abóbora:

— "...como Caifaz... Podia usar um turbante..."

Vai, calculem meu choque, o soturno estarrecimento em que me debato té hoje. Três vezes, depois, estive com Marduque, e agora, o que é descrível, noto que desconfia de mim, de maneira recrescente. Qualquer olho, dele, do fundo, me espreita. E alcança ler um tanto dos meus defesos pensamentos. Tive luz disso, por último, ao tentar repor-lhe a cobertura: subitamente inquieto, ficou a passar mão pela cabeça. É uma agonia. Preciso de me distanciar de Marduque, fugir dele. Ou escrever, pedindo urgente conselho, a Magno-muscário, que mora longe, no interior do exterior, com seu expeditório de profundaltíssimas ciências.

Nascimento

"DEMORA TANTO, DE NATAL A NATAL"... — queixava-se uma velhinha, das do Asilo, durante a festividade. Ainda pior, nesse prazo entremeavam-se os meses do tempo-de-frio, que amedrontam, assim como o vir de calores em excesso. Muitos dos recolhidos não podiam esperar dezembro, partiam para além, davam a alma. Todos lá não passavam de tênues sobreviventes, penduradinhos por um nada, apagáveis a qualquer sopro. — *"A Sra. então não podia fazer por ano dois Natais?"* — pois, queria aquela, conversadamente. Tinha de perguntar, já já, agora, que senão logo lhe esquecesse propor a ingente providência.

Simples se repetia a festa, voto de caridade, para dar maior realce a Deus; e uma demão de sonho. Aos resguardados hóspedes, reanimava com a expectação, o Natal sendo o que tocava a junto tempo a todos, o Natal era o que mais acontecia.

Tinham galinha ao almoço, divertido e aumentado; lembrava-lhes comer carne de porco, mas que fora em definitivo revogada, pois devido a que as enfermarias se enchiam, enquanto diversos iam para a extrema-unção e o enterro. Provavam sobremesas gostosas, abriam-se para eles garrafas de refrescos. Alguns permaneciam meio encolhidos, no receio de molharem as roupas. Ou calavam quantas habituais dores, nos quadris e entrecostelas, nas pernas: quando alto respondiam, ásperos, seria aproveitando correto modo de desabafo, substituição do gemer. Vários se tapavam também de surdez, em vários graus.

Por esses motivos, e mais os demais, adivinháveis, pronto se agastavam, contestando e implicando, não era próprio da idade fornecê-los de simpatia humana, antes uma reima de desgosto essencial, em função de acrimônia. Desconfiavam-se reciprocamente. Também ideado não honrassem o fato da Natividade, culminador, aqui e, trans os séculos, em longes país e tempo. Apenas abençoavam, como a um risonho brinquedo, o Menino Jesus. Mesmo das antigas pessoas conhecidas e amadas, por certo só lhes restassem, infusas na memória, as silhuetas mais longas.

Mas aguardavam as dádivas. Tudo então parecia invento.

Armava-se no meio do salão-grande um estrado, onde ficava a Diretora, mais outras pessoas de fora, mocinhas e moças que operavam a distribuição; as que vinham lá com gentil benevolência e coração de esquentar invernos. Nas cadeiras, por filas, os velhos e velhas jubilados sentavam-se, em volta. Tão passados, alguns, que com infinito cuidado tinham de ser colocados nos respectivos assentos.

Até macróbios casais, pares para bodas de brilhantes. *"Minha boa Irmã..."* — um velhote pedia, mansamente irado — *"...mande minha mulher me dar atenção, ela está só conversando com esse aí outro sujeito..."* — e ainda proferia que nem por muito parava caduco, e que era o marido dela, por ordem de Deus. Mas sua velhota sorrindo justificou-se, não o desamparava, apenas a cadeira é que ficara meio entortada para lá, ela não podia dar jeito. A irmã corrigiu-lhe a posição, voltou-a mesmo um pouco para o lado conjugal, a velhinha era anacrônica boneca, móvel assim, obedientemente.

Era decerto uma feita misturada assembleia, onde brancos e escuros, o de dizível família e o rústico ou gentuço, o antes remediado e o que pobrezinho sempre, da miséria cristã. Igualavam-se, porém, em gelhas, cãs, murchidão, agruras, como se a velhice tivesse sua própria descor, um odor, uma semelhança: sagradas as feições pela fadiga e gasto, vida cumprida.

Enfim palpitavam de insofrimento, querendo: as trêmulas mãos paralelas — no apanhar seu regalo — cada um com esperançazinha de que diferente e melhor que os outros, festejavam-se-lhes os olhos. Os presentes de pequena valia, sabonetes, espelhos miúdos, qualquer tutaméia ou til, embrulhados em lenços grandes, dos que são uso de velhos, de que as velhinhas gostam.

— *"O meu, o meu?!"* — indagava a já ceguinha nublada, do lenço-grande que Papai Noel e o Menino Jesus lhe estavam dando. Seu gosto era por um amarelo, com pintinhas vermelhas — atendia a que recordações?

Exultando outra: — *"E é uma menina, meu Deus! é uma menininha loura, que vem me entregar o mimo..."* — frequentava com fadas.

Soavam antiquados risos, todos reenriquecidos, então, e assim, passeava-se o adejo do Natal, entre bandeirinhas jucundas, idosas, em avenidas de flinflas flores.

A cerimônia terminada, se deu fé de uma coisa, sua notícia perpassou pelas sutis vividas criaturas, algo a chamejar-lhes a atenção. Era a respeito de

250   *João Guimarães Rosa*

uma, tão desditosinha anciã, que, pouco antes — logo na santificada data de regozijos, naquela hora, esperada o ano inteiro — não escolhera para grave adoecer.

Soube-se, ela estava em sua cama, reperdida dos sentidos, extremamente só. Talvez com apenas uns minutos creditados, podia retombar toda para o lado de lá, a qualquer momento. Tinham deixado seu presente, seu lenço, ali à beira, a ver se ela voltaria a si, nem que por intervalo, para o ver, apalpar e apreciar.

Oh, isso logo passava a fazer parte do Natal, isso era o que era preciso! Aquela pousava como num berço, quietalma, era mesmo, estava pronta para o milagre, um milagrinho, prodígios.

Alvoroçavam-se, queriam ir todas e todos para lá, andando por si ou carregados, cá fora se ajuntavam, cochichavam, comentavam, simulânimes, com tenaz graça; se os deixassem entupiam o pequeno quarto. Se bem que sem nenhum descuido se agarrassem com seus enrolados presentes, só por ora se distraíam deles.

Era um equilíbrio, se abriam ao que pintado maior em todas as estampas, tlintassem sinos, noel, natal, o presépio se alumiasse, tinidamente.

Sim — que a velhinha, dormedormindo, fugazmente despertasse, o necessário instante, lúcida entre duas mortes, isto é, que pudesse receber seu regalo e dom, antes de continuar.

Nascimento 251

Cartas na mesa

Toda vida humana é destino em estado impuro. A mulher de novo baralhou e foi compondo na toalha, lâmina a lâmina, os 22 arcanos do Taro — dito o livro revelador, de páginas soltas, que os ciganos trouxeram do Egito. A estrela, o imperador, a roda-da-fortuna, o diabo, por exemplo. — *"Não entendo, não percebo"* — rugiu, e juntou as mãos, grossas curtas, bem brancas: o consultante observando-a com as de aluno. — *"Salve-me, mas depressa. Acho que vou crer na senhora."* Ele respirou, boca aberta, espírito aspérrimo. Endireitou-se a cartomante; um pouco impressionava, quando cerrados os olhos de ave noturna, o epsilone do nariz e sobrancelhas. — *"Ao senhor, não engano…"* Mais amadora que charlatã. — *"A predição é dom, não ciência ou arte. Vem quando vem. A hora não é boa…"*

— *"Sei. Segue-me um homem armado, doido de ciúme e ódio. Decerto me viu entrar e espera lá fora."* — *"Um marido?"* Madame de Syaïs outra vez misturava as cartas, mais digna, menos ágil. — *"Verei. Distraia-se do assunto. Concentremo-nos."* Ele quis, agora era quem guardava os olhos; soletrava-lhe confiança a voz, impessoal humaníssima. — *"Deus nos dê luz…"* Virou o bobo, o mago, o enforcado, a lua, a torre e a temperança. — *"As figuras desdizem-se! nada acusam…"* — ela mesma se agastava. — *"Tudo, mal para saber o futuro imediato… maluco ou sinistro"* — ele se forçava a rir, não trazendo à testa os punhos, um instante sucumbido. A morte, o sol, o dia-de-juízo. A mulher também mordeu beiço, de pena e brio. — *"Com o baralho comum, não as do tarô, quem sabe… Vale é o intuir, as cartas são só para deter a atenção."* O moço aprontou-se a ver. Tão logo a tentativa desnorteava-se. Espiavam nos naipes sutil indecifrar-se: de como por detrás do dia de hoje estão juntos o ontem e o amanhã. A adivinhã cruzou os braços.

Descruzando as pernas: — *"A gente vive é escrevendo alguma bobagem em morse?"* — Ladal levantou-se. — *"Vou procurá-lo! Talvez eu nem me defenda…"* — toou o que disse, com imperfeita altivez. Mirou-o a mulher desfechadamente: — *"O senhor pede presságio ou conselho? E acerta. Sempre o que importa é viver o minuto legítimo."* Tornava a mexer as cartas coloridas. — *"Nem tanto, Madame, nem tanto…"* — escarniu-se. Mas esperou. Seu rosto parecia mais uma fotografia. — *"Detesta esse homem?"* — *"Não."* — *"Não o enfrente"* — com vigor e veludo. A magia — o carro, a justiça, a grã-sacerdotisa. — *"Teme?"* A tentação — sendo o amor; o mundo, a força, o hierofante. — *"Sua mente abrange previsões e lembranças, que roçam a consciência. Prefere não agir: evita novos efeitos, pior carma."* Ele nem teve de sorrir, depois de meneios com a cabeça. — *"Seu destino já se separa do outro. A isso, sem saber, ele reage, estouvado, irrompente aproximando-se."* A sabedoria — o eremita. A imperatriz, que pinta a natureza. — *"Algo pode ainda obvir, o mau saldo..."* Ostentadas as íris claras. — *"Fique. O tempo vale, ganhe-o. O tempo faz. O tempo é um dogma..."* Ladal curvou-se. — *"Tomo seu moscatel, não sua filosofia. Sou um néscio."* Meio mais tranquilo.

Ele falava (*ela respondendo*): Aconteço-e-faço? (*Reze.*) Que jeito? (*Pare de pensar em seu problema — e pense em Deus, invés.*) E lá creio? (*Não é preciso.*) Sem treino nem técnica? (*Deus é que age. Dê a ele lugar, apenas. Saia do caminho.*) Como? (*Não forme nenhuma imagem. Tome-se numa paz, por exemplo, alegria, amor — um mar — etcétera. Deus é indelineável.*) Teoria? Court de Gébelin? Etteilla? Em que grimório ou alfarrábio? (*Emmet Fox. Experimente. Um livrinho de seis páginas.*) Renega a cabala então, o ofício de profetisa? (*A qualquer giro, a sina é mutável. Deus: a grande abertura, causa instantânea. Desvenda-se nas cartas a probabilidade mais próxima, somente. Respira-se é milagre.*) E ele, o outro? É justo? Deus deve ser neutro... (*A ativa neutralidade. Reze, ajudando o outro, não menos. O efeito é indivisível. Tem cada um sua raia própria de responsabilidade. Também o outro é indelineável.*) Os termos contrastantes... (*Deus — repito, repito, repito! Não pense em nada.*) Deram uma única interjeição — trementemente:

Tinia a campainha, da entrada. — *"Quem for, esperará, na ante-sala..."* Não entreolhavam-se os dois, em titubeio, não unânimes, nos rostos o enxame de expressões. Caluda, já Madame de Syaïs ia colher, à porta do corredor, o cochicho de aviso da criada. Desapontadamente — devia, sim, de ser o outro, de atabalhoo, dando naquele contra-espaço.

— *"Nada tem a fadar-me. Não há mais o tempo. Há é o fato!"* — e Ladal elevava o copo, feito brinde. Ela ergueu mão: seu cheio feixe de dedos. — *"Não. O tempo é o triz, a curva do acrobata, futuro aberto, o símbolo máximo: o ponto. No invisível do céu é que o mar corre para os rios... Nunca há fatos."* Saída alguma, de escape. Não onde esconder-se. Nem chamar polícia. Tortamente oposto, a três passos, preso, passearia o outro sua carga de amargo. — *"Talvez pense que a*

254   *João Guimarães Rosa*

mulher se encontre aqui…" — *"Ou vem à consulta, simplesmente…"* — *"O nome é Mallam, Dr. Mallam…"* — *"Vale que seu seja, de Syaïs, Râ-na-Maga ou Ranamaga?"*

Era nem equilíbrio, pingo por pingo, d'ora-agora, o escoar-se. O transprazo. Subiam em si, não ouviam, não viam. Da parede o relógio debruçava-se para bater.

E: oh. O estampido, tiro, na saleta, de evidência dramática. Cá, os dois paravam, sem respiro, não unidos personagens sem cena. Ladal fez maquinal recuo. Madame de Syaïs emaçou ainda as cartas espalhadas. Um deles então abriu a porta.

Ali dera-se o dar-se-á — remorsivo — visão de tempos não passados. Tombado no chão, mais o revólver, amarrotava-se morto o outro, o peito em rubro e chamusco — que nem o mago, o diabo, o bobo — ele mesmo por si rejeitara-se, irresolvidamente, sem fim, de história e trapalhada. Quase o choravam, em atitude insuficiente.

Cartas na mesa

Zoo
(*Parc Zoologique du Bois de Vincennes*)

TABULETAS REFLEXIVAS:
"Não dar pão aos leões!"
"Não dar nada aos chimpanzés e às girafas!"
"Não dar espelhos aos macacos!"

★★★

O iaque é um boi raso, com cortinados.
Camelo: cuja cara é de esnobe.
Com uma zebra de verdade, é possível discutir-se.
Ver a nímia maciez com que um *cabrito* bebe.

★★★

O que há, é que as *focas* são carecas.

As focas nadam — subnadam, sob andar d'água — retas, às vezes ressupinas, vão rolando corpo, rotam-se, lateralmente, em torno de longo eixo, e translam: golpeiam se apressando. Sarapintam-se de vitiligo ou de sinais de queimaduras.

As otárias sotonadam, também, deitadas de lado. São ainda mais céleres. Se saem da piscina, é para comer peixes, que o homem lhes traz, de balde cheio. Aparam, abocam, e se saracoteiam, pedindo mais. Saltam, depois, para se festejar na água, lustrosas, brônzeas. Se o sol se hospeda nelas: mãos de sol, medindo-lhes os corpos.

★★★

Dromedário: ser piramidal.
Elefante: a tromba é capaz de tudo, até do torcer de mãos do desespero.

O macaco é social demais, para poder valer.

E diz-me a girafa: — Este sujeito, aí, não existe...

★★★

Na *fauverie*, as feras enjauladas se ofendem, com seus odores inconciliáveis.

O acocorar-se dos leões. Seus ílions, como asas. Leão e leoa. Sempre se aconchegam, no triclínio.

Pantera negra: na luz esverdeada de seus olhos, lê-se que a crueldade é uma loucura tão fria, que precisa do calor de sangue alheio.

A massa dura de um tigre. Sua máscara de pajé tatuado.

O tigre quase relinchou.

★★★

Cabras anãs do Senegal: ipsisverbíssimas.

O gnu, também: feito sob medida do seu nome.

Mal o tempo esquenta, o camelo por si se tosquia?

O elefante é mesmo probo; só suas costas são de palhaço, suas pernas, seu detrás.

★★★

Vê-se: o *rinoceronte* inteiro maciço, recheado de chumbo verde.

★★★

A longuidão de um veado, europeu, de França, cervo elafo surgido de floresta, e cujas costas retremem. A meninazinha loura lê sua procedência, e com entusiasmo exclama: — *"C'est de chez nous, celui-ci! C'est beau... C'est pas du tout méchant, ça..."*

★★★

O *faisão* fulge-se de sacratíssimos retalhos, recolorindo-se: da cauda ao boné, tudo madeixas de seda. Olhá-lo, olhá-lo, e pensar depressa no Paraíso. Mas a *faisoa,* feiota ao pé do fausto do macho, ainda assim chega a parecer-me, nostalgicamente, mais bonita.

Juro, aliás, que nunca mais escreverei "faisoa", e sim *faisã*.

O *Macaco*: — Não precisa de calças quem tem bons suspensórios.

★★★

Búfalo da Romênia — seu focinho cheira a mel de cana.

O bisão emite língua azul. O focinho é bom, largo, mucoso, cru. Na cabeça, a lã se lhe encrespa, carapinha. Às costas, nos flancos, nas ancas, placas de pelo feltroso, bolor de adega; se despegando, como se roídas — se esmolambando   musgosas pelancas. Seus olhões de lousa desferem lampejos ruivos: ele é cólera virtual, ira não-acesa, matéria-prima de raiva.

★★★

NA URSARIA. Jogai pão aos ursos, e vereis:

O *urso-de-colar,* himalaíno — um senhor pândita, gordo, juboso, grande e de grande gala, preto luzente, rodado de excessivas roupas — desce a rampa, traz seu pedaço para o molhar e amolecer na água antes de comer.

O *urso-branco* — que se faz dentro d'água, metido até o peito, as patas submersas se averdoengando, fluorescentes: o que lhe atiram, apara-o entre mãos, resguardando-o ao alto, a salvo e seco, e trinca-o aos pedacinhos, feito gente; come muito mais educado e discreto do que os outros.

O *urso grizzly*, americano, é assuinado, qualquer coisa um porco. Aperta o pedaço de pão contra o chão acimentado, arrasta-o sob pata, esfrega-o, esquenta-o, até o ter bom de comer. E devora, bulhento. Mais: fica em pé e acena, repetido, exigindo nova ração. Não é à toa que o chamam de *ursus horribilis.*

O *urso bruno* japonês: deitado graúdo de costa, refestelando-se — só lhe falta cruzar mãos à nuca — empurra para longe o pão, com as enormes plantas dos pés, lisas, escuras. Comer, não quer, não.

★★★

Ficar a ouvir pavões:

É falso que eles gritem *"Gaston! Gaston!"*.

O *pavão branco*: uma artista, em fada. Noiva? Sua cauda desce, grave, esteira sem peso. Ergue-a, a metade, e alto diz: — *R'rau-rrau-rrau-rrau…*

Zoo (Parc Zoologique du Bois de Vincennes)

O *pavão real*, azul-verde, joias: é uma espanhola. Clama: — *Nhau! Nhau!* A cauda é que pupilando: cada olhiz de pavão, olha o céu e não o chão.

★★★

O *cisne*, cisna. A *cisne* sem ledices.
Passarinhos piam, disto e daquilo: crise, mil virgens, vida difícil…
O *cisne* ouvindo a alegria dos melros: — Cantarei, mais tarde.
O *marrequinho* vira-se de costas, para poder descer o barranco.
Um pinguim: em pé, em paz, em pose.

★★★

Leões à fresca: fácil força. Espera-se sempre seu rugido, como o de nuvens tempestuosas.

★★★

Trafega, lotado, um dromedário: atados, em cima dele, um feixe de cinco garotos, que vão pendendo, para um, para o outro lado, risonhos, restituidamente. Outros meninos esperam sua vez, no "montador", escadinha que leva a uma espécie de tribuna — porto, cais de embarque do dromedário. Este — beiços! — ri também, rei de extravagar-se.

★★★

À saída — pura tarde — a gente se deita na relva, sob altos pinheiros. Longínquo, entre frondes, nosso, o céu é um precipício.

Dois soldadinhos mineiros

SOB CÉU DIFERENTE, PARA MIM, acha-se neste mundo a das Três Barras, fazenda que foi dos meus. Só está depois de distâncias, para o poente, num empino de morros — que na infância eu tomava por himalaias fora do tempo e do real. Tem seus pastos limpos, um açude, os abismos de grotas, o pôr-do-sol mago e meigo com cores, o ar à aberta luminosidade. Tem sebes de "saborosa", um quintal cercado de limoeiros, uma manhã de longe pescaria a que todos fomos em fila, uma farofa que alegremente se comeu. Debaixo de um jatobá esgalhado na velhice, o estaleiro para serrar madeiras. No moinho, duas cobras escuras, mansas, que pegavam ratos. Ah, e há, em noites de verão, um mar de vaga-lumes amarelos. A casa, andante e vasta, é entre transmontana e minhota, dizem; casa de muita fábrica. Para o convés — que é a varanda — sobem-se os degraus de pau de alta escada. De lá, muito se vê: a visão filtrada. Ainda pende o sino, que tocavam para chamar escravos. De antes, tempos. Aliás, parece que o último enforcamento em patíbulo público, em Minas, se deu foi, no Curvelo, com um preto que matara seu senhor, meu trisavô materno. Quando fui menino, nem em escravos se falava mais. Só havia os camaradas, que à noitinha se sentavam quietos, na varanda, nos longos bancos, esperando o chá de folhas de laranjeira. Certa hora traziam de dentro uma grande bacia; nela todos tinham de lavar os pés? Minha tia Carlota hoje me corrige: a bacia era cheia de brasas, de rescaldeiro para, nas noites frias, os homens se aquecerem. Tanto confundo; lavar os pés, numa bacia, quem tinha de obedecer a isso era eu, antes de ir dormir. Atrás do tempo. Mas é mais próximo, o que vou contar.

★★★

Em 1945. Nas Três Barras, nos primeiros de dezembro, uma manhã chovia. Chovia; e tirava-se leite. Se sabe: as tantas tetas, a muda bucolia das zebus, nos currais cobertos para o costeio. A gente vinha, com um golpe de conhaque no copo, aparar o leite de jorro. Tudo lidavam os vaqueiros, atentos ao peso de impaciência das vacas e seus bezerros correspectivos. E vai, daí, alguém apontou: — "Aquele voltou da guerra."

Era com efeito um "pracinha", que figurara em Monte Castelo e Porreta Terme, e aqui recomeçava a arreação das vacas. Deixava de ter qualquer coisa especial ou remarcada. Os ombros estreitos, a morenidão, o chapéu chato? Estava "dando uma lição" numa rês, que agredia as outras com artimanhas, carecia-se de agir como quando se ordenha uma recém-parida: laçar e pôr no esteio. O ex-soldado não esquecera os atos bem que perito e ágil; ele era muito entendido.

Se sério, aquilo seria de se olhar. Voltara, fazia pouco, do a-de-lá, parciário de enormes sucessos, entre os horrores e grandezas, da Europa, da Itália — onde, semelhante ao que nas *Décadas*, diz Diogo do Couto, se armara "muita, e mui formosa artilheria". Falei-lhe; aprovou, com um sim simples, vindo só às respostas, atencioso mas na singela opacidade, de quem vive e despercebe, ou tudo deu por perdido e esquecido, longe, remoto, no já dito. — A guerra? — perguntei.

— "É um abalo…"

Do vivido ou visto, que é que mais o impressionara?

— "O frio."

E o mar?

— "É muito enfaroso…"

Pela mesma maneira, ele se desengraçava. Um outro falou: — "Ele teve medo um dia…" Nosso soldadinho não riu. Nem se fez grave. Retrucou, pelos ombros. O mover das vacas, das que pediam seus bezerros, era que ele não se tirava de rodear com a vista. Sendo que o gado manso pode dar surpresas. Mesmo ali, num quarto, no catre, estava outro vaqueiro, ferido havia dias, com uma chifrada na nádega, funda de centímetros, curada com pomada preta.

Por último, teimei:

— Mas, o alemão é duro, bravo?

— "É cabeçudo…"

Não era capaz de dizer mais. E a vaca mugia, bezerros corriam, a chuva chovia. Assim.

★★★

Depois, foi em 1950, eu vinha de cruzar os Apeninos Septentrionais, cheguei em Pistoia.

No quase tramonto, quando os morros são névoa de ouro, poal de sol, hora em que os ciprestes dentro do azul trocam de personalidade. Só a seguir é que é o crepúsculo leve rosa; mas o rosa se reembebe como num mata-borrão, não volta à tona, dá outro tingir. (Poeticamente: o céu em mel de glicínias ou da cor do ciclâmen selvagem.) Sempre a limpidez; e a luz toscana, já se disse, é substância, coisa — não apenas claridade. O lugar, entre montanhas imbricadas, esfumadas em bruma. O Cemitério Militar Brasileiro — limpo, novo, cuidado — como uma plantação, como uma coleção. Aquilo em paz.

As carreiras de cruzes brancas, cada uma tendo em frente o potezinho com um cacto, 400 e tantos (e mais alguns, alemães). Ali ausentes, arregimentados, subentendidos. As flores trazidas podiam ser dadas a um, qualquer, a uma cova, igual às outras, ao acaso. Adiantei-me, sem escolha, olhei, e li, na pequena placa:

SOLDADO ALCIDES M. ROSA
Morto em 12 de dezembro de 1944.
11º R.I.

Será que estremeci e então ali estive, sem amargamento, mas no todo--sentir. Aquele, podia ser um meu parente, assim com o meu nome, e vindo de Minas Gerais. Foi demais meu parente; para mim, sob céu diferente, neste mundo, diminuído de belo. Feito se nas Três Barras.

Terrae vis

AMIGO MEU, HOMEM VIAJADO E SENSÍVEL, assegura-me que — se o levassem, de tapados ouvidos e olhos, a uma das muitas cidades deste mundo dele conhecidas — ainda assim a identificaria, e imediatamente. Acho bem possível. Digo mesmo que também me sinto capaz de às vezes não errar, em o caso. Não que prometa reconhecer todos os lugares onde já tenha estado; mas, pelo menos quanto a uns oito ou sete, posso quase garantir.

Aliás, já devem ter escrito sobre o assunto. Tudo está nos livros. Cícero, por exemplo, no *De Divinatione*, refere que era "uma força emanada da terra" o que animava a Pitonisa, e acresce: "Não vemos que são várias as espécies de terras? Delas há que são mortíferas, como Ampsanctus, no país dos Hirpinos, e Plutônia, na Ásia, as quais eu mesmo vi. Há terrenos pestilentos, e há os salubres; alguns engendram homens de espírito agudo, outros produzem seres estúpidos. Esse é o efeito dos diferentes climas, *mas também da disparidade dos eflúvios terrestres.*"

É isto: irradiações telúricas — *aspirationes terrarum*. Sei que eu e o supradito amigo, para a enunciada façanha, dispensaremos outras sensações: as dadas do ar, do tempo, do magnetismo planetário, do espectro solar, ou — *ódicas*, fisioelétricas e prânicas — das propagações dos objetos e dos humanos entes: enfim, do mais que, mana à parte, ajuda a compor esse buquê difuso, aura, "atmosfera". Bastam-nos as invisíveis forças que sobem do chão, que estão sempre vindo de baixo.

E essas talvez expliquem muita coisa. Em duas ocasiões, voando sobre os Andes, a uma altura entre 4 e 5 mil metros, não deixei de interceptar a torva soturna emissão daquelas lombadas cinéreas, desertas e imponentes. Juro que não se tratava de sugestão visual, mas de uma energia invariável, penetrante e direta, paralisadora de qualquer alegria. Por isso, não me espantou ouvir, tempos depois, este *slogan* repetidíssimo: *"En la cárcel de los Andes…"* E, do que sabia, mais me certifiquei, quando vim a ler nas *Meditações Sul-Americanas* de Keyserling: "Nas alturas das cordilheiras, cujas jazidas minerais exalam ainda hoje emanações como as que antigamente metamorfosearam faunas e floras, tive consciência da minha própria mineralidade."

Demais, foi Keyserling mesmo quem escreveu, da Cidade Maravilhosa: "O ambiente do Rio de Janeiro é um puro afrodisíaco..." Creio verdade. Menos afrodisíaco, contudo, que, digamos, que o da terráquea Poços de Caldas — seguramente um dos lugares brasileiros mais abençoados pela risonha filha de Júpiter. E note-se que, contra quaisquer aparências, todo o chão da América, de Norte a Sul, funciona, a rigor, como anafrodisíaco, segundo os entendidos e as observações menos superficiais, atuais e históricas.

Mas, por falar em matéria de solo base própria para o amor, consta que nenhum melhor, e mais notório, que o de Paris, o de toda a Ile-de-France. — *"Ici chez nous, vous le savez, l'amour c'est endémique..."* — declarava-me uma estudante de medicina, funcionária do Musée de l'Homme. Todo o mundo sabe disso. Ali o amor dá, mesmo não se plantando. E, que é do chão, é. Se algum dia, o que Deus não deixa, destruíssem a cidade, até à qualquer pedra, depressa os amorgostosos de toda a parte viriam reconstruí-la, por mundial erótica necessidade.

Outras cidades há com menos grato fundamento. Diz-se, e diz-se muito, que três delas, na Europa, são essencialmente, terrestremente, deprimentes, tristes, tristifadonhas: Lião, Liverpool e Magdeburgo. Liverpool não conheço, mas toda a gente confirma que ela é aquilo mesmo: chega dá *spleen* até em seus filhos. Lião — se bem seja terra de mulheres bonitas e comidas gostosas — é, e os próprios lioneses não o negam, tristonha realmente, sem cura. Em Magdeburgo passei uma noite, e noite pesadíssima, mas era Sexta-Feira da Paixão, e aquela em que a Albânia foi invadida por Mussolini; seu *tom* lembrou-me o de Belo Horizonte — a qual, não obstante o clima ótimo, há de ser sempre propensa à melancolia e ao tédio, como em geral os lugares férreos, assim como são simpáticos e alegres os calcários: Corumbá, Paris mesma, Cordisburgo.

Niterói, alguém já me observou que sua superfície incita aos crimes. Discordo. Niterói é boa. De Chicago, ouvi outro tanto, e afirmam que sua gente se mostra a mais rude e egoísta dos Estados Unidos. Pode ser, ignoro mas, no caso, não se saberá se a celerada influência é bem terrânea, ou se se origina dos mil miasmas astrais, *elementais* ou *larvas*, que se evolam do sangue de tantos matadouros.

Em favor da tese, citem-se também Siena e Florença, ambas toscanas, ex-etruscas, e tão vizinhas, mas discrepadas, dissimilíssimas — uma realista, positiva, e a outra mística — conforme em tudo se ostentam, a principiar pelas artes respectivas.

Caso indubitável é o de Weimar: de seu subsolo, sente-se logo, vêm ondas de harmonia e de inspiração espiritual. Goethe o sabia, sabia-o Schiller. E também os que a escolheram para sítio de elaboração da Constituição do IIº Reich. Weimar é a Barbacena alemã, se não europeia. Intelectualizante e amena. Apenas — isto sim — que Barbacena, a Weimar nossa, talvez outrora excitasse um pouquinho mais, no que toque à política.

Outros e vivos exemplos haveria a citar, muitíssimos a estudar, pois a ciência é nova, anda ainda empírica. Mas séria. Sua importância é fundamental, obviamente. Não é à toa que os hindus de alta casta, quando de sua Índia se ausentavam, deviam mandar preparar calçados especiais, com um pouco da poeira do país entre duas solas.

Até, na minha Minas, quando o capiau faz para si a casinha, terra-a-terra, elege como sítio o batido limpo dos malhadores, ali onde — ele diz — "nada de ruim nem maldito governa de se aparecer". De gente do Rio Grande do Sul, pastoril também, já ouvi assim isto. E que é que de *ruim* ou *maldito* gaúcho e mineiro receiam irrompa, que não nos pontos que o gado sábia-instintivamente escolhe para sua ruminada e dormida?

Afinal, hoje em dia está mais ou menos provado que tudo irradia. Como não irradiará então o chão, com sua imensa massa, misturada de elementos? Irradia, pois, conforme o que conforme. Tenhamo-lo.

Circo do miudinho

Sai-se para o voo o pesouro, como um botão de uma casa. E ab abrupto: abre-se de asas sob estojos, não cabe nas bainhas. Primeiro, porém ex-surge — irrompe de algum buraco do fundo. Onde aonde que anda, curvo sempre a carregar-se, e a bulir; telúrico. Sendo um dos que rolam bola, dos chamados bosteiros. E vai às flores! Sabe-as só dos colibris e borboletas? Quando nas pétalas, choca seu vulto labrusco, cujo modo bomboso, essa cúbica figura, a presença abalroante, de cônego intruso. Seja que às vezes uma corola o expulsa: dá para trás, num jacto de glóbulos e grudes; com sua culpa, de furto, feiura, luto, lambuzabilidade e estupro. Contudo, cura de repetir: e começa sempre obscenamente a voar. Também muito já se disse que, pela compleição do corpo, cunho, peso, proporções e forma, faltam-lhe condições de ser aéreo; e em cômputos rigorosos a ciência já demonstrou que ele não pode absolutamente voar. Só mesmo por incompetência e ignorância.

Isto é, às vezes acontece que um deles descubra tal matemática impossibilidade, e, cônscio então da própria inaptidão, não consegue se subir nem reles palmo: ao alto e ar não se atraverá mais, jamais.

DIGO DE UM, QUE CAIU DO CASTANHEIRO, na *rue des Graviers,* a 27 de abril de 1949, quando o chão se apanhava de flores rosa e neve. Debatia-se. De suas costas deiscentes — qual pinha cozida ou casco de boi — em vão descerrava os élitros cor de avelã, a cabecinha oscilante dentro dos duros ombros, e mexia as patas meticulosamente peludas, rogando com as antenas de plumosos extremos. Ora descambou, dando a ver o preto tórax, a barriga em hirsuto. Nada podia.

Não que se visse mutilado, nem contuso. Nada falou, nenhum resmungo; a não ser o que por desventura se zumbiu, de si consigo. Súbito ele havia-se despertado, sentira-se nu, a curto, suspeitara-se em erro de origem. Decerto, não pelo raciocínio; que são cálculos e números, para um bagalhão de besouro? Mas, assim qualquer coisa como que revelada e intuída, almamente, simples pingo de consciência, o ferir de um ponto de espírito. Soube-se ou notou que não passava de um grutesco corcunda, cascudo casca-grossa, rude muito mecânico, no denso e obtuso calibanato — para quem voar seria um descomedimento e florejar um usurpo.

Compôs-se, a custo, penitente, recusando-se às prematuras tenras asas baixo à bem fechada cobertura. E andou, bom pedaço, se deixando das flores, conforme conduz seu bauzinho preto, sob tanta escaravelhice, que impressiona. Caminhava se abraçando com a terra — pisada, cuspida e venerável.

★★★

Se o louva-a-deus se finge de bendito, ninguém se fie de sua tranquilação. Só às ocultas vezes, aliás, propõe-se como de fato é: maxiloso, carnivoroso, muito quadrúpede a seis, todo cibernético: é um dragão que vai ou não voar, vai matar e comer, é a fera em suave, o cabeça de guerreiro, blitzíssimo. De andas, sobre palanque, estendeu muito suas pernas no chão, erguidas as mãos, boxeador, apunhalante. Mas o louva-a-deus espia para trás. Quer é mesa posta. O louva-a-deus e a folhagem: indiscerníveis.

Já quem vem lá, é o gafanhoto. O gafanhoto é também um robô, embora pareça um diabo; e otário. Suas coxas montanhosas, musculosas, longicônicas, clava gorda o fêmur, suas patas saltadoras — denunciam o elemento acrobático, não o suculento. Juram-no porém gostoso, culinário, um senhor petisco. Sem motivo também (vid. vaidade) não o chamariam de salta-marquês. Dom Gafanhoto vem vindo. Ouviu-se, então, vozinha verde, tênue, pia, lisonjosa:

— Compadre? Compadre… Faz favor, Compadre, pode se chegar. Compadre amigo… Grande Compadre! Grandíssimo Compadre Dom Gafanhoto, rei dos nobres… Distintíssimo! Ah, Compadre, o senhor é o maior… O senhor é o senhor… Tão rico, tão sabido, tão bom… Ah! Ah… Tão bom… tão bom… Compadre… Ah, ah!… Só esta vossa cabeça é que está meia dura para se roer, mas, a barriga, ei, ela estava gostosa como outra nunca se viu…

★★★

Ih, grilos. Os grilos, lícitos. Os grilos charivários. O grilo hortelão. O grilo agrícola. Os grilos — sempre por um triz! Os grilos tinem isqueiros.

Os grilos, aí. O chirpio dos grilos. O trilo intranquilo. O milgrilejo, o miligril, a griloíce, o visgrilo (bisgrilo é a cantoria das cigarras). O impertinir. O esmeril do grilo. O outro e outro grilo. (Os grilos do mato são mais langorosos, têm habitat úmido. Esses, tocam viola.) O grilo, trogloditazinho trovador, rabeca às costas, sai de seu hipogeu, para vir comer as folhas da framboeseira. Aí, o grilo:

Isto é, ele se sai, muito vestido, de pé, de botas, é o grilo-de-botas, de mosqueteiro, fininhas plumas no chapéu, fininhos bigodes, e de espada à cinta, flanflim, só que inda traz, saindo-lhe dos cantos da boca, um pedacinho verde de folha — para de inofensivo se fingir, ou por descuido, ou vício, ou garbo de grilo. Fazia lua cheia, um luar desses, de todo o ar, o luar estava com tudo. A lua: Ó. O grilo olha para ela. Diz, mão à ilharga, cofiando antenas, o grilinho:

— A lua, hem… Saudade de quem?

★★★

Assanhamento de cigarras, próprio à minha janela, no dia 17 de janeiro, de um ano que mais não sei. À tarde, às 6 e 30, de repente, todas comparecem a se assar. As cigarras se descascam, novinhas. E como que cantam, em hirta mentira, estridem. Longo tempo azucrinam, maquinazinhas; penteiam algo. Eu tinha de ouvi-las, no consciencio.

 Em crescendo. Em vários níveis. Tantos ésses, no febril! Cada uma é um ponto de laminação carretel, vapor, fervor, orifício. Muitas se acertam, se acirram, insistidíssimas. Umas são mais secas. Calam-se a um tempo, repentinas. Cada uma despejou seu chio, parou, pôs-se a rolha. Outras, longas, retomam-se. Aquele concerto se aproxima. Elas são os galos da tardinha. São ondas. (As de longe: remoinho; teimosia. As perto: é mesmo zizio.) Não cantam, nem gritam entre-dentes, nervosinhas. Sabe-se só os machos é que fretinem — o zinir, o frinir, o confricar dos abdomes membranosos: o cio, cio, cio.

 Depois, não sei porque, ficou uma, apenas, cega-rega, a bolha de seu canto rebentava. Ela, atrás de mim, dispara: é uma cigarra suíça, e nova. Para zoar seu sobre si, precisa de se dar muito motor. Desmancha

Circo do miudinho   271

a barriga, de barulhar. É uma cigarra trissílaba. É uma cigarra frigideira. Mas paroxística. Uma cigarra que até cacareja. Quando ela para, dói na gente. Vai-se até ao coraçãozinho dela, dentro de um susto.

Deve ser uma conhecida, que há dias salvei das patas da gata. Antes dizer: Xizinha já a dentara, abocanhada. E como ela grinchava, de horror, doida fortemente, estridulantérrima. Era um alarme terrível. Nenhum bicho se defende mais braviamente a brados, nem pede tão endiabrado socorro, quando nessas inóspitas e urgentes condições. Vem de sua notória longevidade esse medo frenético de morrer?

Livrando-a dos leves dentes de Xizinha, tive-a um instante, fremente, na mão. Essa era como as outras: a grossa cigarra de asas escritas, asas nervosas, as de cima mais compridas, manchas pretas nas costas, a cabeça larga, curta, vertical — feia, bela, horrenda. Cigarra de ferro, renha cigarra: como a beleza de teus sons te envolve!

Nem me agradeceu. Perguntei, repreendendo-a:

— Por que você grita tão exagerada?

E:

— O Senhor não Acha que a Vida Mesma é que é um Exagero? — foi sua terminante resposta.

Do diário em Paris — III

28-VIII-49 —Vim até ao fim da Linha 9 do metrô, à Mairie de Montreuil. *Montreuil, Montrerel* ou *Monsterol, Monasteriolum*. Na igreja, onde foi batizado Carlos V; também se batiza no momento uma criança. O nome é *Christian*; e todo menino tem um destino real. O padre, paternal sobre hierático, em sobrepeliz e estola roxa, observa que os dentinhos dele estão apontando. O sacristão serve simples, ainda que ostente a simbólica corrente de prata. — É *f-fe-ta... fidelibus tuis... Ego te exorcizo...* — rezam trechos da cerimônia. O garoto chora. Tocam os sinos. Fora, porém, sob o relógio-de-sol, no alto de um contraforte da nave, lado sul, guarda-se esta inscrição, de há 326 anos:

VIVECELONLHEVREDELAMORT.

E o dia se estende repensadamente.

★★★

Também os defeitos dos outros são horríveis espelhos.

★★★

A queda do Homem persiste, como a das cachoeiras.

★★★

Nós todos viemos do Inferno; alguns ainda estão quentes de lá.

★★★

A alma insuflada no barro não cessa de trabalhar seu invólucro, numa tremenda operação química.

★★★

Os santos foram homens que alguma vez acordaram e andaram os desertos de gelo.

O Inferno é o Céu mesmo, para os que para o Céu não estão preparados?

★★★

Somos cegos transparentes.

★★★

As velhas pedras influem, como os astros; mas só as árvores convivem com a terra impunemente.

★★★

A memória nem mesmo sabe bem andar de costas: o que ela quer é passar a olhar apenas para diante.

★★★

O azul sugere e recorda. Mas só do nenhum verde é que saem as vivas aparições.

★★★

Saudade é ser, depois de ter.

★★★

Tudo é sentinela.

★★★

Preso na praça de Deus, como peixe em nenhuma rede.

★★★

É a do escopro, e não a do martelo, a mão que dirige o mármore.

★★★

Mas ir buscar o mármore na montanha.

★★★

Ou a loucura legal do entusiasmo.

★★★

Também os dias vão como escada, para não se descer nem subir.

★★★

Não ter medo: o mar não se destrói com nenhuma tempestade.

★★★

O quanto da matéria embaça e encapota: as almas se adormecem no monturo ou sobre o ouro.

★★★

Aviso: as sombras todas se equivalem.

★★★

O bom da água encontrada e do pão por esforço.

★★★

Precaução contra Júpiter: — Primeiramente, não enlouqueças!

★★★

Sendo que aproximar-se é se afastar.

★★★

Do diário em Paris — III

Eu quero a paz, e pago-a, com um fervor de guerra.

★★★

O mundo aumenta sempre, mas só com o fictício de muros de espelhos.

★★★

Levantar os braços para Deus pode ser tocar as mãos na tristeza.

★★★

Mas a Deus só se pode dar uma coisa: alegria.

★★★

Rebela-se o pouco de lua.

★★★

Só as pessoas não morrem: tornam a ficar encantadas.

★★★

O fundo de todas as coisas é além e aquém do azul.

★★★

A duna, a lama e o mar são fins igualmente improváveis.

★★★

A coerência da pedra, na consistência da forma!

★★★

Que vamos, que vamos, até os ponteiros estão afirmando.

★★★

Pode a própria semente ser sua necessária terra?

★★★

Forte é a onda — que se deixa a empuxo e vento.

★★★

Se a semente tivesse "personalidade", nem a árvore nasceria.

★★★

Só na foz do rio é que se ouvem os murmúrios de todas as fontes.

★★★

A noite não é o fim do dia: é o começo do dia que vem.

★★★

O que seria um epitáfio: Neste tempo e lugar, repousa o amigo da harmonia.

Do diário em Paris — III   277

Minas Gerais

MINAS É UMA MONTANHA, MONTANHAS, o espaço erguido, a constante emergência, a verticalidade esconsa, o esforço estático; a suspensa região — que se escala. Atrás de muralhas, através de desfiladeiros — *passa um, passa dois, passa quatro, passa três...* — por caminhos retorcidos, ela começa, como um desafio de serenidade. *Aguarda-nos amparada, dada em neblinas, coroada de frimas, aspada de epítetos: Alterosas, Estado montanhês, Estado mediterrâneo, Centro, Chave da Abóbada, Suíça brasileira, Coração do Brasil, Capitania do Ouro, a Heroica Província, Formosa Província.* O quanto que envaidece e intranquiliza, entidade tão vasta, feita de celebridade e lucidez, de cordilheira e História. De que jeito dizê-la? MINAS: patriazinha. Minas — a gente olha, se lembra, sente, pensa. Minas — a gente não sabe.

Sei, um pouco, seu *facies*, a natureza física — muros montes e ultramontes, vales escorregados, os andantes belos rios, as linhas de cumeeiras, a aeroplanície ou cimos profundamente altos, azuis que já estão nos sonhos — a teoria dessa paisagem. Saberia aquelas cidades de esplêndidos nomes, que de algumas já roubaram: Maria da Fé, Serro Frio, Brejo das Almas, Dores do Indaiá, Três Corações do Rio Verde, São João del-Rei, Mar de Espanha, Tremedal, Coromandel, Grão Mogol, Juiz de Fora, Borda da Mata, Abre Campo, Passa Tempo, Buriti da Estrada, Tiros, Pequi, Pomba, Formiga, São Manuel do Mutum, Caracol, Varginha, Sete Lagoas, Soledade, Pouso Alegre, Dores da Boa Esperança... Saberei que é muito Brasil, em ponto de dentro, Brasil conteúdo, a raiz do assunto. Soubesse-a, mais.

Sendo, se diz, que minha terra representa o elevado reservatório, a caixa-d'água, o coração branco, difluente, multivertente, que desprende e deixa, para tantas direções, formadas em caudais, as enormes vias — o São Francisco, o Paranaíba e o Grande que fazem o Paraná, o Jequitinhonha, o Doce, os afluentes para o Paraíba, e ainda, — e que, desde a meninice de seus olhos-d'água, da discrição de brejos e minadouros, e desses monteses riachinhos com subterfúgios, Minas é a doadora plácida.

Sobre o que, em seu território, ela ajunta de tudo, os extremos, delimita, aproxima, propõe transição, une ou mistura: no clima, na flora, na fauna, nos

Minas Gerais   279

costumes, na geografia, lá se dão encontro, concordemente, as diferentes partes do Brasil. Seu orbe é uma pequena síntese, uma encruzilhada; pois Minas Gerais é muitas. São, pelo menos, várias Minas.

A que via geral se divulga e mais se refere, é a Minas antiga, colonial, das comarcas mineradoras, toda na extensão da chamada Zona Mineralógica, a de montes de ferro, chão de ferro, água que mancha de ferrugem e rubro a lama e as pedras de córregos que dão ainda lembrança da formosa mulher subterrânea que era a Mãe do Ouro, deparada nas grupiaras, datas, cavas, lavras, bocas da serra, à porta dessas velhas cidades feitas para e pelo ouro, por entre o trabeculado de morros, sob picos e atalaias, aos dias longos em nevoeiro e friagem, ao sopro de tramontanas hostis ou ante a fantasmagoria alva da corrubiana nas faces de soalheiro ou noruega, num âmbito que bem congrui com o peso de um legado severo, de lástimas avaliadas, grandes sinos, agonias, procissões, oratórios, pelourinhos, ladeiras, jacarandás, chafarizes realengos, irmandades, opas, letras e latim, retórica satírica, musas entrevistas, estagnadas ausências, músicas de flautas, poesias do reesvaziado — donde de tudo surde um hábito de irrealidade, hálito do passado, do mais longe, quase um espírito de ruínas, de paradas aventuras e problemas de conduta, um intimativo nostalgir-se, a melancolia que coerce, que vem de níveis profundos.

Essa — tradicional, pessimista ainda talvez, às vezes casmurra, ascética, reconcentrada, professa em sedições — a Minas geratriz, a do ouro, que evoca e informa, e que lhe tinge o nome; a primeira a povoar-se e a ter nacional e universal presença, surgida dos arraiais de acampar dos bandeirantes e dos arruados de fixação do reinol, em capitania e província que, de golpe, no Setecentos, se proveu de gente vinda em multidão de todas as regiões vivas do país, mas que, por conta do ouro e dos diamantes, por prolongado tempo se ligou diretamente à Metrópole de além-mar, como que através de especial tubulatura, fluindo apartada do Brasil restante. Aí, plasmado dos paulistas pioneiros, de lusos aferrados, de baianos trazedores de bois, de numerosíssimos judeus manipuladores de ouro, de africanos das estirpes mais finas, negros reais, aproveitados na rica indústria, se fez a criatura que é o mineiro inveterado, o mineiro mineirão, mineiro da gema, com seus males e bens. Sua feição pensativa e parca, a seriedade e interiorização que a montanha induz — compartimentadora, distanciadora, isolante, dificultosa. Seu gosto do dinheiro em abstrato. Sua desconfiança e cautela — de vez que de Portugal vinham para ali chusmas de policiais, agentes secretos, burocratas, tributeiros, tropas e escoltas, beleguins, fiscais e espiões, para esmerilhar, devassar, arrecadar, intrigar, punir, taxar, achar sonegações, desleixos, contrabandos ou extravios do ouro e diamantes, e que intimavam sombriamente o poder do Estado, o permanente perigo, àquela gente vigiadíssima, que cedo teve de aprender a esconder-se. Sua honesta astúcia meandrosa, de regato serrano, de mestres na resistência passiva. Seu vezo inibido, de homens aprisionados nas manhãs nebulosas e noites nevoentas de cidades tristes, entre a religião e a regra coletiva, austeras, homens de alma encapotada, posto que urbanos e polidos. Sua carta de menos. Seu fio de barba. Sua arte de firmeza.

Mas esse mineiro se estendeu de lá, no alargado, porque o chão de Minas é mais, expõe maior salto de contrastes.

É a *Mata,* cismontana, molhada ainda de marinhos ventos, agrícola ou madeireira, espessamente fértil. É o *Sul,* cafeeiro, assentado na terra-roxa de declives ou em colinas que europeias se arrumam, quem sabe uma das mais tranquilas jurisdições da felicidade neste mundo. É o *Triângulo,* saliente avançado, reforte, franco. É o *Oeste,* calado e curto nos modos, mas fazendeiro e político, abastado de habilidades. É o *Norte,* sertanejo, quente, pastoril, um tanto baiano em trechos, ora nordestino na intratabilidade da caatinga, e recebendo em si o Polígono das Secas. É o *Centro* corográfico, do vale do rio das Velhas, calcário, ameno, claro, aberto à alegria de todas as vozes novas. É o *Noroeste,* dos chapadões, dos campos-gerais que se emendam com os de Goiás e da Bahia esquerda, e vão até ao Piauí e ao Maranhão ondeantes.

Se são tantas Minas, porém, e contudo uma, será o que a determina, então, apenas uma atmosfera, sendo o mineiro o homem em estado minasgerais? Nós, os indígenas, nem sempre o percebemos. Acostumaram-nos, entretanto, a um vivo rol de atributos, de qualidades, mais ou menos específicas, sejam as de: *acanhado, afável, amante da liberdade, idem da ordem, anti-romântico, benevolente, bondoso, comedido, canhestro, cumpridor, cordato, desconfiado, disciplinado, discreto, escrupuloso, econômico, engraçado, equilibrado, fiel, fleumático, grato, hospitaleiro, harmonioso, honrado, inteligente, irônico, justo, leal, lento, morigerado, meditativo, modesto, moroso, obstinado, oportunidade (dotado do senso da), otário, prudente, paciente, plástico, pachorrento, probo, precavido, pão-duro, perseverante, perspicaz, quieto, recatado, respeitador, rotineiro, roceiro, secretivo, simplório, sisudo, sensato, sem nenhuma pressa, sagaz, sonso, sóbrio, trabalhador, tribal, taciturno, tímido, utilitário, virtuoso.*

Minas Gerais 281

Sendo assim o mineiro há. Essa raça ou variedade, que, faz já bem tempo, acharam que existia. Se o confirmo, é sem quebra de pejo, pois de mim, sei, compareço, ante quase tudo, como espécime negativo.

Reconheço, porém, a aura da montanha, e os patamares da montanha, de onde o mineiro enxerga. Porque, antes de mais, o mineiro é muito espectador. O mineiro é velhíssimo, é um ser reflexivo, com segundos propósitos e enrolada natureza. É uma gente imaginosa, pois que muito resistente à monotonia. E boa — porque considera este mundo como uma faisqueira, onde todos têm lugar para garimpar. Mas nunca é inocente. O mineiro traz mais individualidade que personalidade. Acha que o importante é ser, e não parecer, não aceitando cavaleiro por argueiro nem cobrindo os fatos com aparatos. Sabe que "agitar-se não é agir". Sente que a vida é feita de encoberto e imprevisto, por isso aceita o paradoxo; é um idealista prático, otimista através do pessimismo; tem, em alta dose, o *amor fati*. Bem comido, secularmente, não entra caninamente em disputas. Melhor, mesmo — não disputa. Atencioso, sua filosofia é a da cordialidade universal, sincera; mas, em termos. Gregário, mas necessitando de seu tanto de solidão, e de uma área de surdina, nos contactos verdadeiramente importantes. Desconhece castas. Não tolera tiranias, sabe deslizar para fora delas. Se precisar, briga. Mas, como ouviu e não entendeu a pitonisa, teme as vitórias de Pirro. Não tem audácias visíveis. Tem a memória longa. Ele escorrega para cima. Só quer o essencial, não as cascas. Sempre frequentado pelo enigma, retalha o enigma em pedacinhos, como quando pica seu fumo de rolo, e faz contabilidade da metafísica; gente muito apta ao reino-do-céu. Não acredita que coisa alguma se resolva por um gesto ou um ato, mas aprendeu que as coisas voltam, que a vida dá muitas voltas, que tudo pode tornar a voltar. Principalmente, isto: o mineiro não usurpa. Até sem saber que o faz, o mineiro está sempre pegando com Deus.

Aí está Minas: a mineiridade.

Mas, entretanto, cuidado. Falei em paradoxo. De Minas, tudo é possível. Viram como é de lá que mais se noticiam as coisas sensacionais ou esdrúxulas, os fenômenos? O diabo aparece, regularmente, homens ou mulheres mudam anatomicamente de sexo, ocorrem terremotos, trombas-d'água, enchentes monstras, corridas-de-terreno, enormes ravinamentos que desabam serras, aparições meteóricas, tudo o que aberra e espanta. Revejam, bem. Chamam a seu povo de "carneirada", porque respeita por modo quase automático seus Governos, impessoalmente, e os acata; mas, por tradição, conspira com rendimento, e entra com decisivo gosto nas maiores rebeliões. Dados por rotineiros e apáticos, foram de repente à Índia, buscar o zebu, que transformaram, dele fazendo uma riqueza, e o exportam até para o estrangeiro. Tidos como retrógrados, cedo se voltaram para a instrução escolar, reformando-a da noite para o dia, revolucionariamente, e ainda agora dividindo com São Paulo o primeiro lugar nesse campo. Sedentários famosos, mas que se derramaram sempre fora de suas divisas estaduais, iniciando, muito antes do avanço atual, o povoamento do Norte do Paraná, e enchendo com suas colônias o Rio, São Paulo, Goiás e até Mato Grosso. Pacíficos por definição, tiveram em sua Força Pública militar, prussianamente instruída e disciplinada, uma formidável tropa de choque, tropa de guerra, que deu o que respeitar-se, e com larga razão. E, de seus homens políticos, por exemplo, veem-se atitudes por vezes menos previsíveis e desconcertantes; que não serão anômalas, senão antes marcas de sua coerência profunda — a única verdadeiramente com valibilidade e eficácia.

Disse que o mineiro não crê demasiado na ação objetiva; mas, com isso, não se anula. Só que mineiro não se move de graça. Ele permanece e conserva. Ele espia, escuta, indaga, protela ou palia, se sopita, tolera, remancheia, perrengueia, sorri, escapole, se retarda, faz véspera, tempera, cala a boca, matuta, destorce, engambela, pauteia, se prepara. Mas, sendo a vez, sendo a hora, Minas entende, atende, toma tento, avança, peleja e faz.

Sempre assim foi. Ares e modos. Assim seja.

Só e no mais: sem ti, jamais nunca! — Minas, Minas Gerais, inconfidente, brasileira, paulista, emboaba, lírica e sábia, lendária, épica, mágica, diamantina, aurífera, ferrífera, ferrosa, férrica, balneária, hidromineral, jê, puri, acroá, goitacá, goianá, cafeeira, agrária, barroca, luzia, árcade, alpestre, rupestre, campestre, de el-rei, das minas, do ouro das minas, das pretas minas, negreira, mandingueira, moçambiqueira, conga, dos templos, santeira, quaresmeira, processional, granítica de ouro em ferro, siderúrgica, calcária, das pirambeiras, serrana bela, idílica, ilógica, translógica, supralógica, intemporal, interna, leiteira, do leite e da vaca, das artes de Deus, do caos claro, malasarte, conjuradora, adversa ao fácil, tijucana, januária, peluda, baeteira, tapiocana, catrumana, fabril, industriosa, industrial, fria, arcaica, mítica, enigmática, asiática, assombrada, salubre e salutar, assobradada, municipal, municipalíssima, paroquial, marília e heliodora, de pedra-sabão, de hematita compacta, da

Minas Gerais 283

sabedoria, de Borba Gato, Minas Joãopinheira, Minas plural, dos horizontes, de terra antiga, das lapas e cavernas, da Gruta de Maquiné, do Homem de Lagoa Santa, de Vila Rica, franciscana, barranqueira, bandoleira, pecuária, retraída, canônica, sertaneja, jagunça, clássica, mariana, claustral, humanista, política, sigilosa, estudiosa, comum, formiga e cigarra, labiríntica, pública e fechada, no alto afundada, toucinheira, metalúrgica, de liteira, mateira, missionária, benta e circuncisa, tropeira, borracheira, mangabeira, comboieira, rural, ladina, citadina, devota, cigana, amealhadora, mineral e intelectual, espiritual, arrieira, boiadeira, urucuiana, cordisburguesa, paraopebana, fluminense-das--velhas, barbacenense, leopoldinense, além-paraibana, itaguarense, curvelana, belorizontina, do ar, do lar, da saudade, doceira, do queijo, do tutu, do milho e do porco, do angu, do frango com quiabo, Minas magra, capioa, enxuta, groteira, garimpeira, sussurrada, sibilada, Minas plenária, imo e âmago, chapadeira, veredeira, zebuzeira, burreira, bovina, vacum, forjadora, nativa, simplíssima, sabida, sem desordem, sem inveja, sem realce, tempestiva, legalista, legal, governista, revoltosa, vaqueira, geralista, generalista, de não navios, de não ver navios, longe do mar, Minas sem mar, Minas em mim: Minas comigo. Minas.

Jardins e riachinhos

Jardim fechado

ATRÁS DE GRADE — OS VARÕES SUMIDOS PELA ROSEIRA-BRANCA da qual os galhos, de lenho, em jeito espesso se torciam e trançavam — começava outro espaço. Dele, a primeira presença dando-se no cheiro, mistura de muitos. De maior lembrança, quando se juntavam: o das rosas-chá; o da flor-do-imperador, de todos o mais grato; o do manacá, que fragra vago a limão; o dos guaimbés, apenas de tardinha saído a evolar-se; e, maravilha, delas só, o das dracenas. Era um grande jardim abandonado. Seu fundo vinha com as árvores. Seu fim, o muro, musgoengo.

Sem gente, virara-se em matagalzinho, sílvula, pequena brenha. À expansa, nos canteiros, surgiam bruscas espécies, viajadas no ar: a daninha formosa, a meiga praga, a rastejante viçosíssima, os capins que entrementes pululam. As próprias nobres plantas, de antes, desdormiam e deslavavam-se, ameaçadas em sua fresca debilidade. Afolham, regredidas, desmedidas, fecham--se em tufos. Do verde-mais-verde ou do verde-negro, adivinham-se obscuras clareiras, recessos onde as borboletas vão-se. Murcha-se muito, lá. Mesmo as rosas demoradas, que em seus ramos mofam ou enferrujam, enroladas às vezes em teias de aranhas. No liso, nas alamedas, empilham-se as folhas ressecas. Há flores prósperas, as que ensaiam voo: o ouro faisão, traje o roxo e azul, a amiga alvura, o vermelho de doer na cor; lambe-as a desenhadora lesma. Há-as poentas de açúcar. Ou as amarelinhas que abrolham à tona do chão, florinhas questiúnculas. Sempre passeiam, ao rés-da-terra ou em relva, uns pequeninos entes: o tatuzinho que se embola, a escolopendra, os mínimos caramujos de casca tão frágil — o caracolzinho quadricórnio. A abelha faz e passa. E — o besouro — pronto. Ver a vespa, aventureira. Sobe, dos entreverdes, uma lenda sem lábios. Tudo fogoso e ruiniforme: do que nas ruínas é repouso, mas sem seu selo de alguma morte. Antes a vida, ávida. A vida — o verde. Verdeja e vive até o ar, que o colibri chamusca. O mais é a mágica tranquilação, mansão de mistério. Estância de doçura e de desordem.

O menino se escondia lá, fugido da escola. Subia a uma árvore: no alto, os pensamentos passavam como o vento. Aprendia a durar quieto, ia ficando sonâmbulo. O jardim — quase um oceano. A verdidão arregalava olhos e aves. As outras árvores no enorme crescer: o inconscienciocioso. Aí, um passarinho principiava. Cantava a cigarra Zizi. As cigarras do meio-dia. A borboleta ia passando manteiga no ar. A borboleta — de upa, upa, flor. E… tililique… um pássaro, vindo dos voos. O passarinho, que perto pousava, levava no bico um fio de cabelo, o de uma menininha, muito loura.

Surpreendeu-se, com um de repente companheiro. O gato. Chegara-se, em sua grossa maciez. Pulara de galho a galho, com o desvencilho de todo peso. O gato, rajado, grande: o mesmo, da casa do Avô. Seguira-o, ou costumava vir, por si? O gato era à parte, legítimo da casa, pegador de ratos, talvez; em horas quietas, subia à pia da cozinha, e sabia abrir ele mesmo a torneira, para beber sua sede de água. Respeitavam-no. Mas ninguém atentava nele, não se importavam com sua grave existência. Agora, parava ali: com o ato de correr os olhos sobre outros olhos. A gente tinha de sabê-lo. Era preciso pôr-lhe um nome qualquer? Chamasse-o de: *Rigoletto*. Mas o gato resistiu, o nome caiu no chão, não pegado, como um papel.

Com o que, ouviu uma voz, a vozinha de detrás da orelha: — *"Psiu! Não lhe dê nome. Sem nome, você poderá sentir, sempre mais, quem ele é…"* E o menino se assombrou, aquela só voz rompera a película de sossego. Olhou: viu nada. Tanto o gato, lhe em frente, a cofiar-se, calmo, sem fazer fu, sem espirrar contra o demônio. A voz — vozinha firme e velha — ninguém a tinha falado? O menino desquis de pensar. Aquele jardim tinha recatos. Sim, não ia botar nome, nenhum. Gostava do gato, que, sussurronando — suas pupilas em quarto minguante — olhava-o, exato. Lembrou-se, só então — como podia ter esquecido o ponto? — de que fora ele, o gato, próprio, quem lhe ensinara por primeira vez o caminho e a entrada do jardim. Seguindo o seguir do gato, fora que ele dera com o estado do lugar. O gato era forte amigo. Mas, quisesse, não quisesse, o menino se estava debaixo do pensamento: ali, no jardim, faziam-se espantos. O mexer de um misterioso. Ali, havia alguém! E o menino tinha de se propor agora as lembranças todas juntas, de coisas, de em diversos dias, sem explicação de acontecer.

Primeiro, ele tinha perdido o argolão pequeno, dourado, de que gostava tanto, o que dava para chorar; procurava, não achava, perder o argolão era a desgraça. Mas, aí, quando já estava considerado desistido, avistara: na alameda, um comprido rastro marcado, todo de sementes de magnólia, e ia dando voltas, do jeito de alguém estar querendo ensinar um caminho — feito o pingado de pedrinhas na estória de Joãozinho e Maria. Veio acompanhando aquilo e,

288 · *João Guimarães Rosa*

no fim, deu com o argolão, ao pé das bocas-de-lobo. Depois, a vez em que ia pondo mão em galho, quando, em cima de lá, se pulou um clarãozinho, alumiado com estalo, de aviso, feito o se acender de um isqueiro. Foi, cauteloso, então, espiou: justo ali rojava uma tatarana, a ruiva lagarta, horripilífera, que sapeca feito fogo, só de nela ao de leve se tocar. Depois, dia outro, se admirara, de ver: os bichinhos todos para um canto revoarem — borboletas, besouros, marimbondos, moscardões, libélulas — que em roda se ajuntavam, em ar, em folhagens ou no chão: pareciam obedecendo, reunidos, ao ensino de algum chamamento. Agora, a voz, que aconselhava.

O menino espaireceu o medo. Saía para tirar o segredo. Ia remexer o jardim todo. Veio-se andando, revistando. O grande gato o acompanhava. Sete vezes. Nada achado! Nem em tronco e nem em fronde, nem na sombra sibilando, em moita nem desmoitado. Mesmo nem em cova de grilo, buraco de escaravelho. Não havia o quem que fosse, mas havia o por se achar. O jardim se encapuzava. Os bichinhos distraídos e as flores em o pendurar-se. A rosa intrêmula, doidivana a dália, em má-arte a aranha, o quente cravo; borboletas muito a amarem-se; bobazinhas violetas, os lírios desnatados. Ninguém soubesse de nada. Só a soledade. O menino se deitou com a cabeça. Quieto, também, o gato. Um para o outro olhavam. Oscilavam os amores-perfeitos, com seus bonequinhos pintados. O menino, já de novo, se ensimesmitava. O gato, às suas barbas. E, nisso, o menino, pasmo: via o quê, no olho do gato. Um homem! — seu retrato, pupilado. O menino se voltou: nada de nada. Então, porém, um bem-te-vi cantou, ípsis-vérbis. E havia o homem, num ramo de jasmim-do-cabo... Do tamanhinho de um dedo, o homenzinho de nada. O assombro. O menino se arregalava. Era um Pequeno-Mindinho? Tinha barba. Tinha roupa? Vestido à mágica. No meio do estupefazer, todinho ele se alumiava.

— *"Tulipas! Este pássaro delator..."* — curvando-se, petulou, saudava. O gato, nem passo. O menino disse: — *"Como você chama?"* — gago. — *"Te disse: não me dê nome..."* — retrucou o fantasmago. — *"Ou, então, dê-me os muitos nomes: Mirlygus, Mestrim, Mistryl, Mirilygus. Sou o teu amigo."* O menino estendeu a mão. — *"Não me toque, cidadão, que há que eu sou do outro lado..."* — avisou o ente duende. E: — *"Tulipas!"* — de novo exclamou. — *"O senhor é daqui?"* — o menino fez pergunta. — *"Não há lugares: há um só, eu venho de toda a parte. Venho das ab-origens. Você também..."* — e parecia com um alto-falante, pois tão claro vozeava. O gato agora com todo o rosto mirava, se acentuando seu leonino.

Jardim fechado   289

O menino sacudiu a cabeça, em alguma muita coisa ele nem acreditava. — *"Que é que o senhor faz?"* — Ele mesmo assim quis saber. Mirilygus, fulgifronte, sorriu em centro de sua luz: — *"Eu vivo de poesia."* O menino também sorriu. — *Isto é: "de sabedoria…"* — o tico de homem completou; só siso. — *"O senhor é velho?"* — quis mais saber o menino. — *"Sou. Também você. Agora, você já é, o que vai ser no número de anos. Não há tempo, nenhum: só o futuro, perfeitíssimo…"* ele disse, Mestrim, tão enxuto. Então o menino se encorajou: — *"Meu senhor homúnculo…* — falou (claro que com outras palavras) — *…este jardim é o meu?"* E o figurim respondeu: — *"Não. O seu virá, quando amar."* E o menino: — *"Hem? Eu?"* E o outro: — *"Há flor sem amor?"*

Daí, longo, disse e falou:

— *"São muitos e milhões de jardins, e todos os jardins se falam. Os pássaros dos ventos do céu — constantes trazem recados. Você ainda não sabe. Sempre à beira do mais belo. Este é o Jardim de Evanira. Pode haver, no mesmo agora, outro, um grande jardim com meninas. Onde uma Meninazinha, banguelinha, brinca de se fazer de Fada… Um dia, você terá saudades, dos dentinhos, que nunca viu, que ela jogou no telhado. Vocês, então, saberão… Agora, me desapareço. Tanto já fui avistado! Nenhuma mal-me-querença? Mas, de outra vez, parlamenta-se. O resto, em dia mais bonito, contarei, depois e depois…"*

Já aí se evanescia, aéreo como o roxo das glicínias, o mindinho Mirilygus.

O menino suspirou, viu-se triste, no após-paz. O gato deu um miado ao nada. Juntos, voltavam para casa.

O riachinho Sirimim

Só a vocês eu vou contar o riachinho Sirimim.

Ele é só ali, não é de mais ninguém. Em uma porção de grotinhas, ele vai nascendo. São muitos olhos-d'água, de toda espécie, um brota naquela pedreira, que tem atrás da casa do Pedro. Na grota onde tem uma pedra grande, cortada pelo meio, e aí as abelhas aproveitaram uma fresta e fizeram casa dentro. Ali é a nascente mais alta, e uma das grandes. Ele nasce junto com o mel das abelhas.

A pedra é de blocos quadrados, bonitos, ela é toda dura, toda reta, entre árvores — um pouquinho da mata, que ficou. Pedra mais alta que esta casa. Em cima, cheia de cactos; debaixo, forma-se uma lapinha, em que entrou o tatu que o Pedro caçou; no meio, a fenda horizontal, dentro dela se instalou o enxame de abelhas oropa, que fugiu da casa de alguém. Uma abelha picou o Maninho, que então meteu a foice ali, colheu. Inácia coou o mel. Ali não dá formiga. Ali é uma noruega: todo este grotão — a matinha, a pedra; até a casa do Pedro. As abelhas estão lá. O mel também mereja, daquela pedra, junto do lugar que nasce a água. A água vem descendo da pedra, pela face da pedra. Ele nasce ali, é mais um molhado na pedra. Só uns fiapos d'água, que correm pela pedra.

Simples, sem-par, águas fadadas — e inavegável a um meio-amendoim. De amor um mississipinho, tão sem fim. Ele já é o Sirimim.

E faz um pocinho e uma biquinha, ali onde o Pedro pegou o tatu. E o Pedro teve a especialidade de plantar inhames perto, para as folhas servirem de copos. Ali ainda é noruega, a água em inverno e verão está sempre fresquinha. O Pedro bebe nas folhas de taioba, mas diz: "É pena eu não ter um copo de vidro, pra se poder ver embaciar…"

Outro poço, entre as goiabeiras, o da Eva lavar as panelas. E, depois da biquinha de bambu, em que bebe gente, tem o pocinho para os bichos: as galinhas, as cabritinhas; lá bebia a Bolinha, de quem o Pedro gostava tanto, que caçava tanto, e que "era tão amiga, que, quando zangou, foi zangar pra longe…"

Daí, a primeira disciplinada que dão nele: a virada de um reguinho, que fizeram, desviando-o de não ir no pé da mangueira grande, que não gosta de água. Sonso, o leito dele, todo, é um berço — é sempre assim — o Sirimim.

Solto, dali passa no arrozal do Pedro, que é uma várzea pequenininha, fresca, entre a mangueira grande e o escarpado do morro; de arroz mais bruto, que se facilita, por não precisar de tanto trato. Porque o Pedro é ainda meio tolhido, da que teve, como lá ele mesmo diz: uma "doença de brejo". Sirimim se faz uns quatro regos, e nele nadam já os peixes barrigudinhos. Sirimim vai se engrossando. Terreno todo ali mina água. Sirimim, água-das-águas, é menos de meio quilômetro, ele inteiro. Só isto, e a fada-flor — uma saudade caudalosa: Sirimim-acima Sirimim-abaixo — alma para qualquer secura.

Sobrevindo outro riachinho, de lá de um pé de embaúba, nova, já no caminho da casa do Joaquim, onde rebenta seu olhinho-d'água: no lugar, quando o Joaquim planta o milho, deixa uma moita de capim, para "favorecer" o miriquilho. Essezinho também nasce alto, ele vem descendo assim. A confluência dos dois é bem debaixo da pinguela, que mais bem é uma estiva, a ponte de paus.

Sirimim, mais, se revira, e entra na várzea grande, mais baixa, que o terreno vem sempre descambando. Aí a várzea cortada de canais, abertos para os muitos minadouros e que querem-se todos ao Sirimim: um que vem do curral velho, uns que nascem debaixo das tajubas — árvores boas para fazer mourão. São esses os de volume maior, os que tantos se surgem do fundo da várzea grande; mas o mais cheio e alto é mesmo o da casa do Pedro, por isso deu-se tradição de ser nascente principal: o próprio, primitivo Sirimim, batizado num jardim.

Só daí ele vem ao arrozal do Joaquim. Sarapintam-no, onde, as traíras, tigrinas, hieninas. Sereno nosso riacho e seu caminho manso, por entre o chão chato, terras-águas de arroz — as lezírias de verdes reflexos.

Seja que, desde depois, se vê, em uma sua margem, a única arte que ele faz, só esta maldade do Sirimim: o "chupão", lugar em que a terra é encharcada e as pessoas podem se afundar. O genro do Joaquim uma vez afundou, tiveram de estender a ele um pau, e se ajuntaram, todos, para o tirar. Joaquim tenteou o chupão com um bambu, o bambu se some lá para dentro. Joaquim fincou uns bambus em volta, para avisar de que ali é lugar que podia dar desgraça. Sob mato: verde: uma moita que fica mais verde.

Súbito, então, os bambus. Sirimim passa-os, por baixo. Sirimim penetra um grande lugar, a horta, a partezinha de horta dele nilegíptico — com alfaces, libélulas, rãs e náiades. Serve-a em três canais principais, que Joaquim fez, às tortas, aproveitando os tortos troncos velhos de ipê, madeira dura, que estavam caídos ou enterrados, quando ele limpou o brejo. Num deles, surte-se a biquinha da Irene lavar roupa. Tem um pé de rosa: rosinha cor-de-rosa, que se desfolha à toa; mas, de longe, você já sente o cheiro. Tudo que é casa tem essa roseira — de rosinhas pequenas, em cachos — roseira própria para chamar abelhas. Joaquim tirou também um retalhado de reguinhos, e tapagem de pequenas represas, para proibir as formigas e reservar água de rega para a tarde da seca. Mas as solertes enguias pretas, que são os muçuns, socavam o fundo dos açudinhos, furando túneis que dão fuga à água; e uma praguinha verde prospera recobrindo tudo, plantinhas ervas que parecem repolhinhos — as formigas aproveitam para passar por cima. Joaquim xinga: — "Não é que dá praga até na água?!" Joaquim também plantou umas laranjeiras, condenadas à umidade — elas estão sentidas, umas já morreram — mas ali é o único recanto em que formiga não ataca. Joaquim só diz: — "Antes delas morrerem, sempre dão alguma alegria à gente…"

Sirimim, sua margem sul: uma carreira de bananeiras. Sirimim segrega sob a ponte — por onde passa a estradinha da casa. Sirimim — e há agora o bambu, que tem o ninho do sabiá; o que foi cortado, mas brotou — só aquele breve tufo, com uns poucos penachos, bonitos: num deles, vê-se, o ninho do sabiá; Sirimim o deixa para trás. Seguinte — só os cinco metros — é a biquinha antiga, abandonadinha, aquela coisinha de bambu, que colhe água. Sirimim veio até aqui quieto, que dele não se ouve; mas, a biquinha antiga, saturada, aí a água cai tanta, que já faz som, aí ele começa a falar: …se bem, bem, bem bom… — e lá se vai, marulho abaixo.

Sirimim traspassa agosto, setembro a abril, chovido fevereiro, dezembro e tudo, flui, flui.

Sirimim e a estrada se separam, ele vem um trecho quase reto, se sorrateia lá no fundozinho de seu vale, em meio a um espaço verde, sem lavoura, porque ali ficava para pastar a bezerrinha do pé quebrado.

Sirimim atravessa uma noite e um luar, muito claros, os vaga-lumes vindos, os curiangos cantando, perto e longe, por cima do mundo inteiro.

Sirimim se curva — aonde vai ser o açude — à carícia destes luga-res. Ali, bulha entre outros bambus, grandes; após, o lugar onde se planta o amendoim — que vem quase à margem, fim. Separa-se para outra horta, a da dona do encanto. Sirimim…

Ah, e no bambual de bambus muito grandes, ele sai-se, deixa-se — para entrar sumido no rio. A enseada do Sirimim, coisa tão gostosa, você sabe.

O riachinho Sirimim   293

Assim toda de branca areia no fundo, aonde o Sirimim solve-se em sucinto, tranquilo. Aí, quando é época de pouco, ele nem chega a ajuntar-se com o rio: só se espalha na areia, e embebe-se, liquidado.

Se o rio toma de se enchendo, porém, ele represa o Sirimim, que se larga, que invade e ocupa a várzea toda, coberto de espumas e folhas de bambu. Siriminzinho, então, possui-se, cheio de peixes grandes. Sirimim ronca e barulha: em vez de correr para baixo, sobe ao arrepio, faz ondas, empurra-se para trás com a tanta água do rio, supera o chão e o tempo e confirma: toda a vida, todas as vidas, sim.

Recados do Sirimim

NOSSO RIACHINHO VAI, VAI. Dou a vocês notícias dele, nesses tempos de amores. De lá, o mundo é lúcil, transparente. É julho.

Neblina fria, por tudo, se você se levantar às seis da manhã: é toda na terra. Antes do sol, cedinho, ela está no chão, por toda a parte. Menos no leito do Sirimim, no caminhar da correnteza. Com o sol, ela já dá de se esfiapando e subindo — os penachos de neblina. Já está nos cajueiros e nos bambus, por cima. A beleza da manhã é esta: você não vê o sol, mas a claridade.

Depois, aquelas névoas vão sempre caminhando, encostadas nas pedreiras, nas grotas. Cheiro de de-manhã é tão gostoso! Amanhece tudo molhado, muito orvalho. Todos os pezinhos de mamão, você olhava, ficavam cintilando. Talvez porque as folhinhas são recortadas, nos biquinhos delas param as gotinhas, penduradas.

De madrugadinha, o sol ainda não estava forte. Do Sirimim, voaram dois patos-do-mato, quando eu ia pela estrada. Dois patos-bravos: eles levantaram voo, dos canais da horta, onde tem os muçuns. Estavam atrás do muçum, escorando o muçum? Porque é a hora do muçum tomar sol. Ele sai, das fundas locas, que escava, deixa um trilhozinho. Fica na água ralinha da beira. Ele vem à tona, para tomar sol. Seus sulcos, na lama, dão aquele desenho, sob um, dois dedos de água.

E o barulho do Sirimim ainda se ouve forte, desde a pontezinha, cicioso. Este ano, choveu passado da conta, a várzea ficou debaixo d'água, o verão inteiro. Foi uma cheia! Não se podia ir à horta, porque ela se encharcou demais. Morreram dois ou três mamoeiros. Morreram os pés de pimenta. As laranjeiras estão lá, padecendo, mas dando fruta. Viveram muitos olhos-d'água. Alguns, antigos, secos, voltaram a jorrar. Mas, diz o Pedro que os outros são miriquilhos novos, que ele nem conhecia. Brotou, um, mesmo no terreiro do Joaquim. O Pedro diz: — *"Se eu não tomo cautela, e não soco o chão de terra, dá água até dentro de casa. Daqui a pouco, os pés das camas estão amolecendo…"* Marejou água, de fato, em todas as moradas. Mas, por contra, saiu também um formigueiro de de-dentro do chão da casa do Antônio.

Vamos vir ao começo: àquela grande pedra, manânime, ninfal, donde o Sirimim primeiro nasce. As abelhas prosseguem lá, escutei o barulhinho delas, zumbindo, e vêm se apinhar nas flores vermelhas da cana-de-macaco. Parece que quando dão enxames, estes não viajam, mas vão-se arrastando ali por dentro, na mesma pedra, em rachas e lugares. Está-se na altura de tirar mel, de novo, diz o Pedro. Mas o Maninho não tem tempo, anda atrapalhado, com o casamento da irmã dele. Maninho é filho do Dudu. E os chuchuzeiros prosperam. Aqueles chuchus, que o Pedro plantou para mim, perto da pedra, das bananeiras e do mato. Teve de plantar dois, porque, se não, não nasce, não vinga a muda, se uma só: é preciso sempre o par.

O Pedro é que raiava feliz, porque estão fazendo para ele outra casinha, e de tijolo, telha francesa, emboçada por fora e por dentro. Também, a dele já está tão impossível — apodrecidamente, velha de se desmantelar. Assim mesmo, ele e Eva, sua filha mocinha, se acomodavam, com Deus, sozinhos ali dentro, quem sabe fazendo esperanças de coisa melhor. O Pedro, ainda que aleijadinho, trabalha o que pode, não pouco, quase o tanto que o velho Joaquim, seu irmão, vizinho; seu taciturno padrinho. O Pedro, a gente o avista, desde o princípio da manhã, atolado entre os verdes, do milho, do arroz. Assim meio entortado, meio agachado, apoiado à enxada ou à foice; ou só um seu mover-se, nesga de roupa, de camisa. O calor estando pesando forte, mais para a tarde, ele permanece então, um bocado, a dentro de portas, rezando sentado no jirau, feita a sua parte. Se a gente perguntar, ele declara: — *"Agora eu estou esperando a chuva..."* Ele nunca pensou em morar em *"casa de luxo"*, com janelas de venezianas. Diz: — *"Chegou o dia das pessoas terem inveja do Pedro..."*

A casinha, que se faz, será mesmo ali, pegada à velha, no mesmo recanto noruego — de pedra, da grota, das bananeiras, do mato. O Pedro, porém, gostaria de arredá-la um pouco da outra, cisma, tem dessas superstições: teme o novo superposto ao velho ou a ele contíguo, não dá sorte. E, com lábia e conversas, consegue mudar um tanto o lugar onde a casa vai ser, afasta-a: — *"Chega um pouco mais para lá, compadre... Depois, eu desaterro aqui..."* Os homens vão cedendo.

A biquinha se põe grossa, a primeira, dali donde o Pedro pegou o tatu. A água está tombando muita da pedra — porquanto as ditas chuvas — chuva que foi muita. Os mais pocinhos e biquinhas, sucessivos, estão e são os mesmos, só os bichinhos variam, por ali. O Pedro agora tem outra cachorra, a filha da

Bolinha, quase da mesma bondade. Sem um cachorrinho, ao menos, a gente pobre não se pode.

Também a mangueira grande persiste: a maior de todas, caindo os galhos para todos os lados, e da qual desviaram o Siriminzinho, à força, para ele não atrapalhar as raízes da árvore. Debaixo dela, o Pedro depositou um urinol velho, plantado de avencas; é muda de avenca, para florescer, no lugar sombroso. Mas, a bacia de folha, que se vê, não está jogada fora. Isto é, alguém, há muito, muito tempo, jogou-a fora; e, o Pedro, que carece de utensílios, recolheu-a do monturo, pregou-lhe um fundo outro, de madeira, em pontos, se perfura, estragada, então o Pedro tem de aplicar-lhe remendos, de lata, aqui e ali. E havia, outrossim, ao pé da mangueira, um passarinho: o passarinho verdinho, se balançando no arroz. Nunca vi passarinho tão de costas, na beira d'água. Ele já teria bebido?

O arrozal do Pedro, aliás, está com o "arroz de passarinho": o segundo arroz, do rebroto das touceiras após a colheita, mais baixinho, mais ralo, e que não se colhe mais, e fica para eles; já todo chocho, porque os passarinhos o comem ainda verde. São passarinhos de toda qualidade, que, decerto, vêm de longe, nuvenzinhas deles, quanto e quantos. As espécies não se misturam? Enquanto uns catam e comem, outros bandos esperam sua vez, férvidos nas árvores e nos arbustos. O arrozal do Pedro, de tudo em tudo, ainda se faz muito alagado.

A pinguela — bem. Com água lhe passando pelos lados, quase por cima, enfeitada e cheia de florzinhas amarelas, de plantas aquáticas, de suas duas bandas e no meio dos paus. O primeiro afluente do Sirimim — o vindo daquela embaúba nova, no caminho da casa do Joaquim — e que todos os anos seca, como que este ano não secou; e canta, sim, sim.

A várzea grande deu muito peixe: os camboatás, com dois bigodinhos de cada lado: cascudos e traíras, poucas: e, principalmente, os barrigudinhos. E, depois que a Irene foi-se embora, deu uma fartura de rãs. Irene caçava-as e pegava-as, para comer. O Pedro e a Eva sempre escutam as rãs. As com espécie de assovio, de taquara, de grilo grande, ou a meio desafinada, rouca: — ... *corrém, corrém, corréim!* A mais, os sapos — de: *tiplão! tiplão! pão!...* e de: *tum, tum, tum...* — sapos de vários feitios e diversas sonoras batidas.

O arrozal do Joaquim, também, revive-se assim cheio de pássaros, em seu arroz-de-ninguém. De revoada em revoada, deles tem centenas. O Joaquim nem olha para eles.

Recados do Sirimim   297

O chupão é que ficou mais atoladiço, mais perigoso, se bem que deve de medir só metro-e-meio por dois metros, talvez nem tanto. Mas, estão lá, marcando-o, os bambus fincados em volta.

A biquinha do Joaquim ainda faz muito barulho, engrossada, no meio da palhada de milho. É um barulho de nino de água, rolando todo o tempo. Mas a Irene não está mais aqui, lavando roupa. Irene foi-se embora, para o Rio de Janeiro, veio se empregar lá, de todo serviço, como ela mesma diz: pau-para-toda-obra. Foi porque o namoro dela com o Maninho não deu certo. Ela namorava o Maninho, e o Maninho tirava o corpo fora. Foi no baile do Cristóvão. O Maninho dançou uma vez com ela, só, depois dançou com as outras todas. Ele acha a Irene muito boa moça, mas não queria pensar por ora em casamento, enquanto não acabar de casar todas as irmãs. Depois é que ficou sabendo que ela é muito geniosa. Ela saiu ao pai, o Joaquim. Mas, agora, na biquinha, quem lava a roupa é a mãe da Irene, mulher do Joaquim, por nome Maria: a Maria do Aarão.

Na horta, o Joaquim fez umas pontezinhas de bambu, nos canais. Daquele bambu bonito, imperial, amarelo-e-verde. Uns quatro, em cada ponte. Mas, calculadas pelo peso dele, pouco, de um tão velhinho; e, se passar por ali pessoa gorda, ou mais pesada, e não tomar cuidado, distribuindo o peso, pisando muito espalhado, molha os pés, entre os bambus, o bambu verga.

A horta está com muitas plantinhas d'água, gentis. As santas-luzias, que se alastram, com florinhas amarelinhas, elas dão remédio para a vista. O caldo-santo, de folha verde-muito-escuro, bonitinho, também se espalhando. Outras, outras. São cheiros do mato. Muitas variadas praguinhas, na água, puro em verdes. O Sirimim ainda anda cheio demais de moles folhagens, que quase o submergem, por todos os trechos. As mais, nos canais, são sorte de mínimas algas. Por ali perpassa a aranha aquática, pernuda. E os muçuns. O muçum boia, mais ou menos. É um peixe enguia — roliço, preto, liso e gosmento; tem os de mais de dois palmos. O Joaquim mata-os, de enxada, no limpar os regos. A gente põe na brasa, para se tirar a casca. Quando ficam vermelhinhos, arranca-se a pele, e então esvaziam-se, por um corte na cauda. E se frita. Mas o Joaquim não gosta, porque gasta muita banha.

Os bambus, perto da ponte, cresceram muito, o bambu está sempre renovando, aumentando; só que os outros bambuais são tão grandes, que a gente nem nota seu crescer. Com a chuva, desmanchou-se o ninho velho do sabiá, mas ele já tinha tirado os filhotes. O bambu, lá, eram só uns tufos, porque, quando se fez a estradinha para a casa, tiveram de cortar. Agora, já estão enchendo. O bambu parece que entendeu: porque vai brotando para baixo. Ainda não é tempo do sabiá voltar.

Pela estradinha, aí, passo adiante, você acha a casinha nossa — que já ficou muito mais pronta: três amores! — lindazinha. A gente vai almoçar angu, feijão, torresmos, suã de porco; e doce de limãozinho verde em calda.

E agora tem é uma cabritinha pastando, na várzea pequena que era a da bezerrinha de pé quebrado. Cabritinha do Antônio, o colono novo, que pediu para se deixar. A bezerrinha ficou sarada, só que para sempre manca, com o pezinho virado para trás. Mas já acompanha as outras, no pasto. A cabritinha fica amarrada em uma corda, bebendo água do Sirimim e comendo o capim da beira dele. É branquinha, só com duas bolinhas pretas nas costas, uma de cada lado.

A foz, quando acabam as enchentes, resta mais arrumadinha toda, com a areia limpa, renovada.

Por lá, na enseadinha e no rio, debaixo dos bambus, nadava uma marreca, selvagem, com os seus marrequinhos. Outro dia, um deles veio subindo o Sirimim, se aventurou. Foi de manhã, e ele era pequenino, cor de ouro: o marreco, antes de ser branco — quando pequenininho — é dourado. Douradinho, já voava.

Parece que queria pegar uma libélula. O patinho veio nadando, subindo o Sirimim, por todas as retas e curvas, contra a correnteza, tão pequenino e douradinho, entrequequanto. Veio parar antes da ponte, no bambuzinho adonde o ninho do sabiá. Ali, estreita. Ali, ele gostou, nadava em volta de si, e parafusava com a cabeça, dentro d'água. No que estava, porém, entre capins, se assustou e voou. Se assustou, sem duas vezes, com algo no mato. Voou para baixo e por cima dos bambus. Voou para o rio, certeiro, voltou voando para perto da pata, sua mãe, na foz: e a marreca, com seus sete marrequinhos, mergulharam então para fugir, para o rio, além.

Enquanto o Sirimim por ali se vai sempre a sair — no oceano sonho. Nunca mais, mesmo que se acabe o mundo, deixará de haver, para vocês e em mim, o riachinho Sirimim.

Recados do Sirimim

Mais meu Sirimim

Habito a paisagem sólida, querida. Venham ver vocês. Ainda é inverno: alegrias direitinhas.

Amanhece de neblina, todos os dias, frio com frio. Ainda escuro, de sazão, agora, a madrugada vem muito curta, chega logo a manhã. O clarear é que é curto, para se assistir ao madrugar. Depois da coruja piando: o *hu-lhu--h'hú*. Da coruja, o pio é sempre. Mas, às vezes, vira o gargalhar, seco, um estalado, coisa seca, parece gargalhadinha de velho. Outra, a outra, seus estalidos, meio estridentes: *cla-kle-cle-klá*. Seriam duas corujas, no cajueiro, atrás do meu quarto; ninho delas. Dado o dia, bem guardam-se.

Os galos — e pintinhos e galinhas se agitando. A galinha com treze pintinhos, ela dorme debaixo do balaio. Entremente, melros, dos melhores. Ou os outros. A cambaxirra, aqui tem muita, dá um trinadozinho tristris. Aparecem os sanhaços. Vige aqui uma ordem: deixar-se, em cada mamoeiro, um mamão maduro, para eles, os pássaros de uso, que rebuscam o fácil das frutas. Àquela árvore de flor amarela, enchida de lagartas, vão os anus-pretos, mais tarde, quando se bem diz que o sol já está quente. Vi, porém, o martim--pescador, pousado no fim da luz, lindo. Escuro-e-verde e bronze, que, quando bate o sol, vira verde-azulado. Esperando a companheira?

Sigo, ao arreia-pelo da correnteza, pela margem do mimo riachinho, soliloquaz: todo o tempo nos cruzamos. Sirimim estava de água clarinha, desta vez, ainda meio cheio, pelo que se sabe do que foi o verão: de chuvas e enxurros a granel. Mesmo agora, se costuma de vir alguma.

Tão cheiroso, na horta, aquele lugar da roseira! A gente se lembra de que foi a Irene que a plantou. A Irene se foi, faz seis meses, mas dá notícias. Diz que não conseguiu até hoje ajuntar dinheiro, só deu para comprar um vestido. Mas a Irene vai vir, estes dias, para o casamento da Maria do Dudu. Agora escuto o ruído de um muçum, pelo sol: a bulha da água remexida. E já se plantaram novas pimenteiras.

Ali, cheirando a roseira, e um perfume que vem, sai do chão. Cheira a mel. Vem de baixo. Você não vê nada. Deve de ser uma ervinha, um capinzinho.

É o melhor cheiro e sobe da terra. Está por volta da horta, onde tem mato, nos lugares não capinados.

Vou visitar o Pedro, bebemos da biquinha, que recita. Mais que todas, a água do Sirimim, quando se apanha e põe na folha de taioba, ela fica de prata — a película prateada, a tremer. É a água mais pura que há.

O Pedro, mesmo tendo agora outra cachorrinha, não se esquece da que foi tão boa, a Bolinha, extinta. Conta de quando ela desapareceu, fugida, com a doença. — *"...Zé Rufino tinha visto: ela passar, zangada, lá. Longe... Arruinada, uai. De zanga. Porque, naquela certa época do ano, zangam."* O Pedro é grato à Bolinha, porque ela não incomodou ninguém aqui, e porque poupou-lhe o assistir ao seu fim.

Sentamo-nos no antigo banco, pegado ao corte do barranco, ali tem uma laranjeira bem em cima do barranco, metade das raízes ficaram para fora. Mas, a casinha, a casa, atrás da qual estamos, já é a nova! O Pedro exulta — de não cessar de a contemplar.

E considera, com domingueiros olhos de repouso, o "seu" arrozal, lá embaixo, lugar fresco — à passarada. Está contente com o movimento, com o que se faz: na pinguela, para transpor o carro-de-bois, taparam os vãos com tabatinga e palha de arroz; taparam também todo o caminho que vem da pinguela até aqui, à casa; assim, há sempre palha de arroz espalhada — para refrescar a terra, agasalhá-la da umidade, e produzir adubo, depois.

Derrubou-se a casa velha, que era só um ranchinho de capim. O Pedro botou fogo em tudo, sapé e madeira podre, com ideia de que ali desse escorpiões. Mas, antes, a mudança levou dias, porque havia muito mantimento. O Pedro e a Eva são muito acomodados. A casa nova é grandinhazinha, com os dois quartos, e a cozinha e o quarto-dos-guardados — despensa para o milho e o arroz. Sem se esquecer a sala — só com um banco e o oratório: parece que os santos é que estão de visita ao Pedro.

No dia em que na casa nova definitivamente se alojaram, à noitinha, o Pedro, entrando no quarto-dos-guardados, escutou um barulho se mexendo. Com susto, invocou São Bento, pensou que fosse cobra atrás de camundongos, que estão dando no milho. Mas era uma gambá, com sete filhotes, já instalada perto do cacho de bananas — também de mudada! Foi só o Pedro fechar a porta, e mandar à Eva: — *"Minha filha, premeia eles, com o cacete!"* Medita: — *"O vivente tem pouca pena do vivente..."* E come a gambá, refogada simples, com farinha pura; mas não chupa os ossos, porque "dá caxumba".

Na maior alegria, o Pedro inaugurou a casa nova, com uma ladainha. Armou a ladainha de ação-de-graças. Fez roupas novas, de papel crepom, para os santos todos do oratório. Varreu o terreno. Adornou o terreiro e casa com bandeirolas de papel. Arquinhos de bambus, com flores de papel, toscas, espetadas. Não tinha padre. Então, chamou um vizinho. Antoniartur de Almeida — ladrão, mau caráter, dizem, mas com grande prática de ladainhas. Quando estavam todos juntos, o homem dirigiu umas palavras ao povo. Depois, tirou umas rezas e preces. Ao meio-dia, em ponto. Rezaram um terço e a Ladainha de Todos-os-Santos. E o Padre reflete: — *"Não é segredo o que estou lhe contando: mas, neste mundo, há gente de todo jeito. E é o de que se carece..."*

Depois, dias, é que foi a festa — a dos quinze anos da Eva.

Da venda de ovos e galinhas, o Pedro conseguira um dinheirinho, bem escondido, que seria para se a Eva viesse a precisar, por doenças, em o caso. Graças a Deus, porém, a Eva sempre teve saúde, assim se criou. Vai daí, o Pedro, com a influência da casa nova, resolveu gastar esse cobre na alegria. Ficou muito boa, a festa dele. Teve danças. Serviram café, rosquinha redondinha, broa e pé-de-moleque. Bancou-se o manuel-manta: que é jogo de dados, num caixote com um papel com seis quadradinhos, em que as apostas se casam. — "O Pedro não tem muita valença..." — diz o Joaquim. Mesmo tão casmurro, achou que devia dar-lhe proteção, ao irmão mais novo e afilhado; por isso, ficou lá até a festa dar em fim.

Contudo, às vezes, o Joaquim parece ter inveja do Pedro, dos agrados que lhe fazem. Não pode compreender que se preze um pobre aleijadinho, assim. Tudo ele pega, pesa, mede e apreça — o Joaquim.

O Joaquim vai se mudar daqui. Ele tem setenta-e-dois-anos, e é duro, carrancudo, prepotente. O Joaquim bebe.

A Irene foi-se empregar no Rio, e ele ficou sentido com todos, e não dizia por que, agastado. Não podia brigar com o Maninho, sem razão, nem obrigar o Maninho, a se casar com a Irene. A Maria, mulher dele, então, ainda ficou mais desgostosa. Ambos, remoeram, muito, aquilo, mais e mais a se ressentir. Daí, chegaram à decisão. Ir-se embora, mesmo largando suas benfeitorias de colono — a farturinha formada naqueles anos: bananeiras, canavial, mandioca.

Donde que, vão para perto da outra filha, a Maria Doca, mulher do Manuel Doca, deles muito querida, lá têm netinhas, no Cici.

Mais meu Sirimim   303

O Joaquim é homem sério, estricto e correcto demais, não gosta de natureza para os olhos. A coisa melhor, para ele, é a fartura. A coisa pior — a que ameaça a fartura — é a vadiação. Só pensa em termos de proveito. Andar bem com os outros — isto é: os outros andando bem com ele. Acha que a gente está aqui para cumprir obrigação, fazer fartura; e, depois, no Céu, apresentar contas a Deus. Contas certas, certa a vida.

Rejeita toda mercê de beleza, desocupada e que não produz. Mesmo a roseirinha que a Irene plantou, ele diz que a tolera somente porque ela serve às plantinhas, de sombra. Mas nunca reparou em que, nas rosinhas-de-cachos, as pétalas de de-dentro é que são cor-de-rosa claro, e as de fora, mais brancas, ou parecem brancas, pelo menos, se não são. Nem jamais sentiu, rosas asas, seu perfume.

O riachinho sair por aí, correndo e cantando, aborrece a ele.

Aceita-o, servo, na horta: aprisionadas, obrigadas, as aguinhas diligentes. Mas não as que se seguem, para lá, lá, em todo o depois — as das sombras matosas, e as que, soltas, na cheia, vão de afogadilho. Da ponta para baixo, o Sirimim *"está com vadiação"*, vale de nada, de nenhum préstimo. Presume-se que, no fundo, detestava-o o Joaquim: como à flor que flor, a borboleta andante, o passarinho e ninho, o grilo na alface, e, à noite, no negro ermo, no ar, o pirilampadário. O meu Sirimim no descuidoso imprestar-se: a lânguida água à lengalenga e a ternura em aventura.

A ida embora do Joaquim é uma luta, que o Sirimim venceu.

A casa, que foi dele, está vaga. Quem a virá ocupar? Talvez, o velho avô da Idalina.

As garças

JÁ ERAM CONHECIDAS NOSSAS. Juntas, apareciam, ano por ano, frequentes, mais ou menos no inverno. Um par. Vinham pelo rio, de jusante, septentrionais, em longo voo — paravam no Sirimim, seu vale. Apenas passavam um tempo na pequenina região. Vivida a temporada, semanas, voltavam embora, também pelo rio, para o norte, horizonte acima, à extensão de suas asas. Deviam de estar em amores, quadra em que as penas se apuram e imaculam; e, às quantas, se avisavam disso, meiga meiamente, com o tão feio gazear. Eram da garça--branca-grande, a exagerada cândida, noiva. Apresentavam-se quando nem não se pensava nelas, não esperadas. Por súbito: somente é assim que as garças se suscitam. Depois, então, cada vez, a gente gostava delas. Só sua presença — a alvura insidiosa — e os verdes viam-se reverdes, o céu-azul mais, sem empano, nenhuma jaça. Visitavam-nos porque queriam, mas ficavam sendo da gente. Teriam outra espécie de recado.

Naquele ano, também, foi assim. Há muito tempo, mesmo; deve de ter sido aí por junho, por julho. De manhã, bem você acordou, já elas se achavam no meio da várzea-grande, vestidas e plantadas. Não lhes minguavam ali peixes: os barrigudinhos em pingues bandos; e ainda rãs, jias, pererecas, outros bichinhos se-mexentes. Seus bicos, pontuais, revolviam brejos. Andavam na várzea, desciam o Sirimim todo, ficavam seguindo o Sirimim, pescando no Sirimim. Até a passear pelos regos e pocinhos da horta, para birra do Joaquim, suspeitoso das verduras, de estragos. — *"Sai! Sai!"* — enxotava-as, ameaçava-as, atrás. E elas, sempre ambas: *jét! jét!* — já no ar. Davam voadas baixas, por curto, ou suspendiam-se longe, leves, em arredondo, em órbitas, de suso vigiando a qualquer vida do arrozal. Passavam, planadas, pelo Pedro. — *"Ôi! Ô bicho esquisito, gáiça…"* tinha ele modos de apreciar. O revoo oblíquo, quase brusco, justo virara-se para cá, vinham batendo trape as asas, preparando-se para baixar, cruzavam rente à cozinha, resvés, amarrotavam um vento. — *"Cruz! Nunca vi tão perto de mim esse trem…"* — exclamava Maria Eva, em suma se sorrindo. Deixavam o brinquedo Lourinha e Lúcia — a que, ao contrário, era muito pretinha. — *"E elas vão ficando mansas, querem morar mais com a gente?"* — Lourinha, a sério, achou.

Nigra, latindo, perseguia-lhes as sombras no chão, súbito longo perpassantes. Após, olhava-as, lá acima, céleres: asinha, azadas, entre si alvas. Nigra, tão negra; elas — as brancas. Ainda mais, quando nos lindes da várzea, compartilhadas entre ervas, boscarejas, num pensativo povoar. Ali, o junco ou o arroz, acortinava-as. Sumiam-se e surgiam, nódoas, vivas, do compacto — o branco individuado. Sonhasse a gente naquilo repousar rosto, para um outro sono. Obrigavam-nos os olhos, se pegavam neles, seu grosso leite, a guiratingi-los. Aprumavam-se esquecidas, aprontadas, num pé só, na tortidão das pretas pernas, arremedando um infindar. Assim miravam-se nos espelhinhos d'água, preliminarmente, em pausas. Sós, horas. Zape! — o zás — porém, no jogar o bico, de quando em momento, pinçando e pingando: o chofre, e peixinho nenhum escapava-lhes, no discardume. Pois, bis. Daí, de repente, subiam do verdejo, esvoaçadas, quais sopradas, meias-altas, altas, não trêmulas, entravam naquele circunvagar de carrossel, sem sair das fronhas. Gostoso, acompanhá-las: voando, a garça golpeia devagar. Nigra, latia, aborrecida.

— *"E elas são o contrário da jabuticaba?"*... — Lourinha achava de defini-las. Sabia-se que a Irene, que queria uma daquelas penas, tentara capturá-las, em grandes, infundadas urupucas. Do Dengo, empinado o queixo, parando de capinar o jardim: — *"Se diz que essa carne não presta, é seca, seca, com ranço de peixe..."* Assim passavam pelo bambu do sabiá, preferiam aterrissar na horta, luminosa de águas. Para pousar, vinha uma em-pé-zinha, do alto, meio curvas asas, a prumo e pino, com a agora verticalidade de um helicóptero. Já a outra porém se adiantara, tomando o chão: mas não firme, direto, não, senão que feito o urubu, aos três pulinhos — *puf! puf! puf!* — às vezes a gente se assustava. O Joaquim resmungou, confessou: que não desestimava delas, que deviam de ser o sinal certo de bom chover. Aproximavam-se ou afastavam-se, sem pressa, no meio dos canteirinhos das hortaliças, iam-se naquelas mesmas escuras e finas pernas, levantavam uma, o pé assim muito altinho erguido, encolhendo e enrugando as unhas para dentro: *póf!* — do jeito Lourinha descrevia-as.

Nigra esperava-as, latindo e se precipitando, de orelhas em-pé, com incerta celeradeza. Porém, foi atravessar a pontezinha, de quatro bambus, resvaladiços, e escorregou, de afoita, afundando-se de pernas entre eles, no saque da sofreguidão. Até poder safar-se, ficou ali, enganchado o grande corpo e remando no vácuo com as patas, que não dava para tocarem em fundo ou chão. Já por aí, às súbitas, aquelas se tinham alado, fazendo um repique ao acertarem o voo, e haviam-se longe, lá: elas voavam atrás da chuva.

Sobrepassavam o quintal do Joaquim Sereno, retornavam para cá, no que é do Antônio, chegavam a um areal no rio, descendo — descaíam, colhidas. Justo faziam maio, júbilo, virgens, jasmins, verdade, o branco indubitável; lá longo tempo ficavam. E por toda a parte. Só quase nunca atravessavam a varzeazinha dos bois, para baixo da ponte, onde o Sirimim, subidinho, acrescentado de chuvas, se puxa com correnteza mais forte, e seus peixinhos rareiam ou se demoram menos, de ariscos.

Dormiam na várzea, ou nas pedras de beira ou meio do rio, as ilhas grandes. Também naquela árvore atrás da casa do Joaquim, o cajueiro, hoje cortado, só toco. Estavam por lá, nivais, próprias, já havia sete dias. Às vezes, ausentavam-se, mais, por suas horas; mas, de tardinha, voltavam.

Depois, porém, não foi assim.

Quando chegou uma tarde, levaram mais, muito, para voltar, e voltou só uma. Era a mulherzinha, fêmea — o Pedro explicou, entendedor. Ter-se-ia onde, a outra? Ao menos, não apareceu, a extraviada. A outra — o outro — fora morta. Ao Pedro, então, o Cristóvão simplesmente contou: que, lá para fora, um homem disse — que andou comendo "um bicho branco".

A que sozinha retornou, voou primeiro, em círculos, por cima dos lugares todos. Decerto fatigada, pousou; e, ao pousar-se, tombava panda, à forte-e-meiga, por guarida. Altanada, imota, como de seu uso, a alvinevar, uma galanteza, no centro da várzea. Tanto parecia um grande botão de lírio, e a haste — fincado, invertido posto. Ouviu-se, à vez, que inutilmente chamasse o companheiro: como gloela, rouca, o gragraiado gazinar. Sim, se. Fazia frio, o ventinho, ao entardecer. Daí, logo, levantava voo outramente, desencontrado e quebrado, de busca — triste e triste. O voo da garça sozinha não era a metade do das duas garças juntas: mas só o pairar de ausência, a espiral de uma alta saudade — com fundo no céu.

Mas, foi daí a três dias.

Lourinha e Lúcia, de manhã, vinham à casa do Pedro, buscar uma galinha e dúzia de ovos. No que passavam perto da goiabeira de beira do Sirimim, depois da ponte, escutaram talvez débeis pios, baixinho: *quic, quic*. Na volta, porém, com os ovos e a galinha, no mesmo lugar, aquilo era berrando zangado: *qué! qué!* — o quaquá num apogeu.

Custaram para achar. Embrulhada no cipó, no meio do capinzal, caída, jogada, emaranhada presa toda, debaixo da goiabeira da grota — a garça, só. Sangue, no capim. Ela estava numa lástima. Tinha uma asa quebrada muito, dependurada. Arriçada, os atitos, queria assim mesmo defender-se, dava bicadas bem ferozes.

Sendo preciso livrá-la. Tomaram ânimo, as meninas. Lúcia agarrou-a pelo engrossar-se e arrijar-se renitente do pescoço, a desencurvar-se; enquanto Lourinha segurava nas asas — sã e quebrada. Pesava, um tanto. Jeito que a garça, meio resignada, meio selvagem, queria virar-se sempre, para rebicar. Só a pausas, seu guincho, que nem de pato; jeremiava.

Trazida para o terreirinho da casa, todos a rodearam, indecisos. Sem equilíbrio, pendente morta aquela asa, ela não podia suster-se. Jacente, mole, nem se movia. Mas não piava. Olhava-nos, a vago, de soslento, com aqueles amarelos-esverdolengados olhos, na cabecinha achatada, de quase cobra. A asa, esfrangalhada, faltando-lhe uns quatro dedos de osso, prendia-se ao corpo só por um restinho de pele. Que colmilhos de fera, de algum horrível e voraz bicho garceiro, assim teriam querido estraçalhá-la? Todavia, comeu seus uns dois ou três peixes, que Lourinha e Lúcia foram buscar, do Sirimim, pegos de peneira. Que se tinha de fazer?

O Cici e o Maninho achavam: só se torando o trambolho de asas, que senão ela não viveria. Mamãe e Lourinha e Lúcia não queriam, não. Não se chegando a concerto, assim rebatidas as razões, tirou-se à sorte. Então, o Cici, cortou, de um tico, com a tesoura, a pelanquinha, e a asa estragada se abateu no chão. Nossa garça, descativa, deu um sacolejão, depois se sacudiu toda, e saiu andando — fagueira, feia, feliz. Caminhou um pouco. Nigra, ressabiada, a boa distância, com desgosto, rabujava tácita, só olhares lançados.

Teve-se de levá-la a um dos canais da horta, lá ela podia gapuiar e esperar, dando suas quatro pernadas por ali, embaraçosa, assaz mais tímida e suspicaz. A várzea-grande, agora, era para ela um longe inacessível. Andava, porém, por aqueles pocinhos e regos todos do Joaquim, mal-encarado mas concorde. Apeada, metida em sua corcunda branca, permanecia, outro tanto, sem se encardir, só e esguia. Mas metia o bico dentro d'água, fisgava, arpoava, engolia. Tinha o bico forte, rosinha-alaranjado. — Jamais chamou pelo companheiro.

Toda tarde, a gente ia-a buscar. Fez-se-lhe um ninho de palha, no barracão da porta-da-cozinha. — *"E agora, ela não vai mais embora, ficou da gente, de casa…"* — jurava Lourinha, a se consolar.

Durou dois dias.

Morreu, no terceiro.

Ora, dá-se que estava coagulada, dura, durante a tarde, à boa beira d'água, caída, congelada, assaz. Morreu muito branca. Murchou.

Lourinha e Lúcia trouxeram-na, por uma última vez. Lúcia carregando--a, fingia que ela estivesse ainda viva, e que ameaçava dar súbitas bicadas nas pessoas, de jocoso. De um branco, do mesmo branco em cheio, pronto, por puro. O Dengo foi enterrá-la debaixo dos bambus grandes, de beira do Sirimim, onde sempre se sepultam pássaros, cães e gatos, sem jazigo.

Daí, o entendido disse: que fora pelo frio, pneumonia, pela falta da asa, que não a protegia mais, qual uma jaqueta. O entendido viera para examinar a Nigra, com um olho doente, vermelho, inchado, ela já estava quase cega; e Nigra era uma bondosa cachorra. Disse que algo pontudo furara-lhe aquele olho: ponta de faca, por exemplo, ápice de bico de ave.

A gente pensava nelas duas. De que lugar, pelo rio, do norte, elas costumavam todo ano vir? A garça, as garças, nossas, faziam falta, tristes manchas de demasiado branco, faziam muito escuro.

"Fita verde no cabelo":
a perenidade do era uma vez[1]

Cenário I: época — século XVII.

Espaço — aldeias do interior da França.

Personagens — rudes camponeses, que, à noite, desenfastiam-se da cansativa lida diária.

Ouve-se a narração que se segue:

A mãe de uma menina mandou-a levar pão e leite para sua avó. Em caminho, na floresta, um lobo, sabendo que ela ia à casa da avó, indagou-lhe qual caminho seguiria e, indo por um atalho, chegou primeiro à casa da velha, matou-a, vestiu sua roupa e deitou-se, deixando a carne e o sangue da avó na copa.

Chegou a menina, e o lobo fê-la comer da carne e beber do vinho, chamou-a para deitar com ele e, depois de ordenar-lhe que tirasse e queimasse a roupa, devorou-a. (DARNTON, 1986, p. 21-22)[2]

Cenário II: época — século XX.

Espaço — local inespecífico (de rincões do interior a grandes centros urbanos).

Personagens — público diversificado, presumível, mas não exclusivamente infantil.

Ouvem-se ou leem-se diversas variantes do relato-matriz, já agora "Chapeuzinho Vermelho", inclusive "Fita verde no cabelo", de Guimarães Rosa.

Das brumas do século XVII aos nossos dias (o texto continuando aberto a novas reescritas/releituras), tem-se o percurso de uma narrativa que, a par de

---

[1] Texto da obra *Veredas de Rosa*, organizada por Lélia Pereira Duarte *et al.*, publicada pela PUC Minas em 2000.

[2] DARNTON, Robert. *O grande massacre de gatos*. 2. ed. Trad. Sônia Coutinho. Rio de Janeiro: Graal, 1986.

suas variantes textuais, expõe a multiplicidade de um público auditor/leitor, além de uma pletora de interpretações críticas, deixando lugar também para reflexões sobre o caminhar de um gênero que ainda engatinhava na época seiscentista.[3]

Portanto, era uma vez...

Em *O grande massacre dos gatos*, texto que inibe os espíritos no sentido da compreensão da França pré e Iluminista atrelada apenas à pedanteria da época — iconizada nas perucas, nos sapatos de madeira e na vida dos salões — Robert Darnton nos dá conta da gênese do "Chapeuzinho Vermelho", ao mesmo tempo que inverte a pirâmide de representação mítica do período, valendo-se para isso de pressupostos teóricos da História das Mentalidades.

Dentre as práticas do dia a dia das sociedades, inclui-se a relação com o ficcional e, nesse sentido, Darnton justifica a crueza do relato da garota que se aventura pela estrada afora como resultante do embrutecimento experimentado pelos camponeses do período, submetidos a ingente regime de pobreza e à falta de condições mínimas de higiene, o que os tornava comparsas preferenciais da morte, que, de tão frequente, principalmente entre a população infantil, despia-se de sua aura fantasmática. Entende-se assim que as crianças que conseguiram sobreviver a dietas tão precárias não se sentissem molestadas psicologicamente pela contundência da narração, já que, para elas, o simbólico tinha os pés bem fincados nos dados da realidade.

Ao recolher este e outros contos da tradição francesa, Charles Perrault (o primeiro a mencionar o capuz vermelho), sensível às peculiaridades das plateias, não achou de bom tom conservar o rude traço da narrativa oral, suportável talvez para a babá de seu filho, suposta fonte de que se valeu o escritor, mas atentatório ao gosto refinado dos *habitués* dos salões de então.

Tendo presente, portanto, a mudança de situação comunicacional, Perrault altera o discurso original na intenção de garantir sucesso para os seus *Contos da mamãe gansa* (1697), ao mesmo tempo que vira uma página na história do gênero conto maravilhoso.

Este tipo de conto, a partir daí, tomará assento nos salões aristocratas ao lado de outros gêneros como cartas, epigramas, retratos, sonetos e máximas e a pequena extensão dos textos não esconde o propósito de evitar enfado

---

[3] Sobre o assunto, ver: MAINGUENEAU, Dominique. *Le contexte de l'oeuvre littéraire*. Paris: Dunod, 1993.

às damas e cavalheiros que habilmente os diluíam nos diálogos, dando, assim, um toque de refinada espiritualidade à conversação mundana.

Perrault contribuiu, sem dúvida, para a redefinição do gênero, o que se depreende logo de início pelo subtítulo de seu livro: *Histórias ou contos do tempo passado com moralidades.*

Para a nascente família burguesa, o aparato pedagógico contido nos chamados contos admonitórios ou de advertência valia como uma referência de comportamento a ser seguido, inspirando posturas comedidas nas crianças, sob pena de terminarem na barriga de um lobo ladino.

Na Alemanha, Jacob e Wilhelm Grimm, no livro *Contos da criança e do lar* (1812), enxertam na história um final, inspirados no conto popular germânico "O lobo e as crianças".

Também Guimarães Rosa deixou-se seduzir por esta narração e compôs "Fita verde no cabelo", publicado na coletânea póstuma, *Ave, palavra* (1970).

Trata-se, segundo Rosa, de uma "nova velha estória" e esta informação, de natureza paratextual, condiciona o ato de leitura na medida em que o jogo dos adjetivos presente no subtítulo insere o texto em ordens temporais diferenciadas.

Instala-se, portanto, o leitor no reino do *ludus*, já que é convocado a escamotear alguns dados de sua memória livresca, em favor da aventura no desconhecido.

No caso do texto rosiano, o inusitado vem por conta ainda da seleção de um argumento diegético vinculado comumente ao texto de natureza infantil, ocorrência praticamente inexistente no *corpus* ficcional do escritor, o que não impede a forte impregnação de ternura existente em algumas de suas criaturas ficcionais, tal como o burrinho pedrês, o que o faz tangenciar os limites do universo da infância.

Analisando a problemática dos gêneros, Michal Glowinski[4] enuncia o conceito de invariantes genéricos que trata, entre outros aspectos, da especificidade das formas literárias. Sabe-se que, como invariantes genéricos, o conto infantil apresenta uma configuração espaçotemporal indefinida, o que, aliás, lhe propicia forte acento evasivo.

---

[4]   GLOWINSKI, Michal. Les genres littéraires. *In*: ANGENOT, Marc *et al.* (dir.). *Théorie littéraire*: problèmes et perspectives. Paris: PUF, 1989. p. 82-94.

Guimarães Rosa, autor reconhecidamente transgressor de esquemas semionarrativos convencionais (o que também vale para o presente texto), conserva o modelo da tradição dando ao início de sua estória uma deliberada frouxidão nos contornos tanto temporais quanto espaciais: "Havia uma aldeia em algum lugar nem maior nem menor com velhos e velhas que velhavam, com homens e mulheres que esperavam, e meninos e meninas que nasciam e cresciam"[5].

"Fita verde no cabelo" retoma um outro procedimento narrativo canônico no que tange às histórias curtas, ou seja, o relato de provas impostas ao herói, como nos ritos iniciáticos explorados pelas canções de gesta medievais e pelos contos da narrativa folclórica. Caso se revele vencedor ao término das peripécias, passa de um a outro estágio no processo de sua evolução.

No conto de Guimarães Rosa, o ideal de conhecimento prende-se à consciência da finitude do ser. A colocação da morte como elemento inarredável na existência dos indivíduos já vem sugerida pela seleção dos verbos empregados no trecho anteriormente descrito (velhavam, esperavam, nasciam e cresciam), que apelam para a argúcia do leitor no sentido de desvendar-lhes a transitividade semântica.

O narrador mostra de início a personagem central alheia às contingências existenciais, o que contrasta com a percepção dos outros habitantes do local: "Todos com juízo, suficientemente, menos uma meninazinha, a que por enquanto".

A linguagem empregada no texto denota a incompletude do ser que se ignora e a depreciação da personagem transparece em cada uma das palavras usadas na sentença que a define, todas de caráter restritivo, como se verifica no "menos", no sufixo redutor do morfema menina e ainda no sintagma que fecha a afirmação, o qual não apenas se sustenta na transitividade semântica como também na sintática, revelada pelo brusco corte na frase.

O perfil de carência da personagem (a sem juízo) é compatível com o atributo da inocência, que se reflete ainda em outras passagens do texto, como

---

[5] Indicaremos apenas as páginas de onde são retiradas as citações de "Fita verde no cabelo". O texto usado foi extraído da seguinte edição: ROSA, João Guimarães. *Ave, palavra*. 3. ed. Rio de Janeiro: Nova Fronteira, 1985. p. 81-82.

a seguinte: "Saiu, atrás de suas asas ligeiras, sua sombra também vindo-lhe correndo, em pós".[6]

O propósito de reescrita do conto já estaria plenamente alcançado se se levar em consideração o aparato verbal do texto que remete para o exercício de linguagem existente em outras composições do autor, mas o escritor mineiro altera ainda um aspecto de profunda relevância semântica, o cromatismo, optando pela cor verde em vez do vermelho introduzido por Perrault.

Os verdes anos da infância, no conto, expõem a fragilidade de um ser tenro para os embates do mundo, e a perda da fita (portanto, a ausência do verde) prenuncia a passagem da criança para o estágio da consciência.

Parte da avó o alerta ("... vem para perto de mim, enquanto é tempo"), o que se dá imediatamente antes de a garota perceber que perdera a fita verde, e, quase que concomitante, ela "se assustou como se fosse ter juízo pela primeira vez".

Se lembrarmos que a avaliação da fortuna de um texto considera tanto o sucesso (número de edições, tiragens), como a influência (sua presença em sistemas literários diferentes do de origem), conclui-se que os bons ventos da fama continuam favoráveis a este conto popular nascido na França.

A contribuição de Guimarães Rosa é significativa não só pelas operações efetuadas no campo da linguagem, assim como pela inclusão do viés metafísico, tentativa de compreensão do mistério do existir, preocupação constante no projeto escritural do autor.

FERNANDA MARIA ABREU COUTINHO

Fernanda Maria Abreu Coutinho é professora associada da Universidade Federal do Ceará. Possui graduação em Letras pela Universidade Estadual do Ceará (1984), mestrado em Literatura Brasileira pela Universidade Federal do Ceará (1991) e doutorado em Teoria da Literatura pela Universidade Federal de Pernambuco (2004). Realizou estágios pós-doutorais na Université Sorbonne Paris 4, na França, e na Universidade Federal de Minas Gerais, além de ter sido professora visitante na Universidade de Colônia, na Alemanha.

---

[6] Aqui, pode-se detectar ainda a ocorrência de intertextualidade, uma vez que esse "atrás" e essas "asas ligeiras" remetem para um dos mais conhecidos poemas do Romantismo brasileiro, justamente um que fala da infância, "Meus oito anos", de Casimiro de Abreu, em que o poeta se lembra de quando era criança, portanto inocente ("Respira a alma inocência"), a correr "Atrás das asas ligeiras/Das borboletas".

"Fita verde no cabelo": a perenidade do era uma vez

Cronologia

1908
A 27 de junho, nasce em Cordisburgo, Minas Gerais. Filho de Florduardo Pinto Rosa, juiz de paz e comerciante, e de Francisca Guimarães Rosa.

1917
Termina o curso primário no grupo escolar Afonso Pena, em Belo Horizonte, residindo na casa de seu avô.

1918
É matriculado na 1ª série ginasial do Colégio Arnaldo, em Belo Horizonte.

1925
Inicia os estudos na Faculdade de Medicina de Minas Gerais, em Belo Horizonte.

1929
Em janeiro, toma posse no cargo de agente itinerante da Diretoria do Serviço de Estatística Geral do Estado de Minas Gerais, para o qual fora nomeado no fim do ano anterior.
No número de 7 de dezembro da revista *O Cruzeiro*, é publicado um conto de sua autoria intitulado "O Mistério de Highmore Hall".

1930
Em março, é designado para o posto de auxiliar apurador da Diretoria do Serviço de Estatística Geral do Estado de Minas Gerais.
Em 27 de junho, dia de seu aniversário, casa-se com Lygia Cabral Penna.
Em 21 de dezembro, forma-se em Medicina.

1931
Estabelece-se como médico em Itaguara, município de Itaúna.
Nasce Vilma, sua primeira filha.

1932
Como médico voluntário da Força Pública, toma parte na Revolução Constitucionalista, em Belo Horizonte.

1933

Ao assumir o posto de oficial-médico do 9º Batalhão de Infantaria, passa a residir em Barbacena.

Trabalha no Serviço de Proteção ao Índio.

1934

Aspirando a carreira diplomática, presta concurso para o Itamaraty e é aprovado em 2º lugar.

Em 11 de julho, é nomeado cônsul de terceira classe, passando a integrar o Ministério das Relações Exteriores.

Nasce Agnes, sua segunda filha.

1937

Em 29 de junho, vence o prêmio de poesia da Academia Brasileira de Letras com um original intitulado *Magma*. O concurso conta com 24 inscritos e o poeta Guilherme de Almeida assina o parecer da comissão julgadora.

1938

Sob o pseudônimo "Viator", inscreve no Prêmio Humberto de Campos, da Academia Brasileira de Letras, um volume com doze estórias de sua autoria intitulado *Contos*. O júri do prêmio, composto por Marques Rebelo, Graciliano Ramos, Prudente de Moraes Neto e Peregrino Júnior, confere a segunda colocação ao trabalho do autor.

Em 5 de maio, passa a ocupar o posto de cônsul-adjunto em Hamburgo, vivenciando de perto momentos decisivos da Segunda Guerra Mundial.

Na cidade alemã, conhece Aracy Moebius de Carvalho, sua segunda esposa.

1942

Com a ruptura das relações diplomáticas entre o Brasil e os países do Eixo, é internado em Baden-Baden com outros diplomatas brasileiros, de 28 de janeiro a 23 de maio. Com Aracy, dirige-se a Lisboa e, após mais de um mês na capital portuguesa, regressa de navio ao Brasil.

Em 22 de junho, assume o posto de secretário da Embaixada do Brasil em Bogotá.

1944

Deixa o cargo que exerce em Bogotá em 27 de junho e volta ao Rio de Janeiro, permanecendo durante quatro anos na Secretaria de Estado.

1945

Entre os meses de junho e outubro, trabalha intensamente no volume *Contos*, reescrevendo o original que resultaria em *Sagarana*.

1946

Em abril, publica *Sagarana*. O livro de estreia do escritor é recebido com entusiasmo pela crítica e conquista o Prêmio Felipe d'Oliveira. A grande procura pelo livro faz a Editora Universal providenciar uma nova edição no mesmo ano.

Assume o posto de chefe de gabinete de João Neves da Fontoura, ministro das Relações Exteriores.

Toma parte, em junho, na Conferência da Paz, em Paris, como secretário da delegação do Brasil.

1948

Atua como secretário-geral da delegação brasileira à IX Conferência Pan-Americana em Bogotá.

É transferido para a Embaixada do Brasil em Paris, onde passa a ocupar o cargo de 1º secretário a 10 de dezembro (e o de conselheiro a 20 de junho de 1949). Nesse período em que mora na cidade-luz, realiza viagens pelo interior da França, por Londres e pela Itália.

1951

Retorna ao Rio de Janeiro e assume novamente o posto de chefe de gabinete do ministro João Neves da Fontoura.

1952

Faz uma excursão a Minas Gerais em uma comitiva de vaqueiros.

Publica *Com o vaqueiro Mariano*, posteriormente incluído em *Estas estórias*.

1953

Torna-se chefe da Divisão de Orçamento do Itamaraty.

Em carta de 7 de dezembro ao amigo e diplomata Mário Calábria, relata estar escrevendo um livro extenso com "novelas labirínticas", que será dividido em dois livros: *Corpo de baile* e *Grande sertão: veredas*.

1955

Em carta de 3 de agosto ao amigo e diplomata Antonio Azevedo da Silveira, comenta já ter entregue o original de *Corpo de baile*, "um verdadeiro cetáceo que sairá em dois volumes de cerca de 400 páginas, cada um".

Na mesma carta, declara estar se dedicando com afinco à escrita de seu romance "que vai ser um mastodonte, com perto de 600 páginas", referindo-se a *Grande sertão: veredas.*

1956

Em janeiro, publica *Corpo de baile.*

Em julho, publica *Grande sertão: veredas.* A recepção da obra é calorosa e polêmica. Críticos literários e demais profissionais do mundo das letras resenham sobre o tão esperado romance do escritor. O livro conquista três prêmios: Machado de Assis (Instituto Nacional do Livro), Carmen Dolores Barbosa (São Paulo) e Paula Brito (Rio de Janeiro).

1962

Assume o cargo de chefe da Divisão de Fronteira do Itamaraty.

Em agosto, publica *Primeiras estórias.*

1963

Em 6 de agosto, é eleito membro da Academia Brasileira de Letras.

1965

Em janeiro, participa do I Congresso Latino-Americano de Escritores, realizado em Gênova, como vice-presidente.

Publica *Noites do sertão.*

1967

Em março, participa do II Congresso Latino-Americano de Escritores, realizado na Cidade do México, como vice-presidente.

Em julho, publica *Tutameia — Terceiras estórias.*

Em 16 de novembro, toma posse na Academia Brasileira de Letras.

Em 19 de novembro, falece em sua residência, no bairro de Copacabana, no Rio de Janeiro, vítima de enfarte.

1969

Em novembro, é publicado o livro póstumo *Estas estórias.*

1970

Em novembro, é publicado outro livro póstumo: *Ave, palavra.*